POR

RAZONES

UNA NOVELA DE

JAY ASHER

› **Título original:** *Thirteen Reasons Why*
› **Dirección editorial:** Marcela Luza
› **Edición:** Leonel Teti con Cecilia Biagioli
› **Armado y diseño de interior:** Agustina Arado
› **Diseño de tapa:** Christian Fuenfhausen
› **Fotografía de tapa:** Getty Images/Ryan McVay

un sello de
V&R Editoras

ARGENTINA:
San Martín 969 piso 10 (C1004AAS)
Buenos Aires
Tel./Fax: (54-11) 5352-9444
y rotativas
e-mail: editorial@vreditoras.com

MÉXICO:
Dakota 274, Colonia Nápoles CP 03810,
Del. Benito Juárez, Ciudad de México
Tel./Fax: (5255) 5220–6620/6621
01800-543-4995
e-mail: editoras@vergarariba.com.mx

ISBN: 978-987-747-190-8

Impreso en México, marzo de 2017
Impresora y Editora Infagon, S.A. de C.V.

Asher, Jay
   Por trece razones / Jay Asher. - 1a ed. - Ciudad Autónoma
   de Buenos Aires: V&R, 2016.
   368 p.; 21 x 15 cm.

   Traducción de: Jeannine Emery.

   ISBN 978-987-747-190-8

   1. Literatura Juvenil Estadounidense. 2. Novelas Realistas. I.
   Emery, Jeannine, trad. II. Título.
   CDD 813.9283

POR TRECE RAZONES

UNA NOVELA DE

JAY ASHER

TRADUCCIÓN:
JEANNINE EMERY

Para JoanMarie.

—¿Y? —repite—. ¿Para cuándo quieres la entrega?

Froto dos dedos con fuerza sobre la ceja izquierda. Las punzadas se hacen más intensas.

—No tiene importancia —respondo.

La empleada toma el paquete. La misma caja de zapatos que estaba en mi porche hace menos de veinticuatro horas, envuelta de nuevo en una bolsa de papel color café, sellada con cinta de embalaje transparente, exactamente como la había recibido yo. Pero ahora, en el lugar del destinatario, hay un nombre nuevo. El siguiente en la lista de Hannah Baker.

—La docena de Baker —murmuro. Luego me enoja siquiera notarlo.

—¿Disculpa?

Sacudo la cabeza.

—¿Cuánto es?

Coloca la caja sobre una bandeja de goma y se pone a teclear una secuencia de números.

Apoyo sobre el mostrador el envase de café que había comprado en la gasolinera y echo un vistazo a la pantalla. Extraigo unos billetes de mi tarjetero, saco unas monedas de mi bolsillo y pongo el dinero sobre el mostrador.

—Creo que el café todavía no te hizo efecto —dice ella—. Falta un dólar.

Le entrego el dólar restante y me froto los ojos somnolientos. Cuando doy un sorbo, el café está tibio y resulta más difícil de tragar. Pero tengo que despertarme de alguna manera.

O tal vez no. Tal vez sea mejor sobrellevar el día medio dormido. Tal vez sea la única manera de sobrellevar el día.

—Debería llegar mañana a esta dirección —dice—. Quizás, pasado mañana —luego deja caer la caja dentro de una carretilla que tiene atrás.

Debí haber esperado hasta después del colegio. Debí haberle dado a Jenny un último día de paz.

Aunque no se lo merezca.

Cuando ella llegue a casa mañana, o al día siguiente, encontrará un paquete en la puerta de entrada. O tal vez lo encuentre sobre su cama si su mamá, o su papá o cualquier otro llega antes. Y se emocione. Yo me emocioné. ¿Un paquete sin remitente?

¿Se olvidaron o fue a propósito? ¿Tal vez, de un admirador secreto?

–¿Quieres un recibo? –pregunta la empleada.

Sacudo la cabeza.

Una pequeña impresora eyecta uno de todos modos. La observo arrancar el comprobante contra la pieza de plástico dentada y dejarlo caer en la papelera.

Solo hay una oficina de correos en la ciudad. Me pregunto si la misma empleada atendió al resto de las personas en la lista, aquellas que recibieron este paquete antes que yo. ¿Habrán conservado sus recibos como un recuerdo morboso? ¿Los habrán escondido en la gaveta donde ponen su ropa interior? ¿Los habrán fijado en tableros de corcho?

Casi le pido que me devuelva mi recibo. Casi le digo: "Lo siento, al final decidí llevármelo". De recuerdo.

De todos modos, si hubiera querido un recuerdo, podría haber hecho copias de las cintas o podría haber guardado el mapa. Pero nunca más en mi vida quiero volver a escuchar esas cintas, a pesar de que jamás voy a poder quitarme su voz de la cabeza. Y las casas, las calles y la escuela secundaria siempre seguirán allí para recordármelo.

Ahora está fuera de mi control. El paquete está en camino. Me voy de la oficina de correos sin el recibo.

En lo más profundo de la ceja izquierda, la cabeza me sigue latiendo con fuerza. Cada vez que trago saliva, me queda un sabor amargo en la boca, y cuanto más me acerco al colegio, más cerca estoy de colapsar.

Quiero colapsar. Quiero desplomarme allí mismo en la acera y arrastrarme dentro de la hiedra. Porque inmediatamente después de la hiedra, la acera se curva, siguiendo el perímetro del estacionamiento del colegio. Cruza el jardín delantero y se mete dentro del edificio principal. Pasa por las puertas de entrada y se convierte en un corredor, que serpentea a través de las hileras de lockers y de clases a ambos lados, hasta llegar finalmente a la puerta siempre abierta de la primera clase del día.

Delante del aula, de cara a los estudiantes, estará el escritorio del señor Porter. Será el último en recibir un paquete sin remitente. Y en el medio del aula, situado justo una hilera hacia la izquierda, estará el escritorio de Hannah Baker.

Vacío.

Un paquete del tamaño de una caja de zapatos está apoyado de costado contra la puerta de entrada. Nuestra puerta de entrada tiene una ranura diminuta por donde se meten las cartas, pero cualquier cosa que sea más gruesa que una pastilla de jabón queda fuera. Alguien garabateó el nombre de Clay Jensen a toda prisa sobre la envoltura, así que lo levanto y entro en la casa.

Llevo el paquete a la cocina y lo apoyo sobre la mesada. Abro la gaveta de los trastos y saco un par de tijeras. Luego deslizo la hoja de la tijera alrededor del paquete y levanto la tapa. Dentro de la caja de zapatos hay un tubo enrollado, envuelto en plástico de burbujas. Lo desenrollo y descubro siete cintas de audio sueltas.

Cada una tiene un número pintado con azul oscuro en el

ángulo superior derecho, es probable que con esmalte de uñas. Cada lado tiene su propio número. Uno y dos, en la primera cinta; tres y cuatro, en la segunda; cinco y seis, y así sucesivamente. La última tiene un número trece de un lado; pero del otro lado, nada.

¿Quién me habrá enviado una caja de zapatos llena de cintas de casete? Ya nadie las oye. ¿Tengo siquiera algún modo de reproducirlas?

¡El garaje! El radiocasete sobre el banco de carpintería. Papá lo compró en una feria americana por un precio irrisorio. Es antiguo, así que no le importa si se llena de aserrín o se mancha con pintura. Y lo mejor es que reproduce cintas.

Arrastro una banqueta para colocarla delante del banco de carpintería, dejo caer mi mochila al suelo y me siento. Oprimo el botón de *Eject* del radiocasete. Una tapa de plástico se abre lentamente y deslizo la primera cinta dentro.

C ▶ SETE 1   LAD■ A

Hola, chicos. Soy Hannah Baker. En vivo y en estéreo.

No puedo creerlo.

No habrá segundas presentaciones. Ni bises.

Y esta vez, sí que ninguna solicitud.

No, no lo puedo creer. Hannah Baker se suicidó.

Espero que estén listos, porque estoy a punto de contarles la historia de mi vida. Más concretamente, por qué acabó mi vida. Y si estás escuchando estas cintas, tú eres uno de los motivos.

¿Qué? ¡No!

No te diré qué cinta te involucra en la historia.

Pero no temas, si has recibido esta hermosa cajita, tarde o temprano, tu nombre aparecerá... Te lo prometo.

Ahora bien, ¿por qué mentiría una chica muerta?

¡Oye! Eso parece una broma. ¿Por qué mentiría una chica muerta?

Respuesta: Porque no se puede sostener.

¿Se trata acaso de algún tipo de broma macabra?

¡Vamos! ¡Ríete!

¿No? Pues a mí me pareció gracioso.

Antes de morir, Hannah grabó un montón de cintas. ¿Por qué?

Las reglas son bien simples. Solo hay dos. Regla número uno: Escuchas. Número dos: Pasas las cintas al siguiente de la lista. Con suerte, ninguna de las dos reglas te será fácil de cumplir.

—¿Qué estás escuchando?

—¡Mamá!

Me abalanzo sobre el radiocasete, oprimiendo varios botones a la vez.

—Mamá, me asustaste —le digo—. No es nada. Un proyecto escolar.

La respuesta a la que apelo para lo que sea. *¿Vuelves tarde a casa?* Un proyecto escolar. *¿Necesitas más dinero?* Un proyecto escolar. Y ahora, las cintas de una chica. Una chica que, dos semanas atrás, se tragó un puñado de pastillas.

Un proyecto escolar.

—¿Puedo escuchar? —pregunta.

—No es mío —digo. Raspo la punta de mi zapato contra el suelo de cemento—. Estoy ayudando a un amigo. Es para Historia. Es aburrido.

—Vaya, qué amable de tu parte —dice. Se inclina por encima del hombro y levanta un trapo polvoriento, uno de mis viejos pañales de tela, para llevarse una cinta métrica que está oculta debajo. Luego me besa la frente.

—Te dejo trabajar.

Espero hasta que la puerta se cierra con un ruido seco y apoyo un dedo sobre el botón de *Play*. Los dedos, las manos, los brazos, el cuello, los siento todos huecos. Sin fuerza suficiente para presionar el simple botón de un radiocasete.

Levanto el pañal de tela y cubro la caja de zapatos para ocultarla de la vista. Quisiera no haber visto jamás esa caja o las siete cintas que contiene. Presionar *Play* la primera vez fue fácil. Pan comido. No tenía ni idea de lo que estaba por oír.

Pero esta vez, es una de las cosas más aterradoras que he hecho.

Bajo el volumen y presiono el botón.

... uno: Escuchas. Número dos: Pasas las cintas al siguiente de la lista. Con suerte, ninguna de las dos reglas te será fácil de cumplir.

Cuando termines de escuchar los trece lados —porque toda historia tiene trece lados–, rebobina las cintas, vuelve a ponerlas en la caja y pásalas a quienquiera que esté después de tu breve relato. Y tú, afortunado número trece, puedes llevarte las cintas directamente al infierno. Según la religión que tengas, tal vez, nos veamos allá.

En caso de que estés tentado de romper las reglas, es necesario que entiendas que hice una copia de estas cintas. Aquellas copias saldrán a la luz si este paquete no les llega a todos.

Esta decisión no ha sido improvisada.

No me vuelvas a subestimar... de nuevo.

No. No había modo de que pudiera pensar algo así.

Te están vigilando.

El estómago se me contrae, listo para hacerme vomitar si se lo

permito. No lejos de allí, un recipiente de plástico reposa boca abajo sobre una banqueta. Si hace falta, puedo alcanzar el asa en dos pasos y voltearla.

Casi no conocía a Hannah Baker. Me refiero a que quería conocerla. Quería conocerla más de lo que la conocí. Durante el verano trabajamos juntos en la sala de cine. Y no hace mucho, en una fiesta, nos besamos. Pero nunca tuvimos la oportunidad de hacernos más amigos. Y ni una sola vez la subestimé. Ni una.

Estas cintas no deberían estar acá. No conmigo. Tiene que ser un error.

O una broma terrible.

Arrastro el bote de basura sobre el suelo. Aunque ya me fijé, vuelvo a mirar la envoltura. Tiene que haber un remitente en algún lugar. Tal vez no lo haya visto.

Las cintas del suicidio de Hannah Baker están circulando. Alguien hizo una copia y me las envió como una broma. Mañana en el colegio, alguien se echará a reír cuando me vea, o hará una mueca y mirará hacia otro lado.

¿Y entonces? ¿Qué haré entonces?

No lo sé.

Casi me olvido. Si estás en mi lista, tienes que haber recibido un mapa.

Dejo que la envoltura vuelva a caer en el bote de basura.

Estoy en la lista.

Hace unas semanas, apenas unos días antes que Hannah tomara las pastillas, alguien me deslizó un sobre a través de la rejilla de ventilación de mi *locker*. Sobre la parte exterior del sobre, con rotulador rojo, decía: GUÁRDALO. LO VAS A NECESITAR. Adentro había un mapa doblado de la ciudad. Cerca de una docena de estrellas rojas marcaban diferentes sitios en él.

Cuando estábamos en la escuela primaria, empleábamos esos mismos mapas de la Cámara del Comercio, para aprender acerca del norte, sur, este y oeste. Los diminutos números azules salpicados allí se correspondían con una lista de nombres comerciales en los márgenes.

Guardé el mapa de Hannah en mi mochila. Tenía la intención de mostrarlo en el colegio, para ver si alguien más había recibido uno. Para ver si alguien más sabía qué significaba. Pero con el tiempo, terminó escurriéndose bajo mis libros de texto y mis cuadernos, y me olvidé de él.

Hasta ahora.

En las cintas mencionaré diferentes lugares de nuestra amada ciudad para que visites. No te puedo obligar a que vayas a ellos, pero si quieres entender más todo esto, no dudaría en hacerlo. O si lo deseas, tan solo arrójalo a la basura, y nunca me enteraré.

Mientras Hannah habla por los parlantes polvorientos, siento el peso de mi mochila contra la pierna. Adentro, aplastado en el fondo, en algún lugar, está su mapa.

> O tal vez sí. En realidad, no estoy muy segura de cómo funciona todo este asunto de estar muerto. Quién sabe, tal vez en este mismo instante, esté de pie detrás de ti.

Me inclino hacia delante, apoyando los codos sobre el banco de carpintería. Hundo la cara en las manos y deslizo los dedos a través del cabello inesperadamente húmedo.

> Lo siento. Eso fue injusto.

> ¿Listo, señor Foley?

Justin Foley. Un estudiante del último curso. Fue el primer beso de Hannah. Pero ¿por qué lo sé?

> Justin, cariño, fuiste mi primer beso. El primero con el que me tomé la mano. Pero no eras más que un tipo común. Y no lo digo de mala, de veras. Es solo que tenías algo que me hacía necesitar ser tu novia. Hasta el día de hoy, no sé qué fue. Pero estaba allí... y era increíblemente fuerte. No sabes lo que te voy a contar, pero hace dos años, cuando yo era estudiante del primer curso, y tú estabas en el segundo, solía seguirte. En la sexta hora trabajaba en la secretaría estudiantil, así que sabía cuáles eran todas tus asignaturas.

Incluso fotocopié tu horario, que estoy segura de
que sigo teniendo en algún lado. Y cuando revi-
sen mis pertenencias, seguramente lo desechen,
pensando que el enamoramiento de una estudiante del primer curso no tiene mayor importancia.
Pero ¿será así?

Para mí, la tiene. Para encontrarle una introduc-
ción a mi historia, me remonté hasta ti. Y aquí es
donde realmente comienza.

Entonces, ¿dónde estoy en esta lista entre estas historias?
¿Segundo? ¿Tercero? ¿Irá empeorando a medida que avanza?
Dijo que el número trece podía llevarse las cintas al diablo.

Cuando llegues al final de estas cintas, Justin,
espero que entiendas tu papel en todo esto.
Porque ahora tal vez parezca un papel menor,
pero importa. Al final, todo importa.

La traición. Es uno de los peores sentimientos.

Sé que no tuviste intención de defraudarme. De
hecho, la mayoría de los que están escuchando seguramente no hayan tenido ni idea de lo
que estaban haciendo... de lo que realmente
estaban haciendo.

¿Qué estaba haciendo yo, Hannah? Porque, con franqueza, no tengo ni idea. Aquella noche —si es la noche que me
imagino— fue tan extraña para mí como lo fue para ti. Quizás

aún más, dado que todavía no tengo ni idea de qué diablos sucedió.

Nuestra primera estrella roja puede encontrarse en C-4. Pon tu dedo sobre la C y desciende hasta el 4. Eso es, como la Batalla Naval. Cuando hayas terminado con esta cinta, debes ir allí. Solo vivimos en esa casa un tiempo, el verano antes de mi primer curso del colegio secundario, pero es donde vivimos cuando recién llegamos a la ciudad.

Y es donde te vi por primera vez, Justin. Tal vez lo recuerdes. Estabas enamorado de mi amiga Kat. Faltaban dos meses para el comienzo de clases, y Kat era la única persona que conocía porque vivía justo al lado de mi casa. Me dijo que el año anterior habías estado todo el día encima de ella. No de un modo literal, sino mirándola todo el día y chocando con ella accidentalmente en los corredores.

Me refiero a que fueron accidentes, ¿verdad?

Kat me contó que, en el baile de fin de curso, por fin te animaste a hacer algo más que mirarla y chocarte con ella. Tú y ella bailaron juntos todos los bailes lentos. Y me dijo que pronto iba a dejar que la besaras. El primer beso de su vida. ¡Qué honor!

Las historias deben ser terribles. Realmente terribles. Es el único motivo por el cual las cintas están circulando de una persona a otra. Por temor. ¿Quién en su sano juicio enviaría por correo un montón de cintas que lo incriminan en un suicidio? Nadie. Pero Hannah quiere que nosotros, quienes estamos en la lista, escuchemos lo que tiene para decir. Y haremos lo que dice, haciendo circular las cintas, aunque más no sea para impedir que les lleguen a las personas que no están en la lista. "La lista". Parece un club secreto. Un club exclusivo. Y por algún motivo, yo estoy en él.

> Quería ver qué aspecto tenías, Justin, así que te llamamos desde mi casa y te dijimos que vinieras. Te llamamos desde mi casa, porque Kat no quería que supieras dónde vivía... Bueno, al menos, todavía no... aunque su casa estaba justo al lado de la mía.

> Tú estabas jugando a la pelota... no sé si era básquetbol, béisbol o qué... pero no podías venir sino más tarde. Así que esperamos.

Básquetbol. Ese verano muchos de nosotros jugamos al básquetbol, con la esperanza de que nos eligieran en el primer curso para el equipo junior. Justin, que estaba en el segundo curso, tenía un lugar destinado para él en el equipo del colegio secundario. Así que muchos de nosotros jugábamos a la pelota con él, esperando adquirir habilidades durante el verano. Y algunos lo conseguimos. Mientras que otros, desgraciadamente, no.

Nos sentamos en la galería acristalada delante
de mi casa, hablando durante horas, cuando de
repente tú y uno de tus amigos —¡Hola, Zach!—
llegaron caminando por la calle.

¿Zach? ¿Zach Dempsey? La única vez que vi a Zach con
Hannah, aunque fuese solo un instante, fue la noche que la
conocí.

Hay dos calles que se cruzan delante de mi
antigua casa, como una T invertida, así que estabas caminando por el medio de la carretera
hacia nosotras.

Basta. Basta. Tengo que pensar.

Comienzo a arrancar una manchita de pintura anaranjada
que está seca sobre el banco de carpintería. ¿Por qué estoy escuchando esto? Me refiero al hecho de ¿por qué torturarme con
esto? ¿Por qué no saco de una vez la cinta del radiocasete y arrojo toda la caja de cintas a la basura?

Trago con fuerza. Las lágrimas me provocan un escozor en el
rabillo de los ojos.

Porque es la voz de Hannah. Una voz que creí que jamás iba
a volver a escuchar. No puedo arrojar eso a la basura.

Y por las reglas. Miro la caja de zapatos oculta debajo del

pañal de tela. Hannah dijo que había hecho una copia de cada una de estas cintas. Pero ¿y si no la hizo? Tal vez, si las cintas se detienen, si no se las doy al siguiente de la lista, ya está. Se acabó. No pasa nada.

Pero ¿qué sucede si hay algo en estas cintas que me podría lastimar? ¿Qué sucede si no es un truco? Entonces comenzará a circular un segundo grupo de cintas. Eso es lo que dijo. Y todo el mundo escuchará lo que contienen.

La mancha de pintura se descama como una costra.

¿Quién está dispuesto a probar si lo que dice es cierto?

Saliste de la cuneta y pusiste un pie en el césped. Papá había encendido el sistema de riego durante toda la mañana, así que el césped estaba húmedo, y se te resbaló el pie. Caíste haciendo un split perfecto. Zach había estado mirando la ventana, tratando de ver mejor a la nueva amiga de Kat —quien te habla— y él se tropezó contigo y aterrizó al lado tuyo junto al borde de la acera.

Lo empujaste hacia un lado y te pusiste de pie. Entonces él se paró, y ambos se miraron, sin saber qué hacer. ¿Y qué decidieron? Volvieron

corriendo a la calle mientras Kat y yo nos reíamos
como locas en la ventana.

Lo recuerdo. Kat creyó que era tan gracioso. Me contó sobre
eso aquel verano en su fiesta de despedida. La fiesta donde vi
por primera vez a Hannah Baker. Cielos. Me pareció tan bonita.
Y era nueva en la ciudad. Eso fue lo que realmente me cautivó.
Cuando estaba en compañía del sexo opuesto, se me trababa tanto la lengua que no me la hubieran podido destrabar ni con una
ganzúa. Pero con ella podía ser la versión nueva y mejorada de
Clay Jensen, estudiante del primer curso de la escuela secundaria.

Kat se mudó de la ciudad antes del comienzo
de clases, y yo me enamoré del chico que dejó
atrás. Y no pasó mucho tiempo antes de que
ese chico comenzara a mostrar un interés por
mí. Lo cual podía relacionarse con el hecho de
que yo siempre parecía estar cerca.

No estábamos juntos en ninguna asignatura,
pero por lo menos en la primera, cuarta y quinta hora, nuestras clases estaban una al lado de
la otra. Está bien, es cierto que lo de la quinta
hora es una exageración, y a veces no llegaba sino después que te habías ido, pero por lo
menos la primera y cuarta hora estaban en el
mismo corredor.

En la fiesta de Kat todo el mundo se juntó en el patio exterior, aunque la temperatura estaba bajo cero. Seguramente fue la noche más fría del año. Y yo, por supuesto, me olvidé la chaqueta en casa.

> Después de un tiempo, conseguí saludar. Y un rato después, tú también saludaste. Entonces, un día pasé caminando al lado tuyo sin decir una palabra. Sabía que no podías tolerar algo así. Aquello nos llevó a nuestra primera conversación de varias palabras.

No, eso no es cierto. Dejé la chaqueta en casa porque quería que todo el mundo viera mi camisa nueva. ¡Qué idiota!

> —¡Oye! —dijiste—. ¿No vas a saludar?
>
> Sonreí, respiré hondo y luego me volteé.
>
> —¿Por qué te saludaría?
>
> —Porque siempre saludas.
>
> Te pregunté por qué creías que eras un experto en conocerme. Te dije que seguramente no supieras nada de mí.

En la fiesta de Kat, me incliné para atarme la agujeta del zapato durante mi primera conversación con Hannah Baker. Y no pude hacerlo. No pude atarme la estúpida agujeta porque tenía los dedos entumecidos por el frío. Hay que reconocerle a Hannah que se ofreció a atarme la agujeta. Por supuesto, no se lo permití. En cambio, esperé hasta que Zach se hubiera metido en nuestra incómoda conversación y me escabullí

dentro para descongelarme los dedos bajo el agua caliente. Qué vergüenza.

Un poco antes, cuando le había preguntado a mi mamá cómo llamar la atención de un chico, me dijo: "Hazte rogar". Así que eso es lo que estaba haciendo. Y, en efecto, funcionó. Comenzaste a merodear por mis clases, esperándome. Pasaron semanas antes de que finalmente me pidieras el número de teléfono. Pero sabía que terminarías haciéndolo, así que practiqué decirlo en voz alta. Muy tranquila y segura, como si en realidad no me importara. Como si lo diera cien veces por día.

Sí, había chicos de mi anterior colegio que me habían pedido el número. Pero aquí, en mi nueva escuela, tú fuiste el primero.

No. No es cierto. Pero fuiste el primero que realmente consiguió mi número de teléfono.

No era que antes no se lo hubiera querido dar a nadie. Pero era precavida. Ciudad nueva. Escuela nueva. Y esta vez, sería yo la que controlara cómo me verían los demás. Después de todo, ¿cuántas veces tenemos una segunda oportunidad?

Antes de ti, Justin, cuando alguien me lo pedía,

decía todos los números correctos hasta el último.
Y luego me asustaba y lo echaba a perder... casi
como por accidente, pero a propósito.

Levanto la mochila, la coloco sobre el regazo y abro el cierre
del bolsillo más grande.

Comencé a inquietarme observándote escribir mi número. Por suerte, estabas demasiado nervioso para darte cuenta. Cuando finalmente lancé el último número –¡el correcto!–, esbocé una enorme sonrisa. Mientras tanto, la mano te temblaba tanto que creí que lo ibas a arruinar todo. Y yo no iba a dejar que eso sucediera.

Saco su mapa y lo despliego sobre el banco de carpintería.

Señalé el número que estabas escribiendo.

–Ese debería ser un siete –dije.

–Es un siete.

Utilizo una regla de madera, para alisar las arrugas.

–Oh, bueno, mientras sepas que es un siete.

–Lo sé –dijiste. Pero de todos modos, lo tachaste y escribiste un siete aún más torcido. Me estiré el puño de la manga sobre la palma y casi extiendo la mano para secarte el sudor de la frente... algo que habría hecho mi madre. Pero, por suerte, no lo hice. Jamás le volverías a pedir el número a una chica.

A través de la puerta lateral del garaje, oigo a mamá que me llama. Bajo el volumen, listo para presionar el botón de *Stop* si la puerta se abre.

—¿Sí?

Para cuando llegué a casa, ya habías llamado.

Dos veces.

—Quiero que sigas trabajando —dice mamá—, pero necesito saber si vas a cenar con nosotros.

Mamá me preguntó quién eras, y le dije que estábamos juntos en una asignatura. Seguro que me llamabas para preguntarme algo sobre la tarea. Y me dijo que aquello era exactamente lo que le habías dicho.

Bajo la vista y miro la primera estrella roja. C-4. Sé dónde es. Pero ¿debo ir?

No podía creerlo. Justin, le mentiste a mi mamá.

Y entonces, ¿por qué me hacía eso tan feliz?

—No —le digo—. Me estoy yendo a casa de un amigo. Para su proyecto.

Porque nuestras mentiras coincidían. Era una señal.

—No hay problema —dijo mamá—. Guardaré un poco en el refrigerador, y puedes calentártelo más tarde.

Mamá me preguntó qué asignatura era y le dije Matemática, lo cual no era una mentira completa. Ambos cursábamos Matemática.

Solo que no juntos. Y no el mismo tipo de
Matemática.

—Bien —dijo mamá—. Eso es lo que él me dijo.

Acusé a mamá de no confiar en su propia hija,
le arranqué de la mano el trozo de papel con tu
número y me fui corriendo arriba.

Iré allí. A la primera estrella. Pero antes de hacerlo, cuando
termine este lado de la cinta, iré a casa de Tony. Tony nunca
cambió el viejo equipo de música de su coche, así que sigue
oyendo casetes. Dice que, de ese modo, tiene control de la música. Si lleva a alguien en el coche, y trae su propia música, mala
suerte. "El formato es incompatible", les dice.

Cuando respondiste el teléfono, pregunté:
"¿Justin? Es Hannah. Mi mamá dice que llamaste
por un problema de Matemática".

Tony anda en un viejo Mustang heredado de su hermano,
que lo obtuvo de su padre, que seguramente también lo obtuvo de su padre. En la escuela hay pocos amores que se puedan
comparar con el que existe entre Tony y su coche. Hay más chicas que han dejado a Tony por envidia de su coche que labios a
los que yo siquiera he besado.

Estabas confundido, pero al fin te acordaste de
haberle mentido a mi mamá y, como un buen
muchacho, te disculpaste.

Si bien Tony no entra en la categoría de amigo cercano,

hemos trabajado en un par de proyectos juntos, así que sé dónde vive. Y lo más importante de todo es que tiene un viejo Walkman en el que se pueden escuchar casetes. Es amarillo, así como sus delgados auriculares, y estoy seguro de que me lo prestará. Llevaré algunas cintas conmigo y las escucharé mientras camino por el antiguo barrio de Hannah, que solo está a una o dos manzanas de la casa de Tony.

–Entonces, dime, Justin, ¿cuál es el problema de Matemática que tienes? –pregunté. No te ibas a librar tan fácilmente.

O tal vez lleve las cintas a algún otro lugar. A algún lugar privado. Porque no puedo escucharlas aquí. No es que mamá o papá vayan a reconocer la voz que sale por los parlantes, pero necesito espacio. Espacio para respirar.

Y sin alterarte respondiste como si nada. Me dijiste que el tren A salía de tu casa a las 3.45. El tren B salía de mi casa diez minutos después. Tú no lo viste, Justin, pero levanté la mano como si estuviera en clase y no sentada al borde de mi cama. "Yo, yo, señor Foley", dije. "Yo sé la respuesta". Cuando pronunciaste mi nombre: "¿Sí, señorita Baker?", arrojé por la ventana la famosa regla de mamá –"Hazte rogar"– y te dije que los dos trenes se encontraban en el parque de Eisenhower al pie del tobogán cohete.

¿Qué le vio Hannah? Nunca lo entendí. Hasta ella admite no saber qué. Pero para ser un tipo de aspecto normal, son muchas las chicas que se sienten atraídas por Justin.

Claro, es bastante alto. Y tal vez lo hallen enigmático. Siempre está mirando fuera de las ventanas, contemplando algo.

Una larga pausa de tu lado de la línea, Justin.

Y me refiero a que fue una laaaaaarga pausa.

"Entonces, ¿en cuánto tiempo se encuentran los trenes?", preguntaste.

"En quince minutos", dije.

Dijiste que quince minutos parecía demasiado tiempo para dos trenes que iban a máxima velocidad.

Epa. Más despacio, Hannah.

Sé lo que están pensando. Hannah Baker es una zorra. Ups. ¿Escuchaste? Dije, "Hannah Baker es". Eso ya no puedo decirlo.

Deja de hablar. Arrastro la banqueta más cerca del banco de carpintería. Ambos cabezales de la casetera, ocultos bajo una ventana de plástico oscura, arrastran la cinta de un lado al otro. Por el parlante se oye un débil siseo, un zumbido de estática suave.

¿Qué está pensando? En ese momento, ¿tendrá los ojos cerrados? ¿Estará llorando? ¿Tendrá el dedo en el botón de *Stop*, esperando tener la fuerza para presionarlo? ¿Qué hace? ¡No puedo oír!

Error.

Su voz está cargada de ira. Casi temblando.

> Hannah Baker no es, y nunca fue, una zorra. Lo cual me lleva a preguntarles: ¿Qué les han contado?
>
> Yo solo quería un beso. Era una chica del primer curso a quien jamás habían besado. Jamás. Pero me gustaba un chico, yo le gustaba a él, y lo iba a besar. Allí tienen la historia, toda la historia.

¿Cuál era la otra historia? Porque algo escuché.

> Las pocas noches anteriores a nuestro encuentro en el parque, había tenido el mismo sueño. Exactamente, el mismo. De comienzo a fin. Y, para darles el gusto, se lo cuento.
>
> Pero, primero, algunos antecedentes.
>
> La ciudad donde vivía antes, en cierto sentido, tenía un parque parecido al de Eisenhower. Ambos tenían aquel cohete espacial. Estoy segura de que lo fabricó la misma compañía, porque parecían idénticos. Una proa roja apunta al cielo. Barrotes de metal recorren la estructura desde la proa hasta las aletas verdes que levantan el cohete del suelo. Entre la proa y las aletas hay tres plataformas, conectadas por medio de tres escaleras. En el nivel superior, hay

un volante. En el nivel del medio, hay un tobogán
que conduce al parque.

Durante muchas noches que precedieron a mi
primer día de clases aquí, me trepaba a la punta de ese cohete y descansaba la cabeza hacia
atrás contra el volante. La brisa nocturna que
soplaba entre los barrotes me calmaba. Tan solo
cerraba los ojos y pensaba en casa.

Una vez me trepé allí. Solo una vez, cuando tenía cinco años.
Me puse a gritar y a llorar desconsolado, y no quería bajar por
nada. Papá era demasiado grande para pasar por las aberturas,
así que llamó al departamento de bomberos, y ellos enviaron a
una mujer bombero para rescatarme. Deben haber tenido muchos de esos rescates, porque unas semanas atrás la ciudad dio
el anuncio de tener planes para demoler el tobogán cohete.

Creo que por ese motivo, en mis sueños, mi primer beso ocurría en el tobogán cohete. Era un
recuerdo de las cosas inocentes de la vida. Y
yo quería que mi primer beso fuera justamente
así: inocente.

Tal vez, por eso no le puso una estrella roja al parque. Es posible que el tobogán cohete haya desaparecido antes de que las
cintas sean escuchadas por toda la lista.

Así que volvamos a mis sueños, que arranca-
ron el día que comenzaste a esperarme en

la puerta del aula. El día que supe que yo te
gustaba.

Hannah se quitó la camisa y dejó que Justin le metiera las
manos debajo del sujetador. Eso. Eso fue lo que me contaron
que había sucedido en el parque aquella noche. Pero esperen.
¿Por qué haría eso en el medio de un parque?

El sueño empieza conmigo trepada en la parte
superior del cohete, tomada del volante. Sigue
siendo el cohete de un parque de juegos, no
uno real, pero cada vez que giro el volante hacia la izquierda, los árboles del parque levantan
las raíces y lo esquivan por el lado izquierdo.
Cuando lo volteo hacia la derecha, lo esquivan
por el lado derecho.

Luego oigo tu voz que me llama desde el suelo:
"¡Hannah! ¡Hannah! Deja de jugar con los árboles y ven a verme".

Entonces suelto el volante y me trepo por la
abertura de la plataforma superior. Pero cuando
llego a la siguiente plataforma, mis pies se han
vuelto tan grandes que no caben por la siguiente abertura.

¿Pies grandes? ¿En serio? No soy un experto en análisis de
sueños, pero es posible que Hannah se estuviera preguntando
si Justin tenía uno grande.

Asomo la cabeza por entre los barrotes y grito:

–Tengo los pies demasiado grandes. ¿Quieres que baje de todos modos?.

–Me encantan los pies grandes –me respondes con un grito–. Baja por el tobogán para encontrarte conmigo. Te atraparé.

Así que me siento en el tobogán y me impulso hacia abajo. Pero la resistencia del viento sobre los pies me hace ir demasiado lento. En el tiempo que me toma llegar al final del tobogán, me doy cuenta de que tus pies son extremadamente pequeños. Casi han desaparecido.

¡Lo sabía!

Caminas al extremo del tobogán con los brazos abiertos, listo para atraparme. Y, como era de esperar, cuando salto del tobogán, mis enormes pies no pisan los tuyos pequeños.

–¿Ves? Fuimos hechos el uno para el otro –dices. Entonces te inclinas para besarme. Tus labios se acercan más... y más... y... me despierto. Durante una semana todas las noches me despertaba en el mismo momento, a punto de ser besada. Pero ahora, Justin, por fin me estaría encontrando contigo. Al pie de aquel tobogán. Y, te gustara o no, me ibas a dar un maldito beso.

Hannah, si lo besaste en ese momento como besaste en la fiesta, entonces te aseguro que le gustó.

Te dije que te encontraras conmigo allí en quince minutos. Por supuesto, solo te lo dije para estar segura de que llegaría allí antes que tú. Para cuando entraras al parque, yo quería estar dentro de ese cohete y en la parte más alta, exactamente igual que en mi sueño. Y así fue como ocurrió... menos los árboles que bailaban y los extraños pies.

Desde mi mirador en lo alto del cohete, te vi entrar desde el extremo más alejado del parque. Mirabas tu reloj cada dos pasos y te acercaste al tobogán, echando un vistazo a tu alrededor, pero nunca hacia arriba.

Así que giré el volante lo más fuerte que pude, para que hiciera ruido. Diste un paso atrás, levantaste la vista y me llamaste por mi nombre. Pero no te preocupes. Aunque quería hacer realidad mi sueño, no esperaba que te supieras todo el guion y me dijeras que dejara de jugar con los árboles y bajara.

—Ahora bajo —dije.

Pero me dijiste que no. Que subirías hasta donde yo estaba.

Así que te grité:

—¡No! Déjame bajar por el tobogán.

35

Entonces repetiste esas palabras mágicas de ensueño: "Yo te atraparé".

Sin duda, supera mi primer beso. Séptimo grado, Andrea Williams, detrás del gimnasio a la salida del colegio. Se acercó a mi mesa a la hora del almuerzo, me susurró la propuesta en el oído, y se me puso dura el resto del día.

Cuando el beso acabó, tres segundos después de saborear el brillo de labios con sabor a fresa, se volteó y salió corriendo. Miré de reojo al gimnasio y vi a dos de sus amigas entregándole, cada una, un billete de cinco dólares. ¡No lo podía creer! Mis labios eran una apuesta de diez dólares.

¿Eso era bueno o malo? Seguramente, malo, decidí.

Pero desde entonces, me encanta el brillo de labios con sabor a fresa.

No pude evitar sonreír al bajar por la escalera más alta. Me senté en el tobogán con el corazón desbocado. Este era el momento. Todas las amigas de mi hogar anterior tuvieron su primer beso en la escuela media. El mío me estaba esperando al final del tobogán, exactamente como lo quería. Lo único que tenía que hacer era impulsarme.

Y lo hice.

Sé que no sucedió tal como lo relato, pero cuando miro hacia atrás, todo sucede en cámara lenta. El impulso. La bajada por el tobogán. El

pelo que ondea por detrás. Tú, levantando los brazos para atraparme. Yo, levantando los míos para que pudieras hacerlo.

Así que ¿cuándo decidiste besarme, Justin? ¿Fue cuando caminabas hacia el parque? ¿O simplemente sucedió cuando me deslicé entre tus brazos?

Bueno, ¿quién de ustedes quiere saber lo primero que pensé durante mi primer beso? Ahí va: alguien ha estado comiendo perritos calientes con chili.

Buena, Justin.

Lo siento. No fue tan terrible, pero fue lo primero que pensé.

Prefiero mil veces el brillo labial con sabor a fresa.

Estaba tan ansiosa por el tipo de beso que sería... porque, allá en mi hogar anterior, mis amigas describían tantos tipos de besos diferentes... Y terminó siendo uno de los besos hermosos. No me empujaste la lengua dentro de la garganta. No me aferraste el trasero. Tan solo unimos los labios... y nos besamos.

Y eso fue todo.

Espera. Un momento. No rebobines. No hace falta que vuelvas atrás, porque no te perdiste

nada. Déjame repetirlo. Eso... es... todo... lo...
que... pasó.

¿Por qué? ¿Has oído algo más?

Un escalofrío me recorre la espalda. Sí. Todos hemos oído algo más.

Pues, tienes razón. Algo sí sucedió. Justin me tomó la mano, caminamos hacia los columpios y nos columpiamos. Luego me volvió a besar exactamente igual.

¿Y después? ¿Y después, Hannah? ¿Qué pasó después?

Después... nos fuimos. Él se fue en una dirección.
Yo me fui en otra.

Oh. Lo siento. Querías algo más sexy, ¿no es cierto? Querías enterarte de cómo mis impacientes deditos comenzaron a juguetear con su cierre. Querías enterarte...

Bueno, ¿qué querías oír? Porque he escuchado tantas historias que no sé cuál es la más popular.
Pero sí sé cuál es la menos popular.
La verdad.

Ahora bien, la verdad es la que no olvidarás.

Todavía puedo ver a Justin sentado en círculo con sus amigos, en la escuela. Recuerdo que Hannah pasó caminando, y todo el grupo dejó de hablar. Desviaron la mirada. Y cuando pasó de largo, comenzaron a reírse.

Pero ¿por qué lo recuerdo?

Porque quise hablar con Hannah un montón de veces después de la fiesta de despedida de Kat, pero era demasiado tímido. Tenía demasiado miedo. Cuando vi a Justin y a sus amigos aquel día, me dio la sensación de que había información sobre ella que yo desconocía.

Más adelante oí que le habían metido mano en el tobogán cohete. Era tan nueva en el colegio que los rumores eclipsaban todas las demás cosas que sabía de ella.

Hannah está fuera de tu alcance, pensé. Es demasiado experimentada para fijarse en mí.

Así que gracias, Justin. Sinceramente. Mi primer beso fue maravilloso. Y durante el mes, más o menos, que duramos, y a todos los lugares adonde íbamos, los besos eran maravillosos. Tú eras maravilloso.

Pero luego comenzaste a presumir.

Pasó una semana y no me enteré de nada. Pero finalmente, como siempre sucede, me llegaron los rumores. Y cualquiera sabe que no se puede desmentir un rumor.

Ya sé. Ya sé lo que estás pensando. Mientras contaba la historia, yo también pensaba lo mismo. ¿Un beso? ¿Un rumor basado en un beso hizo que te hicieras esto a ti misma?

No. Un rumor basado en un beso arruinó un recuerdo que esperaba que fuera especial. Un rumor basado en un beso comenzó una reputación en la que otras personas creyeron y a la que reaccionaron. A veces, un rumor basado en un beso tiene un efecto bola de nieve.

Un rumor basado en un beso es solo el comienzo.

Voltea la cinta para seguir escuchando.

Extiendo la mano, listo para presionar *Stop*.

Y, Justin, cariño, no te vayas. No vas a poder creer la parte en la que vuelve a aparecer tu nombre.

Mantengo el dedo sobre el botón, escuchando el suave zumbido de los parlantes, el débil chirrido de los cabezales que enrollan la cinta, esperando a que regrese su voz. Pero no vuelve. La historia ha terminado.

Cuando llego a lo de Tony, su Mustang está estacionado contra el borde de la acera frente a su casa. El capó está levantado, y él y su papá están inclinados sobre el motor. Tony sostiene una pequeña linterna mientras su padre ajusta algo bien adentro con una llave inglesa.

—¿Se descompuso? —pregunto—. ¿O es solo para divertirse?

Tony echa un vistazo sobre el hombro y, cuando me ve, deja caer la linterna dentro del motor.

—Maldición.

Su padre se pone de pie y se limpia las manos en la parte delantera de su camiseta engrasada.

—¿Bromeas? Siempre es divertido —mira a Tony y guiña el ojo—. Es aún más divertido cuando se trata de algo serio.

Tony frunce el ceño y mete la mano para sacar la linterna.

—Papá, ¿te acuerdas de Clay?

—Claro —dice el papá—. Por supuesto. Qué bueno volver a verte —no se inclina hacia delante para estrecharme la mano. Y con la cantidad de grasa que le embadurna la camiseta, no me ofendo.

Pero está fingiendo que me conoce, porque, en realidad, no me recuerda.

—Oye —dice su padre—, claro que te recuerdo. Una vez te quedaste a cenar, ¿no es cierto? Te recuerdo muy apegado al "por favor" y al "gracias".

Sonrío.

—Después que te fuiste, la mamá de Tony nos estuvo persiguiendo durante una semana para que fuéramos más educados.

¿Qué puedo decir? Les caigo bien a los padres.

—Sí, es él —dice Tony. Toma un trapo viejo para limpiarse las manos—. Y ¿qué hay de nuevo, Clay?

Repito sus palabras en la cabeza. ¿Qué hay de nuevo? ¿Qué hay de nuevo? Oh, vaya, ya que lo preguntas, recibí por correo un montón de cintas de una chica que se mató. Aparentemente, yo tuve algo que ver con ello. No estoy seguro de lo que fue, así que te iba a pedir prestado tu Walkman para averiguarlo.

—No mucho —digo.

Su padre me pregunta si me importa meterme en el coche y arrancarlo.

—La llave está en el contacto.

Arrojo la mochila al asiento delantero y me deslizo detrás del volante.

—¡Espera! ¡Espera! —grita el papá—. Tony, enfoca la linterna aquí.

Tony está parado al lado del coche. Observándome. Cuando nuestras miradas se cruzan, quedan conectadas y no puedo apartar la mía. ¿Sabrá? ¿Sabrá acerca de las cintas?

—Tony —repite su padre—, la luz.

Tony aparta la mirada y se inclina hacia dentro con la linterna. En el espacio entre el tablero y el capó, su mirada va y viene de mí al motor.

¿Qué pasa si sabe de las cintas? ¿Qué pasa si su historia está justo antes que la mía? ¿Habrá sido él quien me las envió?

Cielos, me estoy volviendo loco. Tal vez no sepa nada. Tal vez sea solo mi mirada de culpa, y se haya dado cuenta de eso.

Cuando espero la indicación para arrancar el coche, miro

alrededor. Detrás del asiento delantero, sobre el suelo, está el Walkman. Está allí sin que nadie lo use. El cable de los auriculares está enrollado firmemente alrededor del reproductor de casetes. Pero ¿cuál es mi excusa? ¿Por qué lo necesito?

—Tony, toma, sujeta la llave inglesa y déjame sostener la linterna —dice su padre—. La estás moviendo demasiado.

Cambian la linterna por la llave inglesa y, en ese momento, me apodero del Walkman. Así no más. Sin pensarlo. El bolsillo del medio de mi mochila está abierto, así que lo meto dentro y cierro la cremallera.

—Está bien, Clay. Gira la llave.

Giro la llave y el motor se enciende en seguida.

A través del hueco que está encima del tablero, observo la sonrisa de su padre. Por lo que sea que él haya hecho, está satisfecho.

—Una pequeña puesta a punto para que cante —dice por encima del motor—. Puedes apagarlo ahora, Clay.

Tony baja el capó y lo cierra con un clic.

—Te veo adentro, papá.

Su padre asiente, levanta una caja de herramientas metálica de la calle, hace un atado con los trapos y se dirige al garaje.

Me levanto la mochila sobre el hombro y salgo del coche.

—Gracias —dice Tony—. Si no hubieras aparecido, seguramente hubiéramos estado aquí toda la noche.

Deslizo el brazo a través de la otra correa y ajusto la mochila.

—Necesitaba salir de mi casa —digo—. Mamá me estaba volviendo loco.

—A mí me lo vas a decir —dice—. Necesito comenzar a hacer las tareas, y papá quiere que revisemos un par de cosas más debajo del capó.

El farol encima de nosotros titila y se enciende.

—¿Y, Clay? —pregunta—. ¿Para qué viniste?

Siento el peso del Walkman en mi mochila.

—Solo pasaba por aquí, te vi afuera y pensé en saludarte.

Su mirada se prolonga demasiado, así que miro hacia su automóvil.

—Estoy yendo a casa de Rosie, para ver cómo va todo —dice—. ¿Puedo acercarte?

—Gracias —respondo—, pero solo tengo que caminar un par de calles.

Hunde las manos en los bolsillos.

—¿Adónde vas?

Cielos, espero que Tony no esté en la lista. Pero ¿y si lo está? ¿Y si ya escuchó las cintas y sabe exactamente lo que me está dando vueltas en la cabeza? ¿Y si sabe con precisión adónde me dirijo? O peor, ¿si aún no recibió las cintas? ¿Si se las envían más adelante?

En ese caso, recordará este momento. Recordará mis evasivas, mi reticencia a alertarlo o advertirle.

—A ningún lado —digo. Yo también me meto las manos en los bolsillos—. Así que, bueno, supongo que te veré mañana.

No dice una palabra. Solo me observa voltearme para partir. Estoy esperando que en cualquier momento comience a gritar: "¡Oye! ¿Dónde está mi Walkman?". Pero no lo hace. Es una huida impecable.

En la primera esquina, doblo a la derecha y sigo caminando. Oigo el sonido del motor de arranque y el crujido de la grava cuando las ruedas de su Mustang giran hacia delante. Luego pisa el acelerador, cruza la calle que está a mis espaldas y continúa su camino.

Me deslizo la mochila de los hombros y la deposito sobre la acera. Saco el Walkman. Desenrosco el cable y me coloco los auriculares amarillos de plástico sobre la cabeza, empujando las diminutas almohadillas de los audífonos en las orejas. Dentro de la mochila están las primeras cuatro cintas, una o dos más de las que seguramente tenga tiempo de escuchar esta tarde. El resto quedó en casa.

Abro el cierre del bolsillo más pequeño y saco la primera cinta. Luego la deslizo dentro de la casetera, con el lado B hacia arriba, y cierro la compuerta de plástico.

C ▶ SETE 1 LAD ■ B

Bienvenido de nuevo. Y gracias por quedarte a
escuchar la parte dos.

Forcejeo ligeramente el Walkman para introducirlo en el bolsillo de la chaqueta y subo el volumen.

Si estás escuchando esto, ha sucedido una de
dos cosas: a) Eres Justin, y después de escuchar
tu breve relato, quieres saber quién viene después. O b) Eres algún otro y estás esperando
para ver si eres tú.

Pues...

Un delgado rastro de sudor me recorre la línea del nacimiento del pelo.

Alex Standall, te toca a ti.

Una única gota de sudor se desliza por mi sien y la enjugo.

Estoy segura de que no tienes idea de por qué estás aquí, Alex. Seguramente piensas que hiciste algo bueno, ¿verdad? Me votaste como el Mejor trasero del primer curso. ¿Cómo puede alguien enojarse con algo así? Escucha.

Me siento en el borde de la acera con los zapatos en la cuneta. Cerca de mi talón, algunos hilos brotan a través del cemento. Aunque el sol apenas ha comenzado a hundirse bajo los techos y los árboles, las luces están encendidas a ambos lados de la calle.

Primero, Alex, si crees que estoy siendo ridícula, si crees que soy una especie de chiquilina que se indigna por cosas insignificantes, tomándose todo demasiado en serio, nadie te está obligando a escuchar las cintas. Es cierto que te estoy presionando con aquel segundo grupo de cintas, pero a quién le importa si la gente de esta ciudad se entera de lo que piensas de mi trasero, ¿verdad?

En las casas de esta calle, y en mi propia casa, a varias calles de aquí, las familias están terminando la cena. O están cargando el lavaplatos. O comenzando las tareas.

Para esas familias, esta noche transcurre con normalidad.

Puedo nombrar una lista entera de personas a quienes les importaría. Puedo nombrar una lista de personas a quienes les importaría mucho si estas cintas se hicieran públicas.

Así que comencemos, ¿sí?

Me hago un ovillo hacia delante abrazándome las piernas y apoyo la frente sobre las rodillas.

La mañana que se filtró tu lista, recuerdo haber estado en la segunda hora. Era evidente que la señorita Strumm había tenido un fin de semana fantástico, porque no preparó absolutamente nada.

Nos hizo mirar uno de sus documentales, famosos por lo aburridos que son. El tema, no lo recuerdo. Pero sí que el narrador tenía un fuerte acento inglés. Y recuerdo intentar despegar un viejo trozo de cinta pegado a mi banco, para no quedarme dormida. Para mí, la voz del narrador no era otra cosa que ruido de fondo. Bueno, la voz del narrador... y el cuchicheo.

Cuando levanté la mirada, los cuchicheos se detuvieron. Cualquiera que estuviera mirándome, apartó la vista. Pero alcancé a ver el papel que se pasaban de mano en mano. Una única hoja, que iba y venía por los pasillos. Finalmente, llegó al banco que estaba detrás del mío –el banco de Jimmy Long–, que emitió un chirrido cuando Jimmy cambió el peso del cuerpo.

Cualquiera de ustedes que haya estado en clase esa mañana, dígame: es cierto que Jimmy echó una miradita furtiva por encima del respaldo de mi silla, ¿verdad? Es todo lo que pude imaginar cuando susurró: "Pues claro que lo es".

Presiono las rodillas con más fuerza. Jimmy, el idiota.

–Imbécil, eres un idiota –susurró alguien.

Me volteé, pero no estaba de humor para cuchicheos.

–¿A qué te refieres?

Jimmy, siempre ávido de recibir la atención de cualquier chica, me dirigió una media sonrisa y echó un vistazo al papel que tenía sobre el banco. Otra vez se oyó el susurro de "idiota", esta vez repetido a lo largo de toda la clase, como si nadie quisiera que yo me enterara de la broma.

La primera vez que vi aquella lista que me entregaron en la clase de Historia, había algunos nombres que no reconocí. Eran algunos nuevos estudiantes que aún no había conocido o de quienes no estaba seguro de saber sus nombres. Pero el

nombre de *Hannah*, sí lo conocía. Y me reí cuando lo vi. En un muy corto tiempo se estaba ganando toda una reputación.

Solo que ahora caigo en la cuenta de que su reputación comenzó en la imaginación de Justin Foley.

Incliné la cabeza para poder leer el título de la hoja, que estaba al revés: PRIMER CURSO: QUIÉN ES SEXY/QUIÉN NO.

El banco de Jimmy volvió a chirriar cuando se sentó, y sabía que la señorita Strumm se acercaba, pero yo tenía que encontrar mi nombre. No me importaba el motivo por el cual estaba en la lista. En ese momento, ni siquiera creo que me importaba de qué lado de la lista estaba. Pero el hecho de que todo el mundo se ponga de acuerdo con algo —algo que se relaciona contigo— provoca una reacción que abre una jaula de mariposas en tu estómago. Y mientras la señorita Strumm se acercaba caminando por el pasillo, preparada para arrebatar la lista antes de que yo encontrara mi nombre, las mariposas enloquecieron.

¿Dónde está mi nombre? ¿Dónde? ¡Lo encontré!

Ese mismo día, un poco más tarde, cuando pasé al lado de Hannah en algún corredor, eché un vistazo atrás mientras ella pasaba caminando. Y tuve que estar de acuerdo. Definitivamente, pertenecía a aquella categoría.

La señorita Strumm arrebató la lista, y me volteé hacia delante. Después de unos minutos en que reuní el coraje para mirar, eché un vistazo al otro lado del aula. Tal como lo esperaba, Jessica Davis se veía furiosa.

¿Por qué? Porque justo al lado de mi nombre, pero en la otra columna, estaba el suyo.

Su lápiz daba golpecitos contra su cuaderno a la velocidad del código morse, y tenía la cara encendida.

¿Lo único que pensé? Gracias a Dios que no conozco el código morse.

Lo cierto es que Jessica Davis es mucho más bonita que yo. Haz una lista de todas las partes de su cuerpo y obtendrás toda una hilera de vistos buenos, porque en cada ítem su cuerpo le gana al mío.

Estoy en desacuerdo, Hannah. En todos los ítems de la lista.

Todos saben que el "peor trasero" del primer curso era mentira. No es una categoría que se pueda considerar, ni siquiera tergiversando la realidad. Pero estoy segura de que a nadie le importaba por qué Jessica terminó de ese lado de tu lista, Alex. A nadie, salvo a ti, a mí y a Jessica. Eso hace que seamos tres.

Y me estoy imaginando que un montón de personas más están a punto de descubrirlo.

> Tal vez algunas personas crean que tuviste razón en elegirme. Yo no lo creo. Pero déjame que te lo explique de esta manera: no creo que mi trasero —como lo llamas tú— fuera el factor decisivo para elegirme. Creo que el factor decisivo... fue la venganza.

Arranco los hilos de hierba de la cuneta y me pongo de pie para marcharme. Mientras comienzo a caminar, froto esos hilos entre los dedos hasta que caen dispersos.

> Pero esta cinta no es sobre tu motivación, Alex, aunque acabaremos hablando de eso. Esta cinta es sobre cómo cambian las personas cuando ven tu nombre en una lista estúpida. Esta cinta es sobre...

Hay una pausa en su relato. Meto la mano en mi chaqueta y subo el volumen. Hannah está desdoblando un trozo de papel. Le está quitando las arrugas.

> Muy bien. Acabo de repasar todos los nombres —todas las historias— que completan estas cintas. Y ¿adivina qué? Es posible que ninguno de los acontecimientos que relato aquí hubiera ocurrido, Alex, si no hubieras escrito mi nombre en esa lista. Es así de simple.

Necesitabas un nombre para escribir en el lado opuesto al de Jessica. Y como toda la escuela ya tenía una imagen descarriada de mí después del episodio con Justin, yo era la opción ideal, ¿no es cierto?

Y la bola de nieve sigue rodando. Gracias, Justin.

La lista de Alex fue una broma. Una mala, por cierto. Pero él no tenía ni idea de que afectaría a Hannah de esta manera. Eso no es justo.

¿Y yo? ¿Qué hice yo? ¿Qué daño dirá Hannah que le hice? Porque no tengo ni la más remota idea. Y después de que la gente se entere, ¿qué pensarán cuando me vean? Algunos, por lo menos dos personas, ya saben por qué estoy aquí. ¿Me verán de un modo diferente ahora?

No. Imposible. Porque mi nombre no puede estar junto al de ellos. No debería pertenecer a esta lista. Estoy seguro.

¡No hice nada malo!

Así que, para retroceder un poco, esta cinta no trata de por qué hiciste lo que hiciste, Alex. Es acerca de las repercusiones que tuvo lo que hiciste. Y, más concretamente, acerca de las repercusiones que tuvo sobre mí. Es acerca de las cosas que no planeaste... cosas que no podías planear.

Cielos, no lo puedo creer.

(II)

La primera estrella roja. La antigua casa de Hannah. Allí está.

Pero es imposible.

Esta casa ya fue mi destino en otra ocasión. Después de una fiesta. Ahora vive allí una pareja mayor. Y una noche, hace como un mes, el esposo conducía su coche a unas calles de aquí, estaba hablando con su esposa por teléfono cuando chocó contra otro vehículo.

Cierro los ojos y sacudo la cabeza al recordarlo. No quiero verlo. Pero no puedo evitarlo. El hombre estaba histérico. Lloraba. "¡Necesito llamarla! ¡Necesito llamar a mi esposa!". Su teléfono había desaparecido en algún lugar del choque. Intentamos usar el mío, pero el teléfono de su esposa seguía dando ocupado. Estaba confundida, demasiado asustada para colgar. Quería quedarse en la línea, la línea por la que su esposo la había llamado.

Ella tenía problemas de corazón, me dijo él. Necesitaba saber que su esposo estaba bien.

Con mi teléfono, llamé a la policía y le dije al hombre que continuaría intentando conectarme con su esposa. Me dijo que precisaba que me comunicara con ella. Necesitaba que le avise que él estaba bien. Su casa no estaba lejos.

Un pequeño grupo de personas se había congregado, y algunos se estaban ocupando de quien estaba en el otro coche. Era de nuestro colegio: un chico del último curso. Y estaba mucho peor que el viejo. Le grité a un par de ellos que esperaran con el tipo hasta que llegara una ambulancia. Luego me marché, corriendo hacia su casa, para calmar a su esposa. Pero no sabía que también estaba corriendo hacia una casa en la que Hannah había vivido una vez.

Esta casa.

Pero esta vez, camino. Tal como Justin y Zach, camino por la mitad de la calle hacia East Floral Canyon, donde dos calles se cruzan como una T invertida, tal como Hannah lo describió.

Con la caída de la noche, ya han cerrado las cortinas del ventanal. Pero el verano anterior a nuestro primer curso de secundario, Hannah había estado allí parada junto a Kat. Ambas miraban hacia donde estoy yo ahora, observando a dos chicos que se acercaban caminando por la calle. Los observaron salir de la carretera y treparse al césped húmedo, donde se resbalaron y rodaron uno encima del otro.

Sigo caminando hasta que llego a la cuneta, apretando las puntas de los zapatos contra el borde de la acera. Subo un pie al césped y me quedo detenido. Un paso sencillo y básico. No me resbalo, y no puedo evitar preguntarme qué habría sucedido si Justin y Zach hubieran conseguido llegar a la puerta de la casa de Hannah. Ella, ¿se habría enamorado de Zach y no de Justin unos meses después? ¿Se habría olvidado de Justin? ¿Se habría evitado que los rumores comenzaran a circular?

¿Seguiría viva Hannah?

El día que apareció tu lista no fue demasiado traumático. Sobreviví. Sabía que era una broma. Y las personas que vi en los corredores, apiñadas alrededor de quien tuviera una copia, también sabían que era una broma. Una broma colosalmente graciosa.

Pero ¿qué pasa cuando alguien dice que tienes el mejor trasero del primer curso? Déjame decírtelo, Alex, porque nunca lo sabrás. Les da a las personas —a algunas— luz verde para tratarte como si no fueras otra cosa más que esa parte específica del cuerpo.

¿Necesitas un ejemplo? Perfecto. Busquen B-3 en sus mapas. El almacén de licores Blue Spot.

No sé por qué se llama así, pero solo está a una calle o dos de mi primera casa. Solía caminar hasta allí cada vez que tenía antojo de algo dulce. Lo cual significa que sí, iba allí todos los días.

Blue Spot siempre ha tenido un aspecto mugriento desde la acera así que, en realidad, nunca he entrado.

Casi siempre Blue Spot estaba vacío. Solo yo y el hombre detrás de la caja registradora.

No creo siquiera que haya mucha gente que sepa que está allí, porque es diminuto y está apretujado entre otras dos tiendas, ambas cerradas desde que nos mudamos aquí. Desde la acera, Blue Spot parece un tablero de mensajes para anuncios de cigarrillos y alcohol. ¿Y adentro? Pues, tiene casi el mismo aspecto.

Camino por la acera delante de la antigua casa de Hannah. Una entrada para coches trepa una suave lomada y desaparece bajo la puerta de madera deteriorada del garaje.

Delante del mostrador, cuelga una rejilla de alambre con los mejores dulces. Bueno, al menos, son mis favoritos. Y apenas abro la puerta, el hombre detrás de la caja registra la venta —ring ring—, incluso antes de que elija una golosina, porque sabe que jamás me voy sin una de ellas.

Alguien dijo alguna vez que el hombre detrás del mostrador tenía cara de nuez. ¡Y es cierto! Seguramente, por fumar demasiado, pero es posible que llamarse Wally no lo ayude.

Desde su llegada, Hannah venía al colegio en una bicicleta azul. Casi me la estoy imaginando. Aquí mismo. Con la mochila

a cuestas, deslizándose por el camino de entrada. La rueda delantera gira y pasa al lado mío pedaleando sobre la acera. La observo andar un extenso trecho, pasando árboles, coches estacionados y casas. Me detengo y advierto que desaparece su imagen.

Otra vez.

Luego me volteo con lentitud y me alejo caminando.

Francamente, de todas las veces que he estado en Blue Spot, no creo haber oído a Wally pronunciar una sola palabra. Estoy tratando de recordar un único "hola" o "eh" o incluso un gruñido amistoso. Pero el único sonido que le oí decir alguna vez fue por ti, Alex.

Qué buen amigo.

¡Alex! Eso es. Ayer, alguien lo empujó en el corredor. Alguien lo empujó hacia mí. Pero ¿quién?

Aquel día, como de costumbre, una campanilla tintineó sobre la puerta cuando entré. *Kling kling* sonó la caja registradora. Elegí un dulce del estante que estaba sobre el mostrador, pero no te puedo decir cuál fue porque no lo puedo recordar.

Atrapé a Alex para que no se cayera al suelo. Le pregunté si estaba bien, pero solo me ignoró, levantó su mochila y salió apurado por el corredor. ¿Habré hecho algo para fastidiarlo?, me pregunté. No se me ocurría nada.

Si quisiera, te podría decir el nombre de la persona que entró mientras yo rebuscaba el dinero dentro de mi mochila. Lo recuerdo perfectamente. Pero es solo uno de los miles de idiotas con los que me he cruzado a lo largo de los años.

No lo sé, tal vez debería desenmascararlos a todos. Pero en lo que se refiere a tu historia, Alex, la acción del recién llegado —su horrible y repugnante acción— fue solo un efecto secundario de la tuya.

Además, él tiene una cinta dedicada exclusivamente para sí mismo...

Hago una mueca. ¿Qué sucedió en esa tienda por culpa de la lista de Alex?

No, no quiero saberlo. Y no quiero ver a Alex. Ni mañana. Ni pasado mañana. No quiero verlo a él ni a Justin. Ni al imbécil gordinflón de Jimmy. Cielos, ¿quién más está involucrado en esto?

Abrió de golpe la puerta del Blue Spot. "¡Hola, Wally!", dijo. Y lo dijo con tal arrogancia, algo que sonaba completamente natural si venía de su boca. Me di cuenta de que no era la primera vez que lo decía así, actuando como si Wally fuera inferior a él. "Oh, Hannah, hola", dijo. "No te vi".

¿Mencioné que estaba delante del mostrador, visible para cualquiera que pudiera abrir la puerta?

Lo saludé con una brevísima sonrisa, encontré mi dinero y lo dejé caer en la mano arrugada de Wally. Wally, por lo que vi, no le respondió de modo alguno. Ni una mirada, ni un movimiento, ni una sonrisa —su saludo habitual para conmigo—.

Sigo la acera hasta doblar la esquina, alejándome de las calles residenciales, de camino al Blue Spot.

Resulta asombroso cómo puede cambiar una ciudad en apenas una esquina. Las casas que tenía detrás no eran grandes ni lujosas, sino muy de clase media. Pero están ubicadas a la espalda de la parte de la ciudad que ha estado cayéndose a pedazos durante años.

"Hola, Wally, ¿adivina qué?". Su aliento me llegaba justo por encima del hombro.

Yo tenía la mochila sobre el mostrador mientras cerraba la cremallera. Wally tenía la mirada hacia abajo, justo encima del borde del mostrador, cerca de mi cintura, y yo sabía lo que iba a suceder.

Una mano ahuecada me palmeó el trasero. Y luego, lo dijo:

"El mejor trasero del primer curso, Wally. ¡Y aquí
está, en persona, en tu tienda!".

Hay más de un par de tipos que me puedo imaginar haciendo algo así. El sarcasmo. La arrogancia.

¿Si me dolió? No. Pero eso no tiene importancia,
¿verdad? Porque la pregunta es si tuvo derecho
a hacerlo. Y la respuesta, espero, es obvia.

Le aparté la mano bruscamente con un golpe
de revés que toda chica debería dominar. Y en
ese momento Wally emergió de su caparazón.
En ese momento emitió un sonido. Su boca se
mantuvo cerrada, solo hizo un rápido chasquido de la lengua, pero ese pequeño sonido me
sorprendió. Por dentro, yo sabía que Wally estaba preso de una rabia sorda.

Y ahí está. El letrero luminoso del almacén de licores Blue Spot.

En esta manzana solo permanecen abiertas dos tiendas: el
almacén de licores Blue Spot y los Videos Inquietos del otro
lado de la calle. Blue Spot luce tan mugriento como la última
vez que pasé caminando. Hasta los anuncios de cigarrillos y de
alcohol tienen el mismo aspecto. Como si fuera un empapelado
en el escaparate.

Una campanilla de latón tintinea cuando abro la puerta. La misma campanilla que oía Hannah cada vez que entraba para obtener su dosis diaria de caramelos. En lugar de dejar que se cierre sola con un golpe detrás de mí, tomo el borde de la puerta y la empujo lentamente para cerrarla, observándola volver a hacer que la campanilla tintinee.

–¿Puedo ayudarte?

No tengo que mirar para saber que no es Wally.

Pero ¿por qué me siento decepcionado? No vine a ver a Wally.

Vuelve a preguntar, un poco más fuerte.

–¿Puedo ayudarte?

No consigo levantar la mirada hacia el mostrador principal. Aún no. No quiero imaginarla de pie allí.

Al fondo de la tienda, detrás de una pared de puertas acristaladas, se encuentran las bebidas frías. Y aunque no tengo sed, me dirijo hacia allí. Abro una de las puertas y saco un refresco de naranja, la primera botella de plástico que toco. Luego camino al frente de la tienda y saco el dinero.

Un estante de alambre cargado de dulces cuelga delante del mostrador. Son las que le gustaban a Hannah. Comienzo a sentir un espasmo involuntario en el ojo izquierdo.

–¿Algo más?

Coloco el refresco sobre el mostrador y miro hacia abajo, frotándome el ojo. El dolor comienza encima del ojo, pero va más profundo. Detrás de la ceja. Un pellizco que jamás había sentido.

—Hay más detrás de ti —dice el empleado. Debe pensar que estoy mirando los dulces.

Tomo rápidamente del estante un dulce de mantequilla de maní y lo pongo al lado de mi bebida. Coloco un par de dólares sobre el mostrador y los deslizo en dirección a él.

Kling kling.

Me desliza a su vez un par de monedas, y advierto una etiqueta con un nombre, pegada a la caja registradora.

—¿Sigue trabajando aquí? —pregunto.

—¿Wally? —el empleado exhala por la nariz—. Turno día.

Cuando salgo de la tienda, la campana de latón tintinea.

Me eché la mochila al hombro y seguramente susurré: "Disculpa", pero cuando me moví alrededor de él, evité a propósito sus ojos.

Encaré hacia la puerta, lista para marcharme, cuando me tomó con fuerza de la muñeca y me hizo girar. Pronunció mi nombre, y cuando lo miré a los ojos, el humor había desaparecido. Quise alejar mi brazo, pero me lo aferró con fuerza.

Del otro lado de la calle, el letrero luminoso de Videos Inquietos parpadea erráticamente.

Ahora sé de quién habla Hannah. Lo he visto practicar el truco de aferrar muñecas. Siempre me dan ganas de tomarlo de la camisa y empujarlo hasta que suelte a la chica.

Pero, en lugar de hacerlo, cada vez que sucede, finjo no verlo. De todos modos, ¿qué podría hacer?

Después, el imbécil me soltó y me puso la mano sobre el hombro. "Es simplemente un juego, Hannah. Solo relájate".

Está bien, analicemos en detalle lo que acaba-ba de suceder. Pensé en ello durante toda la caminata de regreso a casa desde el Blue Spot, por esa razón, seguramente no me acuerdo del dulce que había comprado aquel día.

Me siento sobre el borde agrietado de la acera delante del Blue Spot, apoyando el refresco de naranja al lado mío y ha-ciendo equilibrio con el dulce de mantequilla de maní sobre la rodilla. No es que tenga ganas de comer algo dulce.

Entonces, ¿para qué la compré? ¿Fue solo porque Hannah solía comprar dulces del mismo estante? ¿Y por qué importa? Fui a la primera estrella roja. Y a la segunda. No necesito ir a todos lados ni hacer todo lo que dice.

Primero sus palabras... luego sus acciones.

Afirmación número uno: "Es simplemente un juego, Hannah".

Traducción: Tu trasero es mi juguete. Tal vez

creas que tienes la última palabra respecto de
lo que le sucede a tu trasero, pero no la tienes.
Por lo menos, no mientras sea "simplemente un
juego".

Le doy un golpecito a un extremo del dulce, haciendo que se
balancee sobre la rodilla.

Afirmación número dos: "Solo relájate".
Traducción: Vamos, Hannah, lo único que hice
fue tocarte sin que me dieras ninguna señal de
que querías que te tocara. Si te hace sentir mejor, adelante, puedes tocarme donde quieras.
Ahora hablemos de sus acciones, ¿sí?
Acción número uno: Tocarme el trasero.
Interpretación: Dejen que dé marcha atrás y
diga que este tipo jamás me había tocado el
trasero. Entonces, ¿por qué ahora? Mis pantalones no tenían nada de especial. No eran demasiado ceñidos. Claro, llevaba unos pantalones
de cintura baja y seguramente alcanzó a echarle un vistazo a mi cadera, pero no me tocó la
cadera. Me tocó el trasero.

Estoy comenzando a comprender. Estoy comenzando a ver a
qué se refiere Hannah. Y eso abre un agujero negro en la boca
de mi estómago.

Mejores labios. Esa era otra categoría de la lista.

Alex, ¿crees que lo que digo es que tu lista le
dio permiso para tocarme el trasero? No. Lo
que digo es que le dio una excusa. Y una excusa era lo único que necesitaba este tipo.

Recién después de que salió aquella lista me fijé en los labios de Ángela Romero. Pero después de eso, quedé fascinado
con ellos. Cuando la observaba dar discursos en clase, no tenía
ni idea de las palabras que salían de su boca. Solo observaba
aquellos labios moviéndose hacia arriba y hacia abajo, extasia-
do cuando decía cosas, como "suelto y saltarín", que dejaban ex-
puesta la cara inferior de la lengua.

Acción número dos: Me tomó con fuerza de
la muñeca y luego me puso la mano sobre el
hombro.

Sabes, ni siquiera voy a darle una interpretación
a esto. Solo te diré por qué me molestó. Ya me
han tocado el trasero antes –no tiene importancia– pero, esta vez, me lo tocaron porque otra
persona había escrito mi nombre en una lista.
Y cuando este tipo me vio enojada, ¿se discul-
pó? No. Por el contrario, se puso agresivo. Luego, del modo más condescendiente posible, me
dijo que me relajara. Después me puso la mano
sobre el hombro, como si el hecho de tocarme
fuera a consolarme de algún modo.

Un consejo: Si tocas a una chica, aunque sea una broma, y ella te aparta, déjala... sola. No la toques. ¡En ningún lado! Solo deja de hacerlo. El hecho de que la toques no hace más que asquearla.

El resto del cuerpo de Ángela no era ni por asomo tan fascinante como sus labios. No estaba mal, solo que no era tan fascinante.

Luego, el verano pasado, en casa de un amigo, jugamos al juego de la botella cuando varios de nosotros admitimos que jamás lo habíamos jugado. Y yo me negué a dejar que terminara hasta que mi giro apuntara a Ángela. O hasta que su giro me apuntara a mí. Cuando eso sucedió, presioné mis labios sobre los de ella de un modo desesperadamente lento y preciso.

Hay algunas personas enfermas y perversas, Alex —y tal vez yo sea una de ellas—, pero el punto es que, cuando haces quedar en ridículo a alguien, tienes que hacerte cargo de cuando otras personas actúan en consecuencia.

Más adelante Ángela y yo nos besuqueamos cuando estuvimos en su porche trasero. Simplemente, no podía parar de besar aquellos labios.

Todo por una lista.

En realidad, eso no es cierto. Tú no me hiciste quedar en ridículo, ¿verdad? Mi nombre se

encontraba en la columna sexy. Escribiste el nombre de Jessica en la columna de quienes no lo eran. Hiciste quedar en ridículo a Jessica. Y ese es el momento cuando nuestra bola de nieve toma velocidad.

Jessica, cariño... tú eres la siguiente.

Abro el Walkman con un chasquido y saco la primera cinta.

En el bolsillo más pequeño de mi mochila, encuentro la siguiente. La que tiene el número tres azul escrito en la esquina. La introduzco en la casetera y cierro la tapa con un golpe seco.

C▶SETE 2   LAD■ A

Antes de que la voz de Hannah arranque, hay una pausa.

> Paso a paso. Así avanzaremos con esto. Poniendo
> un pie delante del otro.

Del otro lado de la calle, detrás de los edificios, el sol sigue su descenso. Todas las luces están encendidas, a un lado y a otro de la calle. Tomo el dulce de mi rodilla, el refresco del lugar donde está apoyado al lado mío y me levanto.

> Ya terminamos una cinta –de ambos lados–, así
> que no te vayas. Las cosas se ponen mejores, o
> peores, dependiendo de tu punto de vista.

Hay un bote de basura, un tambor de aceite pintado en aerosol color azul. Está cerca de la puerta de entrada del almacén de licores Blue Spot. Dejo caer adentro el dulce sin abrir, incapaz de imaginarme poder retener algo que sea sólido en el estómago, y me alejo de allí.

Sé que tal vez no lo parezca, pero no estaba del todo sola al comienzo del primer año. Otros dos estudiantes del primer curso, ambos mencionados aquí, en los Grandes Éxitos de Hannah Baker, también acababan de llegar. Alex Standall y Jessica Davis. Y si bien nunca nos hicimos muy amigos, sí nos apoyamos mutuamente en esas primeras semanas de clase.

Giro la tapa de mi refresco de naranja. Emite un siseo y tomo un sorbo.

Cuando quedaba una semana de vacaciones de verano, la señorita Antilly me llamó a casa para ver si me podía reunir con ella en la escuela. Se trataba de una sesión de orientación para los alumnos nuevos.

En caso de que no lo recuerden, la señorita Antilly era la orientadora para los estudiantes cuyos nombres se encontraban entre la A y la G. Más adelante en el año, se mudó a otro distrito escolar.

Recuerdo que fue reemplazada por el señor Porter. Se supone que sería un puesto temporario, pero sigue allí. Es profesor de Inglés y orientador a la vez.

Lo cual resulta sumamente desafortunado, como se verá. Pero ese material corresponde a una cinta posterior.

Un sudor frío me cubre la frente. ¿El señor Porter? ¿Tiene algo que ver con esto?

El mundo a mi alrededor se inclina y gira. Me aferro al tronco de un árbol raquítico que se encuentra sobre la acera.

Si me hubiera contado que el motivo real de nuestra reunión era presentarme a otra estudiante nueva, no hubiera ido. Me refiero a que, ¿y si no teníamos nada en común? ¿O qué pasaba si a mí me parecía que no teníamos nada en común, pero ella, la otra estudiante, creía que sí? ¿O qué si sucedía lo contrario y a mí me parecía que podíamos ser amigas, pero a ella no?

Presiono la frente contra la corteza suave e intento que mi respiración se calme.

Pero la otra chica era Jessica Davis, y tenía tan pocas ganas de estar allí como yo.

Ambas esperábamos que la señorita Antilly nos sometiera a una perorata seudopsicológica. Lo

que significa ser una gran estudiante, y lo que
se requiere para ello. Que en esta escuela
estaban los mejores y los más brillantes alumnos
del estado. Que a todos les ofrecían las mismas
oportunidades para alcanzar el éxito si estaban
dispuestos a intentarlo.

Pero en lugar de eso, nos dio una compañerita
a cada una.

Cierro los ojos. No quiero verlo, pero es tan evidente. Cuando los rumores de la ausencia injustificada de Hannah comenzaron a extenderse por el colegio, el señor Porter le preguntó a nuestra clase por qué estaba siempre escuchando mencionar su nombre en los corredores. Parecía nervioso, casi descompuesto. Como si supiera la respuesta, pero hubiera querido que alguien más lo convenciera de lo contrario.

Entonces una chica susurró: "Alguien vio una ambulancia alejándose de su casa".

En el instante en que la señorita Antilly nos dijo
por qué estábamos allí, Jessica y yo nos voltea-
mos para mirarnos. Sus labios se abrieron como
si hubiera querido decir algo. Pero ¿qué podía
decir teniéndome allí sentada? Sentía que la habían pillado desprevenida. Se sentía confundida y engañada.

Sé que se sintió así porque yo me sentí igual.

Y jamás olvidaré la reacción de la señorita Antilly.

Dos palabras breves que se arrastraron: "O... no".

Cierro los ojos con fuerza, intentando recordar aquel día lo más claramente posible.

¿Fue dolor lo que expresaba el rostro del señor Porter? ¿O temor? Tan solo se quedó allí de pie, con la mirada clavada en el escritorio de Hannah. Como perforándolo. Y nadie dijo una palabra, pero miramos a nuestro alrededor. Nos miramos entre nosotros.

Luego se marchó. El señor Porter salió de la clase y no regresó por una semana.

¿Por qué? ¿Sabía? ¿Sabía por algo que él había hecho?

Y si mal no recuerdo, esto es lo que dijimos.

Yo: Lo siento, señorita Antilly. Solo que no pensé que ese era el motivo por el que me llamó aquí.

Jessica: Yo, tampoco. No hubiera venido. Me refiero a que estoy segura de que Hillary y yo tenemos cosas en común, y estoy segura de que es una persona extraordinaria, pero...

Yo: Soy Hannah.

Jessica: Te llamé Hillary, ¿no? Lo siento.

Yo: Descuida. Solo pensé que debías saber mi nombre si vamos a ser amigas tan fabulosas.

Y luego las tres nos reímos. Jessica y yo teníamos una risa muy parecida, lo cual nos hizo reír aún más. La risa de la señorita Antilly no era tan sincera... Se parecía más a una risa nerviosa... pero seguía siendo risa. Aseguró que jamás había intentado formar amistades, y que dudaba de que volvería a hacerlo.

Pero adivinen qué. Después de la reunión, Jessica y yo sí comenzamos a pasar el rato juntas. Muy astuta, la señorita Antilly. Muuuuuy astuta.

Nos marchamos del campus, y al principio la conversación fue incómoda. Pero era agradable tener a alguien con quien conversar que no fueran mis padres.

Un autobús urbano se detiene delante de mí. Es plateado con franjas azules.

Pasamos por la calle en la que tenía que doblar, pero no dije nada. No quería parar nuestra conversación, pero tampoco quería invitar a Jessica a casa porque, en realidad, no nos conocíamos demasiado todavía. Así que seguimos caminando hasta que llegamos al centro. Más tarde supe que ella había hecho lo mismo: había pasado de largo por la calle en la que tenía que doblar, para seguir hablando conmigo.

¿Y adónde fuimos? E-7 en tu mapa. El café El jardín de Monet.

La puerta del autobús se abre con un silbido.

Ninguna de las dos teníamos por costumbre beber café, pero parecía un lugar agradable para conversar.

A través de las ventanas empañadas, advierto que casi todos los asientos están vacíos.

Ambas pedimos chocolate caliente. Ella lo pidió pensando que sería gracioso. Pero ¿yo? Siempre pido chocolate caliente.

Jamás viajé en un autobús urbano. Jamás tuve un motivo para hacerlo. Pero a cada minuto que pasa, oscurece más de prisa y hace más frío.

No cuesta nada viajar en autobús de noche, así que me trepo. Paso al lado de la conductora sin que ninguno de los dos nos dirijamos una palabra. Ella ni siquiera me mira.

Me abro paso por el corredor central, en tanto me abrocho la chaqueta para protegerme del frío, deteniéndome en cada botón más de lo necesario. Cualquier excusa para apartar la mirada de los demás pasajeros. Sé cómo me deben ver. Confundido. Culpable. En el proceso de quedar aniquilado.

Elijo un lugar donde sentarme que, mientras nadie más suba, tiene tres o cuatro asientos libres a su alrededor. El cojín de vinilo azul tiene un tajo en el medio, y el relleno amarillo está a punto de reventar. Me deslizo hacia la ventana.

Francamente, no recuerdo demasiado de lo que dijimos aquella tarde. ¿Y tú, Jessica? Porque cuando cierro los ojos, todo sucede en una especie de montaje. Las risas. Los intentos por no derramar las bebidas. Las manos en el aire mientras hablamos.

Cierro los ojos. El vidrio me enfría un lado del rostro febril. No me importa a dónde se dirige este autobús. Viajaré en él durante horas si me lo permiten. Me quedaré aquí sentado y escucharé las cintas. Y tal vez, sin proponérmelo, me quede dormido.

Entonces, en un momento dado, te inclinaste sobre la mesa. "Creo que ese tipo te está mirando", susurraste.

Sabía exactamente de quién estabas hablando, porque también lo había estado observando.

Pero no me estaba mirando.

—Es a ti a quien mira —dije.

En un concurso de quién tiene los cojones más grandes, todos los que estén escuchando deben saber que Jessica lo gana.

—Discúlpame —le dijo a Alex, en caso de que
no se hayan dado cuenta del nombre del hombre misterioso—, pero ¿a cuál de las dos estás
mirando?

Y algunos meses después, cuando Hannah y Justin Foley ya
habían roto, después que comenzaron los rumores, Alex escribió una lista. Quién es sexy. Quién no. Pero allí, en el café
Monet, nadie sabía adónde llevaría ese encuentro.

Quiero presionar *Stop* en el Walkman y rebobinar toda su
conversación. Rebobinar al pasado y hacerles una advertencia.
O evitar que siquiera se conozcan.

Pero no puedo. No se puede reescribir el pasado.

Alex se sonrojó. Me refiero a que se sonrojó
como si toda la sangre del cuerpo se le agol-
para en la cara. Y cuando abrió la boca para
negarlo, Jessica no lo dejó seguir.

—No mientas. ¿A cuál de las dos estabas mirando?

A través del cristal escarchado, los faroles y las luces de neón
del centro se deslizan a mi paso. La mayoría de las tiendas ya
cerró hasta el día siguiente. Pero los restaurantes y los bares permanecen abiertos.

En aquel momento, hubiera pagado lo que
fuera por ser amiga de Jessica. Era la chica más
extrovertida, sincera y directa que hubiera conocido en mi vida.

Agradecí para mis adentros a la señorita Antilly
porque nos hubiera presentado.

Alex tartamudeó, y Jessica se inclinó hacia él,
y dejó que sus dedos se apoyaran con gracia
sobre su mesa.

—Escucha, te vimos mirándonos —dijo—. Ambas
somos nuevas en la ciudad y nos gustaría saber
a quién estabas mirando. Es importante.

—Yo solo... me enteré... es solo que yo también
soy nuevo aquí —balbuceó.

Creo que Jessica y yo, ambas dijimos algo así
como "Oh". Y luego nos tocó a nosotras son-
rojarnos. El pobre Alex solo quería integrarse
a nuestra conversación. Así que lo dejamos. Y
creo que hablamos, por lo menos, otra hora
más —es posible que más—. Tan solo tres personas, felices de que el primer día de clases no tu-
vieran que deambular solas por los corredores.

O almorzar solas. O perderse solas.

No es que tenga alguna importancia, pero ¿adónde se dirige
este autobús? ¿Sale de esta ciudad y se dirige a otra? ¿O da vueltas interminables a través de estas calles?

Tal vez debí fijarme antes de subir.

Aquella tarde el café Monet resultó un alivio para los tres. ¿Cuántas noches me había

quedado dormida aterrada, pensando en el primer día de clase? Demasiadas. ¿Y después del encuentro en el Monet? Ninguna. Ahora estaba entusiasmada.

Y solo para que sepan, jamás consideré a Jessica o a Alex amigos. Ni siquiera al comienzo, cuando me hubiera encantado tener dos amigos en el acto.

Y sé que a ellos les pasaba lo mismo, porque hablamos de eso. Hablamos de nuestros amigos del pasado y de por qué esas personas se habían hecho amigas nuestras. Hablamos de lo que buscábamos en los nuevos amigos que nos hiciéramos en la nueva escuela.

Pero aquellas primeras semanas, hasta que nos terminamos de despegar, El jardín de Monet fue nuestro refugio. Si a alguno de nosotros le resultaba difícil adaptarse o conocer gente, íbamos al Monet. Atrás, al fondo, en la última mesa a la derecha.

No estoy segura de quién comenzó aquello, pero quien hubiera tenido el día más difícil ponía una mano en el centro de la mesa y decía: "¡Todos para uno y uno para todos!". Los otros dos ponían las manos encima y se inclinaban hacia delante.

Luego nos poníamos a escuchar, degustando nuestras bebidas con la mano libre. Jessica y yo siempre bebíamos chocolate caliente. Con el tiempo, Alex probó todo lo que estaba en el menú.

Solo he estado unas pocas veces en el café Monet, pero creo que está sobre la calle por la que está pasando el autobús en este momento.

Sí, éramos unos cursis. Y lo siento si este episodio les provoca náuseas. Si les sirve, es casi demasiado empalagoso para mí. Pero el Monet logró llenar el vacío que necesitaba ser llenado en aquel momento. En todos nosotros.

Pero no se preocupen... no duró mucho.

Me deslizo sobre el asiento hacia el pasillo y me pongo de pie con el autobús en movimiento.

El primero en abandonar fue Alex. Nos mostrábamos afectuosos cuando nos cruzábamos en los corredores, pero nunca iba más allá.

Al menos, no conmigo.

Apoyando las manos sobre los respaldos, me abro paso hacia la parte delantera del autobús en marcha.

Cuando fuimos dos, Jessica y yo, las cosas cambiaron bastante rápido. Las conversaciones pasaron a ser charla trivial y no mucho más.

—¿Cuándo es la próxima parada? —pregunto. Siento que las

palabras me salen de la garganta, pero son apenas susurros por encima de la voz de Hannah y del motor.

El conductor me mira en el espejo retrovisor.

> Luego Jessica dejó de ir, y aunque fui un par de veces más al Monet, esperando que alguno de ellos se diera una vuelta, con el tiempo yo también dejé de ir.
>
> Hasta que...

—Las únicas otras personas aquí están durmiendo —dice el conductor. Observo sus labios detenidamente para estar seguro de que entiendo—. Puedo parar donde lo desees.

> Lo genial de la historia de Jessica es que gran parte transcurre en un solo lugar. Eso les hace la vida mucho más fácil a aquellos de ustedes que están siguiendo las estrellas.

El autobús pasa el Monet.

—Aquí está bien —digo.

> Sí, la primera vez que vi a Jessica fue en la oficina de la señorita Antilly. Pero nos conocimos en el Monet.

Me sujeto con fuerza al tiempo que el autobús desacelera y se detiene al lado de la acera.

> Y conocimos a Alex en el Monet. Y luego... y luego sucedió lo siguiente.

La puerta se abre con un resuello.

Un día en la escuela, Jessica se acercó a mí en el corredor. "Tenemos que hablar", dijo. No agregó dónde ni por qué, pero yo sabía que se refería al Monet... y creía que sabía por qué.

Desciendo los escalones y doy un paso para subir desde la canaleta hasta el borde de la acera. Reajusto los auriculares y comienzo a retroceder media cuadra.

Cuando llegué, Jessica estaba hundida en una silla, con los brazos que le colgaban a los lados, como si hubiera estado esperando mucho rato. Y tal vez lo haya estado. Quizás pensó que me saltearía mi última clase para encontrarme con ella.

Así que me senté y deslicé la mano hacia el centro de la mesa. "¿Todos para uno y uno para todos?".

Ella levantó una mano y apoyó con fuerza un papel sobre la mesa. Luego lo empujó hacia mi lado y lo giró para que lo leyera. Pero no necesitaba que lo girara, porque la primera vez que había leído aquel papel este se hallaba boca abajo sobre el escritorio de Jimmy: QUIÉN ES SEXY/QUIÉN NO.

Sabía de qué lado de la lista estaba... según Alex. Y supuestamente la que se encontraba en el lugar opuesto estaba sentada justo en frente.

Ni más ni menos que en nuestro refugio seguro.

El mío... el suyo... y el de Alex.

—¿A quién le importa? —le pregunté—. No significa nada.

Trago con fuerza. Cuando leí aquella lista, la pasé al siguiente en la hilera sin pensarlo. En ese momento, me pareció divertido.

—Hannah —dice—. No me importa que te haya elegido a ti en lugar de a mí.

Sabía exactamente hacia dónde se encaminaba aquella conversación, y no iba a dejar que nos llevara por ese camino.

¿Y ahora? ¿Qué me parece ahora?

Debí apoderarme de todas las copias que hubiera podido encontrar y arrojarlas todas.

—No me eligió a mí en lugar de a ti, Jessica —dije—. Me eligió a mí para vengarse de ti, y lo sabes. Sabía que mi nombre te dolería más que el de cualquier otra persona.

Cerró los ojos y pronunció mi nombre casi en un susurro: "Hannah".

¿Lo recuerdas, Jessica? Porque yo sí.

Cuando alguien pronuncia así tu nombre, cuando ni siquiera te miran a los ojos, no hay nada más que puedas hacer o decir. Ya tiene una decisión tomada.

—Hannah —dijiste—, conozco los rumores.

—No puedes conocer rumores —dije. Y tal vez estaba siendo demasiado sensible, pero había esperado —ilusa de mí— que no habría más rumores cuando mi familia se mudara aquí. Que había dejado los rumores y el cotorreo atrás... para siempre—. Puedes oír los rumores —dije—, pero no puedes conocerlos.

De nuevo, pronunciaste mi nombre: "Hannah".

Sí, conocía los rumores. Y te juré que no había visto una sola vez a Alex fuera de la escuela. Pero no querías creerme.

¿Y por qué me creerías? ¿Por qué dejaría de creer alguien en un rumor que encaja tan bien con un rumor anterior? ¿Eh, Justin? ¿Por qué?

Jessica pudo haber oído tantos rumores sobre Alex y Hannah. Pero ninguno era cierto.

Para Jessica era más fácil pensar en mí como Hannah la Mala que como la Hannah que había conocido en el Monet. Era más fácil de aceptar. Para ella, los rumores debían ser ciertos.

Recuerdo un montón de tipos bromeando con Alex en el vestuario. "Palmaditas, palmaditas, panadero". Luego alguien le preguntó: "¿Palmadita en ese panecillo, panadero?", y todo el mundo sabía de qué estaba hablando.

Cuando la bulla se aquietó, solo quedamos Alex y yo. Un minúsculo espasmo de celos me retorció las entrañas. Desde la fiesta de despedida de Kat, no me podía sacar a Hannah de la cabeza. Pero no me atrevía a preguntar si lo que habían dicho era cierto. Porque si lo era, no quería enterarme.

Ajustándose las agujetas y sin mirarme, Alex negó el rumor: "Solo para que sepas".

–Está bien –dije–. Está bien, Jessica. Gracias por ayudarme durante las primeras semanas de colegio. Fue muy importante para mí. Y siento que Alex lo haya arruinado con esta estúpida listita, pero lo hizo.

Le dije que lo sabía todo sobre su relación. Aquel primer día en el Monet, él había estado mirando a una de nosotras. Y no era a mí. Y sí, eso me dio celos. Y si la ayudaba a superarlo, asumía cualquier culpa que me quisiera echar por la ruptura entre los dos. Pero... ¡no... era... cierto!

Llego al Monet. Dos tipos están parados fuera, inclinados contra la pared. Uno fuma un cigarrillo, y el otro se cubre el rostro con el cuello de su chaqueta.

Pero lo único que escuchó Jessica fue que yo asumía la culpa.

Se levantó de su silla –mirándome furiosa– y lanzó un puñetazo.

Así que dime, Jessica, ¿qué tuviste intenciones de hacer? ¿Golpearme o rasguñarme? Porque fue un poco de ambos. Como si no te pudieras terminar de decidir.

¿Y cómo me llamaste? No es que importe, pero solo para que conste. Porque estaba demasiado ocupada levantando la mano e inclinándome —¡pero alcanzaste a golpearme!—, y me perdí lo que dijiste.

Esa cicatriz diminuta que todos me han visto encima de la ceja, esa es la forma de la uña de Jessica... que yo misma me arranqué.

Advertí aquella cicatriz hace un par de semanas. En la fiesta. Un defecto minúsculo en una cara bonita. Y le señalé lo graciosa que era.

Minutos después, enloqueció.

O tal vez no la has visto nunca. Pero yo la veo todas las mañanas cuando me preparo para la escuela. "Buenos días, Hannah", me dice. Y todas las noches cuando me estoy por meter en la cama. "Que descanses".

Empujo la pesada puerta de cristal y madera para entrar en el Monet. Un chorro de aire tibio se precipita hacia fuera y me arrebata. Todo el mundo se voltea, irritado con la persona que deja que entre el frío. Me escabullo dentro y cierro la puerta detrás de mí.

Pero es más que un rasguño. Es un puñetazo en el estómago y una bofetada en la cara. Es un cuchillo en la espalda, porque preferías creer en un rumor inventado que en lo que sabías que era cierto.

Jessica, cariño, realmente me encantaría saber si te arrastraste a mi funeral. Y si lo hiciste, ¿pudiste ver tu cicatriz?

Y ¿qué hay del resto −el resto de ustedes−? ¿Pudieron ver las cicatrices que dejaron?

No. Seguramente, no.

Eso no fue posible.

Porque la mayoría de ellas no se puede ver a simple vista.

Porque no hubo funeral, Hannah.

C▶SETE 2 LAD■ B

En honor a Hannah, debería pedir un chocolate caliente. En lo de Monet lo sirven con diminutos malvaviscos que flotan encima. Es el único café en donde sé que lo hacen.

Pero cuando la chica pregunta, digo *café*, porque soy tacaño. El chocolate caliente cuesta un dólar más.

Me desliza una taza vacía sobre el mostrador y señala una barra donde cada uno se sirve a sí mismo. Me sirvo solo la cantidad suficiente de crema para recubrir el fondo de la taza. El resto, lo lleno con la mezcla Hairy Chest, porque tiene una gran cantidad de cafeína y tal vez me pueda quedar despierto hasta tarde para terminar las cintas.

Creo que necesito terminarlas, y terminarlas esta noche.

Pero ¿debo hacerlo? ¿En una noche? ¿O debería encontrar

mi historia, escucharla, y luego, solo lo suficiente de la siguiente cinta para ver a quién se las debo pasar?

–¿Qué escuchas? –es la chica del otro lado del mostrador. Ahora se encuentra al lado mío, inclinando los recipientes de acero inoxidable de crema, leche descremada y salsa de soja. Está chequeando para ver si están llenos. Un par de trazos negros, un tatuaje, se extienden desde el cuello hacia arriba y desaparecen dentro de su cabello corto y rapado.

Miro hacia abajo, a los auriculares amarillos que cuelgan alrededor de mi cuello.

–Son solo unas cintas.

–¿Cintas de casete? –levanta la salsa de soja y la sostiene contra el estómago–. Qué interesante. ¿Es alguien que conozco?

Sacudo la cabeza y dejo caer tres cubos de azúcar en mi café.

Ella acuna la salsa de soja con el otro brazo y extiende la mano.

–Estábamos en el mismo colegio hace dos años. Tú eres Clay, ¿verdad?

Apoyo la taza y deslizo la mano en la suya. Tiene la palma tibia y suave.

–Estuvimos juntos en una asignatura –dice–. Pero no hablamos mucho.

Tiene aspecto familiar. Tal vez haya cambiado de peinado.

–No me reconocerías –dice–. He cambiado un montón desde la escuela secundaria –pone sus ojos, cargados de maquillaje, en blanco–. Gracias a Dios.

Coloco un palillo de madera dentro del café y lo mezclo.

–¿En qué asignatura estábamos juntos?

–En el taller de madera.

Aún no la recuerdo.

–Lo único que me llevé de esa clase fueron las astillas –dice–. Oh, y también fabriqué un taburete de piano. Todavía no tengo el piano, pero al menos tengo el taburete. ¿Recuerdas lo que hiciste?

Revuelvo mi café.

–Un especiero –la crema se mezcla y el café se torna un color beige claro, con algunos granos de café que se elevan a la superficie.

–Siempre me pareciste un buen tipo –dice–. En la escuela, todo el mundo estaba de acuerdo. Un poco callado, pero eso no es un problema. En ese entonces, la gente creía que yo hablaba demasiado.

Un cliente carraspea frente al mostrador. Ambos lo miramos rápidamente, pero no desvía la mirada del menú de las bebidas.

Ella se voltea otra vez hacia mí y nos volvemos a estrechar la mano.

–Bueno, tal vez regreses, cuando tengamos más tiempo para conversar.

Luego se dirige de nuevo tras el mostrador.

Ese soy yo. Clay, el buen tipo.

¿Seguiría diciendo lo mismo si escuchara estas cintas?

Me dirijo a la parte trasera del Monet, hacia la puerta cerrada que conduce al patio. En el trayecto, las mesas llenas de personas que estiran las piernas o inclinan sus sillas hacia atrás transforman el camino en una carrera de obstáculos. Mi bebida corre serio peligro.

Una gota de café tibio se derrama sobre mi dedo. La observo deslizarse sobre mis nudillos y caer al suelo. Froto la punta del zapato encima de la mancha hasta que desaparece. Y recuerdo, más temprano ese día, que había observado un trozo de papel cayéndose fuera de la tienda de zapatos.

Después del suicidio de Hannah, pero antes de que llegara la caja de zapatos con cintas, me encontré pasando muchas veces por la tienda de zapatos de sus padres. Fue justamente por aquella tienda por la que vino a la ciudad. Después de treinta años de dedicarse al negocio, el dueño de la tienda quería venderla y jubilarse. Y los padres de Hannah querían mudarse.

No estoy seguro de por qué pasé caminando tantas veces por ahí. Tal vez anduviera tras una conexión con ella, una conexión por fuera de la escuela, y es la única que se me ocurrió. Tal vez buscara respuestas a preguntas que no sabía cómo formular. Sobre su vida. Sobre todo.

No tenía ni idea de que las cintas iban camino a explicarlo todo.

El día después de su suicidio, fue la primera vez que me encontré junto a su tienda, de pie frente a la puerta. Las luces

estaban apagadas. Un trozo de papel pegado al escaparate tenía escrito con rotulador negro grueso: ABRIREMOS PONTO.

Fue hecho a las apuradas, pensé. Se olvidaron de una "R".

Sobre la puerta de vidrio, un repartidor había dejado una nota autoadhesiva. Entre una lista de otras opciones, habían marcado "Volveremos a intentar mañana".

Unos días después, regresé. Había aún más notas adhesivas pegadas al vidrio.

Hoy más temprano, rumbo a casa desde la escuela, pasé otra vez por la tienda. Mientras leía las fechas y notas escritas sobre cada trozo de papel, la nota más vieja se despegó y cayó al suelo, haciendo un suave zigzag. Se posó al lado de mi zapato. La recogí y revisé las de la puerta, buscando la nota adhesiva más reciente. Luego levanté la punta de aquella nota y pegué la más antigua debajo.

Regresarán pronto, pensé. Deben haberla llevado a casa para el funeral. A su antigua ciudad. A diferencia de la vejez o del cáncer, nadie anticipa un suicidio. Simplemente, se fueron sin tener la oportunidad de poner las cosas en orden.

Abro la puerta del patio del Monet, cuidando de no derramar más café.

En el jardín, con el objetivo de conservar una atmósfera relajada, se mantienen las luces bajas. Todas las mesas, incluida la de Hannah en la esquina del fondo, están ocupadas. Allí se sientan tres tipos con gorras de béisbol, inclinados sobre libros de texto y laptops, en completo silencio.

Vuelvo adentro y me siento frente a una pequeña mesa junto a una ventana. Da al jardín, pero la mesa de Hannah está oculta por una columna de ladrillo atestada de hiedra.

Respiro hondo.

A medida que van sucediéndose las historias, una por una, siento alivio cuando no se menciona mi nombre, seguido por el temor de lo que aún no ha dicho, de lo que dirá cuando sea mi turno.

Porque falta poco para mi turno. Lo sé. Y quiero que esto se acabe de una vez.

¿Qué te hice yo, Hannah?

Mientras espero a sus primeras palabras, me quedo mirando por la ventana. Está más oscuro afuera que aquí dentro. Cuando vuelvo la vista hacia el interior y enfoco la mirada, distingo mi propio reflejo en el cristal.

Y miro hacia otro lado.

Echo un vistazo al Walkman, sobre la mesa. Aún no hay sonido, si bien el botón de *Play* está oprimido. Es posible que la cinta no esté bien puesta.

Así que presiono *Stop*.

Y nuevamente *Play*.

Nada.

Giro el pulgar sobre el dial del volumen. La estática de los auriculares se torna más ruidosa, así que lo vuelvo a bajar. Y espero.

¡Shh!... si estás hablando en la biblioteca.

Su voz es un susurro.

¡Shh!.. en una sala de cine o en una iglesia.

Escucho más detenidamente.

Hay momentos cuando no hay nadie cerca para decirte que hagas silencio... que hagas mucho, mucho silencio. Hay momentos cuando necesitas hacer silencio estando solo. Como yo, ahora.

¡Shh!

En las mesas repletas de gente que ocupan el resto del salón, todo el mundo habla. Pero las únicas palabras que comprendo son las de Hannah. Las demás se transforman en un ruido de fondo sordo, cada tanto, interrumpido por una carcajada estridente.

Por ejemplo, es mejor que hagas silencio –completo silencio– si vas a ser un voyeur. Porque, ¿qué pasaría si te oyeran?

Suelto un soplo de aire. No soy yo. Todavía no.

¿Qué pasaría si ella... qué pasaría si yo... me enterara?

Me inclino hacia atrás en mi asiento y cierro los ojos.

Me das lástima, Tyler. En serio. Hasta ahora, todo el resto de los que están en estas cintas debe sentirse un poco aliviado. Son percibidos como mentirosos, imbéciles o inseguros que agreden a los demás. Pero tu historia, Tyler, mete un poco de miedo.

Bebo mi primer sorbo de café.

¿Un voyeur? ¿Tyler? Nunca lo supe.

Y a mí también me da un poco de miedo contarlo. Porque estoy intentando acercarme a ti, Tyler. Intento comprender la excitación de mirar por la ventana del dormitorio de una persona. De observar a alguien que no sabe que está siendo observado. De intentar atraparlos en el acto de...

¿En el acto de qué me querías atrapar, Tyler? ¿Y te decepcionaste? ¿O fue una sorpresa grata?

Está bien, a ver, ¿quién sabe dónde estoy?

Apoyo mi café sobre la mesa, me inclino hacia delante y trato de imaginarla grabando esto.

¿Dónde está?

¿Quién sabe dónde estoy parada en este preciso momento?

Entonces, lo entiendo y sacudo la cabeza, sintiendo tanta vergüenza por él.

Si dijeron: "Fuera del dormitorio de Tyler", acertaron. Y eso es A-4 en sus mapas.

En este momento, Tyler no está en casa, pero sus padres sí. Y realmente espero que no salgan afuera. Por suerte, hay un arbusto tupido y alto justo bajo su ventana, parecida a mi propia ventana, así que me siento bastante a salvo.

¿Cómo te sientes, Tyler?

No me imagino lo que fue para él enviar estas cintas por correo. Saber que estaba enviando su secreto al mundo.

Esta noche hay una reunión del staff del anuario, y sé que incluye mucha pizza y cotilleo. Así que sé que no regresarás a casa hasta después de que esté bien oscuro. Lo cual, como voyeur novata, valoro eso enormemente.

Así que gracias, Tyler. Gracias por hacerlo tan fácil.

Cuando Tyler se enteró de esto, ¿estaría sentado aquí en el Monet, intentando lucir tranquilo mientras sudaba la gota gorda? ¿O estaría tumbado sobre la cama mirando la ventana con ojos desorbitados?

Echemos un vistazo adentro antes de que regreses a casa, ¿sí? La luz del pasillo está encendida, así que puedo ver bastante bien lo que hay. Y, sí, veo exactamente lo que me esperaba: hay un montón de accesorios para cámaras fotográficas dispersos en la habitación.

Tienes toda una colección aquí, Tyler. Una lente para cada ocasión.

Incluida la de visión nocturna. Tyler ganó un concurso estatal con aquella lente. Primer puesto en la categoría humor. Un anciano que paseaba a su perro de noche. El perro se detuvo a hacer pis en un árbol y Tyler le sacó la foto. La visión nocturna hizo que pareciera que un rayo de láser verde saliera disparado de la entrepierna del perro.

Lo sé, lo sé. Puedo escuchar lo que estás diciendo. "Esas son para el anuario, Hannah. Soy el fotógrafo de la vida estudiantil". Y estoy segura de que, por eso, tus padres no tuvieron problema en gastar semejante cantidad de dinero. Pero ¿es la única manera en que empleas estos equipos? ¿Para obtener imágenes espontáneas del alumnado?

Ah, sí. Imágenes espontáneas del alumnado.

Antes de venir aquí, me tomé el trabajo de buscar la palabra "espontáneo" en el diccionario. Es una de esas palabras que tienen muchas definiciones, pero hay una que es de lo más adecuada. Y es

la siguiente, memorizada especialmente para ti:
"Término relacionado con la fotografía de suje-
tos que actúan con naturalidad y sin posar".

Entonces, dime, Tyler, aquellas noches en que te
parabas fuera de mi ventana, ¿te parece que fui
lo suficientemente espontánea? ¿Lograste tomarme fotos con toda la naturalidad, autenticidad?

Un momento. ¿Oyeron eso?

Me incorporo en mi silla e inclino los codos sobre la mesa.

Un coche que se acerca por la carretera.

Ahueco las manos sobre ambas orejas.

¿Eres tú, Tyler? Estoy segura de que se acerca. Y
ahí veo los faros.

Alcanzo a oírlo, justo debajo de la voz de Hannah. El motor.

Mi corazón cree que, definitivamente, eres tú.

Cielos, me siento algo tensa.

El coche está doblando en la entrada.

Detrás de su voz, los neumáticos circulan sobre el pavimento.
El motor está en punto muerto.

Eres tú, Tyler. Eres tú. No has apagado el motor,
así que voy a seguir hablando. Y sí, esto es increíble. Definitivamente, entiendo por qué resulta emocionante.

Debe haber sido aterrador para él escuchar esto. Y debe ser
un infierno saber que no fue el único.

Muy bien, oyentes, ¿preparados? Puerta del coche... y...

¡Shh!

Una pausa larga. Su respiración es suave. Controlada. Una puerta se cierra. Llaves. Pasos. Otra puerta se destraba.

Muy bien, Tyler. Paso a narrar con lujo de detalles. Estás dentro de la casa con la puerta cerrada. O estás avisándoles a mamá y papá que llegaste, contándoles que todo salió genial y que este será el mejor anuario de todos, o bien, que no alcanzó la pizza y vas directo a la cocina.

Mientras esperamos, me remontaré hacia atrás para contarle a todo el mundo cómo comenzó todo esto. Y si me equivoco con la línea de tiempo, Tyler, busca al resto de las personas que están en estas cintas para decirles que comenzaste a espiar a los demás mucho antes de que yo te sorprendiera haciéndolo.

¿Lo harás, verdad? ¿Todos ustedes? ¿Completarán lo que falte? Porque cada cuento que relato deja fuera tantas preguntas sin responder.

¿Sin responder? Yo habría respondido cualquier pregunta, Hannah. Pero nunca me las hiciste.

Por ejemplo, ¿cuánto tiempo me estuviste

acechando, Tyler? ¿Cómo sabías que mis padres
estaban fuera de la ciudad aquella semana?

En lugar de hacer preguntas, aquella noche en la fiesta, comenzaste a gritarme.

Está bien. Momento de confesión. La regla que
hay en mi casa cuando los padres no están es
que no puedo salir con chicos. Aunque no lo
confiesen abiertamente, tienen la impresión de
que podría pasarla demasiado bien con el chico e invitarlo a casa.

En historias anteriores, les conté que los rumores que han escuchado todos acerca de mí no
eran ciertos. Y no lo eran. Pero jamás aseguré
que era una mojigata. De hecho, salía con chicos
cuando mis padres no estaban en casa, pero
solo porque podía quedarme fuera todo lo que
quisiera. Y como sabes, Tyler, la noche que todo
comenzó, el chico con el que salí me acompa-
ñó todo el camino hasta la puerta de mi casa.
Se quedó allí parado mientras yo sacaba las llaves para abrir la puerta, luego se marchó.

Tengo miedo de mirar, pero me pregunto si las personas en
el Monet me están observando. ¿Se podrán dar cuenta, basándose en mis reacciones, de que no es música lo que estoy
oyendo?

O tal vez nadie se haya dado cuenta. ¿Por qué se darían cuenta? ¿Por qué les importaría lo que estoy oyendo?

La luz del dormitorio de Tyler sigue apagada, así que o está teniendo una conversación pormenorizada con sus padres o sigue con hambre. De acuerdo, como quieras, Tyler. Simplemente, seguiré hablando de ti.

¿Estabas esperando a que invitara al tipo a pasar? ¿O te habría dado celos?

Revuelvo mi café con el palillo de madera.

Como fuera, después de entrar –¡sola!–, me lavé la cara y me cepillé los dientes. Y cuando entré en mi habitación... *Clic.*

Todos reconocemos el sonido que hace la cámara cuando toma una foto. Hasta algunas cámaras digitales lo imitan, por la nostalgia. Y yo siempre conservo la ventana abierta, alrededor de un centímetro o dos, para que entre aire fresco. Por ese motivo supe que había alguien parado fuera.

Pero lo negué. Resultaba demasiado atemorizante admitirlo durante la primera noche de vacaciones de mis padres. Me dije que solo eran temores míos. Solo estaba acostumbrándome a estar sola.

Sin embargo, a pesar de todo, no fui tan estúpida para cambiarme delante del espejo. Así que me senté en la cama. *Clic*.

Tan idiota, Tyler. En la escuela media, algunos creían que tenías una discapacidad mental. Pero no. Solo eras un idiota.

O tal vez no fuera un *clic*, me dije. Tal vez fuera un crujido. Mi cama tiene una estructura de madera que cruje un poco. Era eso. Tenía que ser el crujido.

Me estiré las mantas sobre el cuerpo y me desvestí debajo de ellas. Luego me puse el pijama, haciéndolo todo lo más lento posible, temiendo que quien estuviera fuera tomara otra foto. Después de todo, no estaba totalmente segura de lo que excitaba a un voyeur.

Pero esperen: otra foto probaría que estaba allí, ¿verdad? Entonces podría llamar a la policía y...

Pero la verdad es que no sabía lo que me convenía. Mis padres no estaban en casa. Me encontraba sola. Supuse que ignorarlo era la mejor opción. Y aunque la persona estaba afuera, tenía demasiado miedo de lo que podía suceder si me veía acudiendo al teléfono.

¿Si fue estúpido? Sí. Pero ¿tenía sentido? Sí, en su momento.

Debiste llamar a la policía, Hannah. Tal vez hubiera evitado que la bola de nieve cobrara velocidad. Aquella de la que hablas todo el tiempo.

La que nos pasó por encima a todos.

Entonces, para comenzar, ¿por qué le resultó a Tyler tan fácil mirar dentro de mi habitación? ¿Es eso lo que preguntas? ¿Si siempre duermo con las cortinas metálicas bien abiertas?

Buena pregunta, acusadores de víctimas. Pero no era tan fácil. Las cortinas metálicas de las ventanas se mantenían abiertas en un ángulo tal como me gustaba a mí. En noches despejadas, con la cabeza en la almohada, me podía quedar dormida mirando las estrellas. Y en noches de tormenta, podía observar los rayos alumbrando las nubes.

Yo también lo he hecho, quedarme dormido mirando hacia fuera. Pero desde el segundo piso, no necesito preocuparme por que alguien me espíe.

Cuando papá se enteró de que dejaba las cortinas metálicas abiertas —aunque fuera una rendija—, salió a la acera, para asegurarse de que nadie me pudiera ver desde la calle. Y no se podía ver nada. Así que cruzó el jardín desde la acera y se acercó a mi ventana. ¿Y qué

descubrió? Que salvo que fueran bastante altos
y se pararan justo fuera de mi ventana de puntillas, yo resultaba invisible.

Así que ¿cuánto tiempo estuviste parado así,
Tyler? Debió ser bastante incómodo. Y si estuviste dispuesto a tomarte tantas molestias solo para
echarme una mirada furtiva, espero que al menos hayas obtenido algo de ello.

Lo obtuvo. Pero no lo que él quería. En cambio, consiguió
esto.

Si hubiera sabido que era Tyler en ese momento,
si me hubiera escabullido debajo de las cortinas
metálicas y levantado la cabeza para ver su
cara, habría salido corriendo fuera y le habría
dado un susto de muerte.

De hecho, eso me recuerda la parte más interesante de...

¡Espera! Aquí vienes. Guardaré la historia para
después.

Empujo al otro extremo de la mesa mi taza de café, de la cual
ni siquiera bebí la mitad.

Permitan que describa la ventana de Tyler para
el resto de ustedes. La cortina americana está
completamente baja, pero puedo ver dentro.
Está hecha de caña, o caña falsa, y entre cada

varilla hay espacios variables. Si me paro de puntillas, como Tyler, logro alcanzar una rendija bastante abierta y ver dentro.

Muy bien, está prendiendo la luz y cierra la puerta. Está... se está sentando en la cama. Se quita los zapatos de una vez y, ahora, los calcetines.

Suelto un quejido. Por favor, no hagas nada estúpido, Tyler. Es tu habitación, puedes hacer lo que quieras, pero no vuelvas a ponerte en ridículo.

Tal vez debería advertirle. Darle una oportunidad para ocultarse, para desvestirse debajo de las mantas. Tal vez debería dar un golpecito en la ventana. O golpear o patear la pared. Tal vez debería provocarle la misma paranoia que él me provocó a mí.

Está hablando más fuerte. ¿Querrá que la atrapen?

Después de todo, por eso estoy aquí, ¿verdad? ¿Para vengarme?

No. La venganza habría sido divertida. La venganza, de un modo retorcido, me habría dado un poco de satisfacción. Pero esto, estar de pie fuera de la ventana de Tyler, no satisface nada. La decisión está tomada.

Entonces, ¿por qué? ¿Por qué estoy aquí?

A ver, ¿qué he dicho? Acabo de decir que no

 108

estoy aquí por mí. Y si siguen pasando las cintas, salvo aquellos de ustedes que están en la lista, nadie oirá jamás lo que estoy diciendo. Entonces, ¿por qué estoy aquí?

Cuéntanos. Por favor, Hannah. Dime por qué estoy oyendo esto. ¿Por qué yo?

No estoy aquí para observarte, Tyler. Cálmate. No me importa lo que hagas. De hecho, en este momento, ni siquiera te estoy observando. Tengo la espalda contra la pared y estoy mirando la calle.

Es una de esas calles con árboles a ambos lados, cuyas ramas se unen bien arriba como puntas de dedos que se tocan. Suena poético, ¿no es cierto? Incluso escribí un poema una vez, comparando las calles como esta con mi poema favorito de la niñez. Aquí hay una iglesia, aquí está el campanario, abre la puerta y... patatín patatán.

Uno de ustedes incluso leyó aquel poema que escribí. Hablaremos de ello más adelante.

De nuevo, no soy yo. Ni siquiera sabía que Hannah escribía poesía.

Pero ahora estoy hablando de Tyler. Y sigo en la calle de Tyler. Su calle oscura y vacía. Solo que no sabe que estoy aquí, todavía. Así que vamos a terminar con esto antes de que se acueste.

Al día siguiente en la escuela, después de que Tyler visitara mi ventana, le conté a una chica que se sentaba delante de mí lo que había sucedido. Esta chica es conocida por saber escuchar y ser empática, y yo quería a alguien que se hiciera cargo de mis temores, que los confirmara.

Pues, definitivamente no era la chica indicada para realizar esa función. Esta chica tiene un lado retorcido que pocos de ustedes conocen.

—¿Un voyeur? —preguntó—. ¿Te refieres a uno de verdad?

—Creo que sí —le dije.

—Siempre me pregunté cómo sería —dijo—. Tener a alguien que te mira en secreto es un poco... no lo sé... sexy.

Definitivamente, retorcida. Pero ¿quién es?

¿Y por qué me importa?

Sonrió y levantó una ceja.

—¿Crees que volverá?

Francamente, la idea de que volviera nunca se me había cruzado. Pero ahora me estaba asustando.

—¿Y si regresa? —pregunté.

–Entonces tendrás que contármelo –dijo. Y luego se volteó, dando por finalizada nuestra conversación.

Ahora bien, aquella chica y yo jamás habíamos pasado el rato juntas. Teníamos muchas asignaturas en común, nos tratábamos con amabilidad en clase, y a veces hablábamos sobre pasar el tiempo las dos, pero jamás lo hicimos.

He aquí, pensé, una oportunidad única.

Le di un golpecito en el hombro y le dije que mis padres estaban de viaje. ¿Le gustaría ir a casa y atrapar al voyeur?

Después de la escuela fuimos a su casa para buscar sus cosas. Luego fuimos a la mía. Como era un día de semana y seguramente iba a regresar tarde, les dijo a sus padres que estábamos trabajando en un proyecto escolar.

Cielos, ¿todo el mundo emplea la misma excusa?

Terminamos las tareas en la mesa del comedor, esperando a que oscureciera afuera. Su vehículo estaba estacionado afuera, a modo de señuelo.

Dos chicas. Irresistible, ¿verdad?

Me retuerzo un poco, moviéndome en mi asiento.

Nos mudamos a mi dormitorio y nos sentamos con las piernas cruzadas sobre la cama, una frente a la otra hablando de lo que se nos ocurriera. Para atrapar a nuestro voyeur, sabíamos que teníamos que conversar bien bajo. Necesitábamos oír aquel primer... *clic*. Quedó boquiabierta. Jamás vi tal felicidad en su mirada. Me susurró que siguiera hablando.

—Finge que no oíste. Sigue el juego.

Asentí.

Luego se tapó la boca y fingió:

—¡Oh, cielos! ¿Dejaste que te tocara dónde?

"Cotilleamos" un par de minutos, tratando de contener cualquier carcajada fuera de lugar, las que nos hubieran delatado. Pero los clics se detuvieron y nos estábamos quedando sin tema para cotillear.

—¿Sabes lo me vendría bien? —preguntó—. Un buen masaje profundo en la espalda.

—Eres una malvada —susurré.

Me guiñó el ojo, y luego se puso de rodillas y deslizó las manos hacia delante, como un gato que se estira, hasta que quedó completamente echada sobre mi cama. *Clic*.

Sinceramente espero que hayas quemado o borrado aquellas fotos, Tyler. Porque si salen a la luz, aunque no sea culpa tuya, odiaría pensar en lo que te podría pasar.

Me monté a horcajadas de su espalda. *Clic.*

Empujé su cabello a un lado. *Clic.*

Y comencé a frotarle los hombros. *Clic. Clic.*

Ella giró dándole la espalda a la ventana y susurró:

–Ya sabes lo que significa si deja de tomar fotos, ¿verdad?

Le dije que no.

–Significa que está haciendo otra cosa.

Clic.

–Oh, vaya –dijo.

Seguí frotándole los hombros. De hecho, pensé que lo estaba haciendo bastante bien porque dejó de hablar y sus labios se torcieron en una sonrisa hermosa. Pero luego susurró una idea nueva. Un modo de atrapar a este pervertido en pleno acto.

Le dije que no. Una de nosotras debía abandonar la habitación, decir que necesitábamos usar el baño y llamar a la policía. Podíamos acabarlo allí mismo. Pero eso no fue lo que sucedió.

–De ninguna manera –dijo–. No me iré hasta que no me entere de si lo conozco. ¿Y si asiste a nuestra escuela?

–¿Entonces, qué? –pregunté.

Me dijo que la siguiera, y salió rodando de debajo de mis piernas. Según su plan, cuando dijera "tres", yo debía abalanzarme sobre la ventana. Pero me pareció que el voyeur se había marchado —tal vez se asustó—, porque no había oído ningún clic desde que me había bajado de la espalda de esa chica.

—Es el momento de un poco de loción corporal —dijo.

Clic.

Aquel sonido desató mi furia. Muy bien. Puedo jugar a este juego, pensé.

—Fíjate en mi gaveta superior.

Señaló la gaveta más cerca de la ventana, y asentí.

Siento la camisa levemente húmeda bajo los brazos. Me vuelvo a remover incómodo en el asiento. Pero, cielos, no puedo dejar de escuchar.

Sacó la gaveta, miró dentro y se tapó la boca.

¿Qué? No tenía nada en la gaveta que justificara semejante reacción. No había nada en toda la habitación que justificara aquello.

—No sabía que te gustaba esto —dijo bien fuerte—. Deberíamos usarlo... juntas.

—Eh... claro —dije.

Metió la mano en la gaveta, empujó algunas cosas, y luego se volvió a cubrir la boca.

–¿Hannah? –dijo–. ¿Cuántos de estos tienes? Definitivamente, eres una chica muy mala.

Clic. Clic. Muy astuta, pensé.

–¿Por qué no los cuentas?

Así que eso fue lo que hizo.

–Vamos a ver. Aquí hay uno... dos...

Deslicé un pie fuera de la cama.

–... ¡y tres!

Salté hacia la ventana y jalé con fuerza de la cuerda. Las cortinas metálicas ascendieron a toda velocidad. Busqué tu cara, pero te estabas moviendo demasiado rápido.

La otra chica no te estaba mirando la cara, Tyler.

–¡Oh, cielos! –gritó–. Se está metiendo el pito en los pantalones.

Tyler, dondequiera que estés, lo siento tanto. Te lo mereces, pero lo siento.

Entonces, ¿quién eras? Vi tu altura y tu cabello, pero no tu cara. De todos modos, te entregaste, Tyler. Al día siguiente en la escuela les pregunté a tantas personas la misma pregunta. ¿Dónde estuviste anoche? Algunos me dijeron que estaban en casa o en casa de un amigo. O en el cine. A ti qué te importa. Pero tú, Tyler, tu respuesta fue la más interesante y culposa de todas.

"¿Quién, yo? En ningún lado".

Y por algún motivo, decirme que no habías estado en ningún lado te provocó un espasmo en los ojos y la frente te comenzó a sudar.

Eres tan idiota, Tyler.

Oye, al menos, eres un tipo original. Y al menos, dejaste de frecuentar mi casa. Pero tu presencia, Tyler, eso jamás desapareció.

Después de tus visitas, cerré bien fuerte las cortinas metálicas todas las noches. Dejé fuera a las estrellas y jamás volví a ver los relámpagos. Todas las noches, simplemente apagaba las luces y me iba a dormir.

¿Por qué no me dejaste en paz, Tyler? Mi casa. Mi dormitorio. Se suponía que debían ser un lugar seguro para mí. Seguro de todo lo que hubiera fuera. Pero tú fuiste quien me robó aquello.

Bueno, no todo.

Le tiembla la voz.

Pero te llevaste lo que quedaba.

Hace una pausa. Y en ese silencio advierto lo perdida que ha estado mi mirada. He estado mirando en la dirección de mi taza, en el otro extremo de la mesa, pero no la taza en sí.

Aunque deseo hacerlo, me siento demasiado intimidado para mirar a las personas que me rodean. Seguramente me estén observando ahora. Tratando de entender la mirada de dolor en mi rostro. Tratando de explicarse quién es este pobre chico que escucha cintas de audio anticuadas.

> Dime, Tyler, ¿qué importancia tiene para ti tu seguridad? ¿Y tu privacidad? Tal vez no sean tan importantes para ti como lo eran para mí, pero no eres tú quien deba decidirlo.

Miro fuera de la ventana, más allá de mi reflejo, al jardín del patio apenas iluminado. No alcanzo a ver si aún queda alguien allí, del otro lado de la columna de ladrillo y hiedra, sentado ante su mesa.

Una mesa que, en una época, había sido el otro lugar seguro de Hannah.

> Entonces, ¿quién era esta chica misteriosa que aparece en tu historia, Tyler? ¿La que se sonrió tan hermosamente cuando le froté la espalda? ¿Quién me ayudó a desenmascararte? ¿Lo digo? Eso depende. ¿Alguna vez me hizo algo? Para la respuesta, introduce la cinta tres.

Pero estoy listo para que sea yo, Hannah. Estoy listo para terminar con esto de una buena vez.

> Oh, y Tyler, estoy de pie fuera de tu ventana otra vez. Me alejé para terminar tu historia, pero

la luz de tu dormitorio está apagada hace un tiempo. Así que regresé.

Hay una pausa larga. Un crujido de hojas.

Toc toc, Tyler.

Lo oigo. Golpea la ventana. Dos veces.

No te preocupes. Muy pronto te enterarás.

Me quito los auriculares, envuelvo con fuerza la cuerda amarilla alrededor del Walkman y lo acomodo en el bolsillo de mi chaqueta.

Del otro lado del salón, la estantería del Monet está cargada de libros viejos. En su mayoría, son textos descartados. Westerns, new age, ciencia ficción de bolsillo.

Abriéndome paso con cuidado por entre las mesas, me dirijo hacia allí.

Un tesauro enorme está apoyado al lado de un diccionario, cuyo lomo de tapa dura ha desaparecido. Sobre el lomo de papel expuesto, alguien ha escrito DICCIONARIO con un trazo grueso de tinta negra. Apilados sobre el mismo estante, hay cinco libros, cada uno de un color diferente. Tienen un tamaño similar al de los anuarios, pero se compran por las páginas en blanco. Los llaman *cuadernos de apuntes*. Cada año, se agrega uno nuevo y la gente garabatea lo que quiere adentro.

Conmemora ocasiones especiales, escribe poemas horribles, boceta cosas que son hermosas o grotescas, o simplemente descarga su ira.

Cada cuaderno tiene un trozo de cinta aislante sobre el lomo con un año escrito encima. Echo mano de uno de nuestro primer curso. Habiendo pasado tanto tiempo en el Monet, es posible que Hannah haya escrito algo aquí. Puede ser un poema. O tal vez tenía otros talentos que desconozco. Es posible que supiera dibujar. Tan solo estoy buscando algo que se distancie de la fealdad de estas cintas. En este momento, lo necesito. Necesito verla de un modo diferente.

Como la mayoría de las personas les ponen fechas a sus apuntes, paso las hojas hacia el final. Llego a septiembre. Y allí lo encuentro.

Para conservar la página, cierro el libro sobre el dedo índice y llevo el texto de regreso a mi mesa. Tomo un lento sorbo de mi café tibio, vuelvo a abrir el libro y leo las palabras garabateadas en tinta roja cerca de la parte superior: "Todo el mundo necesita amigos para siempre".

Está firmado con tres pares de iniciales: J. D., A. S. y H. B.

Jessica Davis. Alex Standall. Hannah Baker.

Debajo de las iniciales, metida a presión dentro del pliegue entre las páginas, alguien metió una fotografía dada vuelta. La saco, la volteo y la giro hacia arriba.

Es Hannah.

Cielos. Me encanta su sonrisa. Y su cabello sigue largo. Tiene uno de los brazos alrededor de la cintura de otra joven. Courtney Crimsen. Y detrás hay un grupo de estudiantes. Todo el mundo tiene una botella, una lata o un vaso de plástico rojo en la mano. La fiesta está oscura, y Courtney no luce contenta. Pero tampoco, furiosa.

Parece nerviosa, creo.

¿Por qué?

C▶SETE 3   LAD■ A

Courtney Crimsen. Qué bonito nombre. Y sí,
también, una chica muy bonita. Cabello bonito.
Sonrisa bonita. Piel perfecta.
Y también eres muy simpática. Todo el mundo
lo dice.

Me quedo mirando la foto en el cuaderno de apuntes. El brazo de Hannah alrededor de la cintura de Courtney en una fiesta
cualquiera. Hannah está feliz. Courtney está nerviosa. Pero no
tengo idea de por qué.

Sí, Courtney, eres dulce con toda persona con

la que te cruzas en los corredores. Eres dulce
con quien te acompaña a tu coche después
del colegio.

Le doy un sorbo a mi café, que se está enfriando.

Definitivamente, eres una de las chicas más po-
pulares de la escuela. Y... eres... tan... dulce. ¿No?
Falso.

Le doy un buen trago a mi café, para vaciar la taza.

Sí, mis queridos oyentes, Courtney es simpática con cualquiera que se cruce en su camino o
con cualquiera con quien hable. Y, sin embargo,
pregúntense: ¿será todo una fachada?

Llevo mi taza a la barra de autoservicio para volver a llenarla.

Creo que sí. Ahora, déjenme decirles por qué.

En primer lugar, a todos los que estén escuchando, dudo de que Tyler les permita ver las
fotos que me sacó masajeándole la espalda a
Courtney.

El recipiente de crema se me desliza de la mano y cae con
estrépito sobre el mostrador. Alcanzo a aferrarlo antes de que
se vaya al suelo y luego, miro por encima del hombro. La chica
detrás de la caja registradora echa la cabeza hacia atrás y se ríe.

¿Courtney es la chica de la habitación de Hannah?

Hannah hace una pausa muy larga. Sabe que es necesario
asimilar la información.

> Si han visto aquellas fotos, vaya suerte la que tienen. Estoy segura de que son muy sexies. Pero como ahora saben, también son posadas. *Posar*. Qué palabra interesante para resumir el relato de Courtney, porque, cuando posas para una foto, sabes que alguien te está mirando. Adoptas la mejor sonrisa. Permites que solo se vea el costado más dulce de tu personalidad.

A diferencia de la foto de Courtney en el cuaderno de apuntes.

> Y en la escuela secundaria, las personas siempre están observando, así que siempre hay un motivo para posar.

Presiono la parte de encima de la cafetera, y un chorro de líquido oscuro se derrama dentro de mi taza.

> No creo que lo hagas a propósito, Courtney. Y por eso te incluí en estas cintas. Para que sepas que lo que haces afecta a los demás. Más concretamente, me afectó a mí.

Es cierto que Courtney parece sinceramente dulce. Escuchar su historia aquí, en estas cintas, debió matarla.

Un escalofrío me recorre la espalda. "Matarla". Una expresión que eliminaré de mi vocabulario.

> Courtney Crimsen. El nombre parece casi demasiado perfecto. Y como dije, también pareces perfecta. Lo único que queda... es ser perfecto.

Regreso a mi mesa con mi café, crema y cubos de azúcar.

Así que encuentro eso meritorio. Podrías haber elegido ser una perra y, aun así, tener todas las amigas y novios que hubieras deseado. Pero en cambio, elegiste ser dulce, para agradarles a todos y que nadie te odiara.

Permíteme ser bien clara. No te odio, Courtney. De hecho, ni siquiera me desagradas. Pero durante un tiempo, creí que tú y yo nos estábamos haciendo amigas.

No lo recuerdo. No creo haberlas visto juntas jamás.

Resulta que solo me estabas preparando para ser una integrante más del club de Personas que creen que Courtney Crimsen es una chica genial. Otro voto garantizado para "La más querida" en el anuario del último curso.

Y una vez que me lo hiciste a mí, y me di cuenta, te observé hacérselo a los demás.

Aquí, Courtney, está tu contribución a la antología de mi vida.

¿Te gustó? ¿La antología de mi vida?

Me lo acabo de inventar.

Levanto la mochila, la apoyo sobre el regazo y abro el cierre del bolsillo más grande.

El día después de que Tyler había tomado

las fotos espontáneas de nuestros cuerpos estudiantiles comenzó como cualquier otro. El timbre de la primera hora sonó y, como siempre, Courtney entró corriendo un par de segundos tarde. No es que importara, porque la señora Dillard tampoco había llegado.

Algo que tampoco era inusual.

Saco el mapa de Hannah y lo despliego sobre la pequeña mesa.

Cuando habías terminado de hablar con la persona que tenías delante, Courtney, te di un golpecito en el hombro. En el momento en que me miraste a los ojos, nos comenzamos a reír. Hablamos con un montón de frases de dos o tres palabras, pero no recuerdo quién dijo qué, porque lo que hayas dicho coincidía con lo que yo pensaba.

—Tan extraño.

—Lo sé.

—¿Qué diablos?

—¿Te imaginas?

—Qué gracioso.

Luego, cuando la señora Dillard finalmente entró, te volteaste para mirar hacia el frente. Cuando terminó la clase, te fuiste.

Examino el mapa buscando la estrella roja de la casa de Tyler. Una parte de mí hace que me sienta raro respecto de seguir tan de cerca la historia de Hannah. Como si estuviera obsesionado. Demasiado obsesionado. Mientras que otra parte quiere negar la obsesión.

Cuando iba camino a mi segunda hora, prensé: "Un segundo, no se despidió".

Solo estoy haciendo lo que pidió. Eso no es una obsesión. Es respeto. Estoy cumpliendo su última voluntad.

Los demás días, ¿te despedías? No siempre. Pero tras la noche anterior, esta vez pareció intencional. Supongo que pensé que, después de lo que habíamos vivido menos de veinticuatro horas atrás, seríamos más que amigas circunstanciales.

A-4. Una estrella roja en la casa de Tyler.

Pero eso, evidentemente, es lo que volvimos a ser. Nos saludábamos en los corredores y a veces me decías adiós después de clase, pero nunca más que a los demás.

Hasta la noche de la fiesta.

Hasta la noche en que volviste a necesitarme.

Necesito un instante para orientarme. No puedo seguir, debo dejar de escuchar por un momento.

Me quito los auriculares de la cabeza y los cuelgo alrededor del cuello. La chica con la que hice el taller de madera se pasea levantando tazas y platos de las mesas vacías. Cuando limpia el lugar al lado mío, aparto la mirada en dirección a la ventana oscura. Su reflejo me echa un vistazo varias veces, pero no me volteo.

Cuando se marcha, le doy un sorbo a mi café e intento hacer lo posible por no pensar. Solo espero.

Quince minutos después, un autobús pasa delante de la puerta del Monet y se acaba el tiempo de espera. Tomo rápidamente el mapa, me cargo la mochila al hombro y salgo corriendo por la puerta.

El autobús está detenido en la esquina más lejana. Corro por la acera, trepo los escalones y encuentro un asiento vacío, situado cerca de la mitad.

El chofer me mira por el espejo retrovisor.

—Llegué antes de lo previsto —dice—. Vamos a esperar aquí unos minutos.

Asiento, oprimo los auriculares dentro de las orejas y miro por la ventana.

Permitan que les diga que hay una fiesta mucho más importante y multitudinaria, que está más adelante en las cintas.

¿Es ahí? ¿Es ahí donde entro yo?

Pero esta es la fiesta que involucra a Courtney.

Yo estaba en la escuela, con la mochila al hombro, dirigiéndome a la primera hora cuando me tomaste la mano.

—Hannah, espera —dijiste—. ¿Cómo estás?

Tu sonrisa, tus dientes... impecables.

Seguramente dije "Bien" o "Perfecto. ¿Cómo estás tú?". Pero para decirte la verdad, no me importaba, Courtney. Cada vez que nuestras miradas se cruzaban en un corredor atestado de gente y te observaba apartando la vista rápidamente para mirar a otro, perdía un poco más de respeto por ti. Y a veces me preguntaba cuántas personas en ese corredor sentían lo mismo.

Me preguntaste si me había enterado de la fiesta que habría esa noche. Te dije que sí, pero que no tenía ganas de ir y deambular buscando con quien conversar. O que no tenía ganas de deambular buscando a alguien que me salvara de hablar con otra persona.

—Deberíamos ir juntas —dijiste. Inclinaste la cabeza

a un lado y esbozaste tu sonrisa, y, aunque tal vez me lo esté imaginando, creo que incluso te vi pestañear.

Sí, esa es Courtney. Nadie se le puede resistir, y coquetea con todos.

—¿Por qué? —pregunté—. ¿Por qué iríamos juntas a una fiesta?

Aquello obviamente te tomó por sorpresa. Me refiero a que eres quien eres, y todo el mundo quiere ir a una fiesta contigo. Por lo menos, ser visto entrando en una fiesta contigo. ¡Todo el mundo! Chicos. Chicas. No importa. Ese es el tipo de admiración que las personas sienten por ti.

¿Sienten? ¿O sentían? Porque tengo la sensación de que aquello está a punto de cambiar.

La mayoría, desgraciadamente, no se da cuenta del cuidado con que planificas aquella imagen. Repetiste mi pregunta.

—¿Por qué deberíamos ir juntas a una fiesta?

Hannah, para pasar el rato.

Te pregunté por qué querías pasar el rato después de ignorarme durante tanto tiempo. Pero, por supuesto, negaste por completo haberme ignorado. Dijiste que debí malinterpretar las

cosas. Y que la fiesta sería una buena chance
para conocernos mejor.

Y aunque todavía me resultaba sospechoso, tú
eres quien eres y todo el mundo quiere ir a una
fiesta contigo.

Pero tú sabías, Hannah. Tú sabías, pero fuiste de todos modos. ¿Por qué?

–¡Genial! –dijiste–. ¿Podemos ir en tu coche?

Y el corazón me palpitó un poco.

Pero me calmé e ignoré una vez más todas mis
sospechas.

–Claro, Courtney –dije–. ¿A qué hora?

Abriste tu cuaderno rápidamente y arrancaste
un trozo de papel. En letras azules diminutas escribiste tu dirección, la hora y tus iniciales: C. C.
Luego me entregaste el papel.

–¡Lo pasaremos genial! –dijiste. Después guardaste tus cosas y te fuiste.

La puerta del autobús se desliza hasta cerrarse y nos alejamos
del borde de la acera.

¿A que no lo adivinas, Courtney? De camino a
la puerta, te olvidaste de despedirte.

Entonces esta es mi teoría de por qué querías
ir a una fiesta conmigo: sabías que estaba furiosa porque me habías estado ignorando.

Sabías que estaba dolida. Y eso no convenía a tu reputación intachable. Aquello tenía que corregirse.

Para todos: D-4 en su mapa. La casa de Courtney.

Reabro el mapa.

Cuando me acerqué al borde de la acera, la puerta de tu casa se abrió de par en par. Saliste, saltando del porche y por el sendero del jardín. Antes de cerrar la puerta principal, tu mamá se inclinó para echar un buen vistazo al interior de mi coche.

No se preocupe, señora Crimsen, pensé. Aquí no hay ningún chico. Ni alcohol. Ni drogas. Ni diversión.

¿Por qué me siento tan obligado a seguir su mapa? No necesito hacerlo. Estoy oyendo las cintas, absolutamente todas, de adelante hacia atrás, y eso debería ser suficiente.

Pero no lo es.

Abriste la puerta delantera, te sentaste y te abrochaste el cinturón.

—Gracias por el aventón —dijiste.

No sigo el mapa porque ella quiere que lo haga. Lo sigo porque necesito comprender. Cueste lo que cueste, necesito entender de veras lo que le sucedió.

¿Un aventón? Habiendo dudado acerca de los

motivos por los cuales me habías invitado, no era el saludo que esperaba.

D-4. Está solo a unas pocas manzanas de la casa de Tyler. Quería equivocarme sobre ti, Courtney. En serio. Quería que lo vieras como que te recogía para poder ir juntas a una fiesta. Y eso es muy diferente a darte un aventón.

En ese momento, supe qué nos deparaba la fiesta para ambas. Pero ¿el final? Bueno, aquello fue una sorpresa. Aquello... fue extraño.

En el respaldo de cada asiento, hay un mapa de todas las líneas de autobús de la ciudad, sujeto bajo una lámina acrílica. Desde donde me tomé este, el autobús pasará por la casa de Courtney, doblará a la izquierda una cuadra antes de lo de Tyler, y luego se detendrá.

Estacionamos a dos cuadras y media, de hecho el sitio más cercano que encontramos. Tengo uno de esos estéreos de coche que siguen sonando incluso después de apagar el motor. No se detiene hasta que alguien abre la puerta. Pero aquella noche, cuando la abrí, la música no se detuvo... tan solo sonó distante.

–Oh, cielos –dijiste–. ¡Creo que esa música viene de la fiesta!

¿Mencioné que estábamos a dos cuadras y

media de la fiesta? Así de fuerte estaba. La fiesta
pedía a gritos un control policial.

Por esa razón, no voy a muchas fiestas. Estoy muy cerca de
graduarme con las mejores calificaciones de la clase. Un error
podría echarlo todo a perder.

Ocupamos nuestros lugares entre la marea de
estudiantes que se dirigían a la fiesta, fue como
unirse a un montón de salmones que van río
arriba para aparear. Cuando llegamos, dos jugadores de fútbol americano –a quienes nunca
se los ve en una fiesta sin sus jerseys– estaban
de pie en los lados opuestos de la verja, reu-
niendo dinero para las cervezas. Así que metí
la mano en el bolsillo para sacar un poco de
efectivo.

Me gritaste por encima de la música fuerte: "No
te preocupes".

Llegamos a la verja y uno de los tipos dijo: "Dos
dólares el vaso". Luego advirtió con quién estaba hablando. "Oh. Hola, Courtney. ¿Cómo va
eso?". Y te entregó un vaso de plástico color
rojo.

¿Dos dólares? ¿Eso es todo? Deben cobrarles un precio dife-
rencial a las chicas.

Meneaste la cabeza hacia mí. El tipo sonrió y

me entregó un vaso. Pero cuando lo tomé, no lo soltó. Me dijo que su suplente vendría en cualquier momento y que debíamos pasar juntos el rato. Le sonreí, pero tú me apresaste el brazo y me arrastraste a través de la puerta.

—Créeme —dijiste—, no te conviene.

Pregunté por qué, pero estabas escudriñando la multitud y no me oíste.

No recuerdo ninguna historia de Courtney y un jugador de fútbol. Jugadores de básquetbol, sí. Muchas. ¿Pero fútbol? Ninguna.

Luego dijiste que debíamos separarnos. ¿Y quieres saber lo primero que se me ocurrió cuando dijiste eso, Courtney? Caray, eso no demoró demasiado.

Dijiste que había un par de personas que tenías que ver y que debíamos encontrarnos más tarde. Te mentí y dije que yo también necesitaba ver a algunas personas.

Luego me dijiste que no me fuera sin ti. "Tú me llevas, ¿recuerdas?".

¿Cómo podría olvidarme, Courtney?

El autobús gira para tomar la calle de Courtney, con letreros de "Se vende" en casi un tercio de los jardines delanteros. Cuando pasamos la casa de Courtney, casi espero ver una estrella roja

pintada con aerosol sobre la puerta principal. Pero el porche se halla sumido en la oscuridad. No tiene luz. Ninguna de las ventanas tiene luz.

> Pero me sonreíste. Y finalmente, dijiste la palabra mágica: "Adiós". Y adiós era justo lo que quisiste decir.

—¿Se te pasó tu parada, Clay?

Un escalofrío glacial me recorre la espalda.

Una voz. La voz de una chica. Pero no proviene de los auriculares.

Alguien me llamó por mi nombre. Pero ¿de dónde?

Del otro lado del corredor, la oscura franja de ventanas actúa como un espejo. Advierto el reflejo de una chica sentada detrás de mí. Tal vez tiene mi edad. Pero ¿la conozco? Giro el cuerpo y miro por encima del reposacabezas.

Skye Miller. La chica de la que me enamoré en octavo curso. Sonríe, o tal vez sea algo más parecido a una mueca, porque sabe que me acaba de matar de un susto.

Skye siempre ha sido bonita, pero se comporta como si jamás se le hubiera cruzado por la cabeza. Especialmente, durante los últimos años. Se viste con prendas deslucidas y sueltas todos los días. Casi como si estuviera sepultada dentro de ellas.

Esta noche se trata de un voluminoso jersey gris y pantalones que hacen juego.

Me quito los auriculares de las orejas.

—Hola, Skye.

—¿Te perdiste tu parada? —pregunta. Son más palabras de las que me ha dirigido en mucho tiempo. Más palabras de las que la he oído dirigirle a otra persona en mucho tiempo—. Si se lo pides, detendrá el autobús.

Sacudo la cabeza. No. No voy a mi casa.

El autobús gira a la izquierda en la siguiente intersección y se detiene junto al borde de la acera. La puerta se abre deslizándose, y el conductor grita hacia atrás: "¿Alguien?".

Miro hacia el espejo del autobús, y nuestras miradas se cruzan. Luego me volteo de nuevo hacia Skye.

—¿Adónde vas? —le pregunto.

La mueca se instala otra vez en su rostro. Sus ojos siguen fijos en los míos. Está haciendo un esfuerzo tan grande por hacerme sentir incómodo. Y lo está logrando.

—No voy a ningún lado —dice por fin.

¿Por qué hace esto? ¿Qué sucedió entre el octavo curso y ahora? ¿Por qué insiste en ser una paria? ¿Qué cambió? Nadie lo sabe. Un día, al menos pareció que fue así de veloz, dejó de querer ser parte de algo.

Pero esta es mi parada, y debería bajarme. Está a mitad de camino entre dos estrellas rojas: la casa de Tyler y la de Courtney.

O también me puedo quedar a hablar con Skye. Para ser más preciso, puedo quedarme e intentar hablar con ella. Casi seguro, un monólogo.

—Nos vemos mañana —dice.

Y eso es todo. La conversación ha terminado. Tengo que admitir que una parte de mí se siente aliviada.

—Nos vemos —digo.

Me echo la mochila al hombro y camino hacia la parte delantera del autobús. Le agradezco al conductor y regreso afuera, al aire frío. La puerta se cierra detrás de mí. El autobús se aleja. La ventana de Skye pasa. Su cabeza descansa contra el cristal y tiene los ojos cerrados.

Me pongo la mochila sobre ambos hombros y ajusto las correas. Una vez más a solas, comienzo a caminar hacia la casa de Tyler.

Está bien, pero ¿cómo sabré cuál es? Esta es la calle, lo sé, y es de este lado de la acera, pero Hannah no dio ninguna dirección.

Si la luz de su dormitorio está encendida, tal vez advierta las cortinas de caña.

A medida que voy pasando las casas, busco aquellas cortinas, intentando no quedarme mirando demasiado.

Tal vez tenga suerte.

Tal vez encuentre un letrero expuesto en el jardín delantero: VOYEURS — PASEN.

No puedo evitar una carcajada ante mi broma lamentable.

Teniendo las palabras de Hannah al alcance de un botón, parece incorrecto sonreírse así. Pero también se siente bien. Se siente como la primera vez que me he sonreído en meses, aunque solo han pasado algunas horas.

Luego, a dos casas, la veo.

Dejo de sonreír.

La luz del dormitorio está encendida, y las cortinas de caña están bajas. Una telaraña de cinta aislante color plateada mantiene unida la ventana rota.

¿Fue una piedra? ¿Alguien arrojó una piedra contra la ventana de Tyler?

¿Fue alguien que sabía? ¿Alguien de la lista?

A medida que me acerco, casi puedo imaginar a Hannah, de pie al lado de su ventana, susurrándole a la grabadora. Palabras demasiado suaves para que se las oiga a esta distancia. Pero al final, las palabras me llegan.

Un seto cuadrado divide el jardín delantero del siguiente. Camino hacia él para evitar quedar a la vista. Porque tiene que estar observando. Mirando hacia fuera. Esperando a que alguien abra la ventana a la fuerza.

—¿Quieres arrojar algo?

El helado escalofrío me vuelve a penetrar con fuerza. Me giro rápidamente, preparado para golpear al que sea y salir corriendo.

—¡Espera! Soy yo.

Marcus Cooley, de la escuela.

Me inclino hacia delante, apoyando las manos sobre las rodillas. Exhausto.

−¿Qué haces aquí? −pregunto.

Marcus sostiene una piedra del tamaño de un puño justo debajo de mis ojos.

−Tómala −dice.

−¿Por qué? −pregunto, levantando la cabeza para mirarlo.

−Te sentirás mejor, Clay. Es la pura verdad.

Echo un vistazo a la ventana. A la cinta adhesiva. Luego bajo la vista y cierro los ojos, sacudiendo la cabeza.

−Déjame adivinar, Marcus. Estás en las cintas.

No responde. No necesita hacerlo. Cuando levanto la mirada, el borde de sus ojos se esfuerza por evitar una sonrisa. Y en esa lucha, me doy cuenta de que no siente vergüenza.

Meneo la cabeza en dirección a la ventana de Tyler.

−¿Tú hiciste eso?

A la fuerza, me mete la piedra dentro de la mano.

−Serías el primero en negarlo, Clay.

El corazón se me acelera. No porque Marcus esté parado aquí, ni porque Tyler esté de pie en algún lugar adentro, ni por la piedra pesada que tengo en la mano, sino por lo que me acaba de decir.

−Eres el tercero en venir aquí −dice−. Además de mí.

Intento imaginar a alguien más que no sea Marcus, a otro que esté en la lista, arrojando una roca hacia la ventana de Tyler. Pero no puedo. No tiene sentido.

Estamos todos en la lista. Todos. Todos somos culpables de algo. ¿Por qué es diferente Tyler del resto de nosotros?

Miro fijo la piedra que tengo en la mano.

—¿Por qué estás haciendo esto? —pregunto.

Vuelve la cabeza por encima del hombro, hacia el final de la manzana.

—Aquella que está allá es mi casa. La que tiene las luces encendidas. He estado observando la casa de Tyler para ver quién pasa por aquí.

No me puedo imaginar lo que Tyler les dijo a sus padres. ¿Les rogó que no cambiaran el cristal de la ventana porque podrían venir más? ¿Y qué dijeron? ¿Le preguntaron cómo sabía? ¿Le preguntaron por qué?

—El primero fue Alex —dice Marcus. No parece nada avergonzado de contármelo—. Estábamos en mi casa cuando, de la nada, quería que le señalara la casa de Tyler. No sabía por qué, no es que fueran amigos, pero él realmente quería saber.

—¿Y qué? ¿Simplemente le diste una piedra para que se la arrojara a su ventana?

—No. Fue idea suya. Ni siquiera sabía todavía que las cintas existían.

Lanzo la piedra hacia arriba unos centímetros y luego atrapo su peso con la otra mano. Incluso antes de que las anteriores piedras lo debilitaran, el cristal no tendría posibilidad alguna contra esta. Entonces, ¿por qué eligió Marcus esta piedra para mí? Ha escuchado el resto de las cintas, pero quiere que yo termine de destruir la ventana. ¿Por qué?

Vuelvo a arrojar la piedra a mi otra mano. Más allá del hombro de Marcus, alcanzo a ver la luz del porche de su casa. Debería obligarlo a decirme cuál de todas las ventanas es la suya. Debería decirle que esta piedra pasará por una de las ventanas de su casa, y más vale que me diga cuál es la suya, para no darle un susto de muerte a su hermanita.

Aprieto la piedra con fuerza. Más fuerte. Pero no hay manera de impedir que me tiemble la voz.

—Eres un cretino, Marcus.

—¿Qué?

—Tú también estás en las cintas, ¿verdad?

—Y tú, Clay.

Mi voz tiembla de ira. Tengo que hacer un esfuerzo por contener las lágrimas.

—¿Qué nos hace tan diferentes de él?

—Es un voyeur —dice Marcus—. Es un tipo raro. Espió por la ventana de Hannah, ¿entonces, por qué no romper la suya?

—¿Y tú? —pregunto—. ¿Qué hiciste tú?

Por un momento, su mirada me atraviesa. Luego parpadea.

—Nada. Es ridículo —dice—. Yo no tendría que estar en esas cintas. Hannah solo quería una excusa para matarse.

Dejo que la piedra caiga sobre la acera. Era eso o ahí mismo estrellársela contra la cara.

—Aléjate de mí —le digo.

—Es mi calle, Clay.

Mis dedos se cierran apretándose en un puño. Bajo la vista a la piedra, con ganas de volver a levantarla.

Pero me volteo. Rápido. Camino toda la longitud de la acera que se encuentra delante de la casa de Tyler sin mirar hacia la ventana. No puedo permitirme pensar. Levanto los auriculares que tengo alrededor del cuello y los vuelvo a colocar sobre las orejas. Meto la mano en el bolsillo y presiono *Play*.

¿Si me sentí decepcionada cuando te despediste de mí, Courtney?

No mucho. Es difícil estar decepcionada cuando lo que esperabas termina siendo cierto.

Sigue caminando, Clay.

Pero ¿me sentí usada? Totalmente.

Y sin embargo, durante todo el tiempo que Courtney me usó, seguramente creyó que estaba mejorando su imagen ante mí. ¿Se podría decir que resultó... contraproducente?

Aquella fiesta se transformó en una noche de primicias para mí. Vi la primera pelea a puñetazos —lo cual fue horrible—. No tengo idea de por qué se inició, pero comenzó justo detrás de mí. Dos tipos estaban gritando, y cuando me volteé, tenían los torsos a escasos centímetros de distancia. Una multitud comenzó a reunirse alrededor de ellos, incitándolos a pelear. La muchedumbre se transformó en un grueso muro, que no iba a dejar que la situación se calmara. Lo único que necesitaba era que un pecho cerrara la distancia, aunque fuera accidentalmente, y comenzara la pelea.

Y eso fue justo lo que sucedió.

El choque de un pecho se convirtió en un empujón, y en seguida se transformó en un puño que golpeó una mandíbula.

Después de otros dos puñetazos, me abrí paso a empellones entre la densa multitud, que para entonces ya tenía cuatro filas de personas. Algunos de los que estaban en la parte de atrás se paraban de puntillas para ver mejor.

Desagradable.

Corrí adentro, buscando un baño para ocultarme. No me sentía enferma desde lo físico. Pero mentalmente, la cabeza me estallaba. Lo único que podía pensar era que necesitaba vomitar.

Extraigo mi mapa y busco la estrella más cercana que no sea la casa de Courtney. No iré allá. No quiero escuchar a Hannah hablando sobre ella mientras observo su casa oscura y vacía.

Iré al siguiente punto.

En Salud, una vez vimos un documental sobre las migrañas. Uno de los hombres entrevistados solía caer de rodillas y golpearse la cabeza contra el suelo una y otra vez durante los ataques. Aquello desviaba el dolor del interior del cerebro, donde no lo podía alcanzar, a un dolor externo que pudiera controlar. Y en cierto modo, yo esperaba hacer eso por medio del vómito.

Los lugares exactos de las estrellas rojas son difíciles de ver si no me detengo, si no me quedo quieto bajo un farol. Pero no puedo dejar de caminar. Ni por un instante.

Observar a esos tipos golpeándose para que nadie los tomara por débiles era demasiado para mí. Sus reputaciones eran más importantes que sus rostros. Y la reputación de Courtney era más importante que la mía.

¿Hay alguien en la fiesta que haya pensado de verdad que ella me había llevado como amiga?

¿O simplemente pensaron que yo era su último caso de caridad?

Supongo que jamás lo sabré.

Vuelvo a doblar el mapa de cualquier manera y lo meto debajo del brazo.

Desgraciadamente, el único baño que encontré estaba ocupado, así que regresé afuera. La pelea a puñetazos había acabado, todo había vuelto a la normalidad, y tenía que irme.

La temperatura sigue bajando y estrecho los brazos alrededor del pecho mientras camino.

Cuando llegué a la verja, la misma por la que había entrado a la fiesta, ¿adivinen quién estaba parado allí solo?

Tyler Down... totalmente equipado con su maldita cámara.

Es hora de dejar a Tyler tranquilo, Hannah.

Cuando me vio, la mirada que puso fue impagable. Y lastimosa. Se cruzó los brazos, tratando de proteger la cámara de mi mirada. Pero ¿por qué haría algo así? Todo el mundo sabe que está en el staff del anuario.

Pero de todos modos, sentía curiosidad.

–¿Para qué es eso, Tyler?

–¿Qué? Oh... ¿esto? Eh... el anuario.

Y luego, alguien detrás de mí me llamó por mi nombre. No les diré quién fue porque no importa. Como el tipo que me tocó el trasero en el almacén de licores Blue Spot, lo que este sujeto estaba a punto de decir era solo una consecuencia de las acciones de otro... de la insensibilidad de otro.

–Courtney dijo que debía hablar contigo –dijo.

Exhalo rápidamente. Después de esto, tu reputación está arruinada, Courtney.

Miré detrás de él. Al fondo del jardín, había tres barriles de cerveza plateados en el medio de una piscina inflable llena de hielo. Al lado de la piscina, Courtney se hallaba conversando con tres chicos de otra escuela.

El chico que estaba delante de mí bebió un lento sorbo de su cerveza.

–Dice que eres una persona divertida para pasar el rato.

Y comencé a reblandecerme. Comencé a bajar la guardia. Claro, tal vez yo tuviera razón y a Courtney solo le interesaba salvar su imagen. Tal vez creyó que, enviando a un chico apuesto para conversar conmigo, me olvidaría del hecho de que ella me había ignorado durante toda la fiesta.

Sí, era bastante guapo. Y está bien, tal vez

estuviera dispuesta a padecer un pequeño problema de amnesia selectiva.

Pero algo pasó, Hannah. ¿Qué?

Después de hablar un rato, el tipo dijo que tenía que hacerme una confesión. En realidad, Courtney no lo había mandado a hablar conmigo. Pero sí la oyó hablando sobre mí y por eso había venido a buscarme.

Le pregunté lo que había dicho Courtney, y solo sonrió y bajó la mirada hacia el césped.

¡Estaba harta de estos jueguitos! Insistí en que me contara lo que le había dicho sobre mí.

—Que eres divertida para pasar el rato —repitió.

Comencé a levantar mi guardia una vez más.

—¿Divertida... en qué sentido?

Encogió los hombros.

—¿En qué sentido?

¿Están preparados para esto? Nuestra dulce señorita Crimsen le dijo a este tipo, y a cualquiera que pudiese oírlo, que yo tenía algunas sorpresas ocultas en las gavetas de mi tocador.

Se me corta la respiración como si me hubieran dado un puñetazo en el estómago.

¡Se lo inventó! Courtney se lo inventó por completo.

Y por el rabillo del ojo, observé a Tyler Down comenzar a alejarse.

A estas alturas, tenía los ojos llenos de lágrimas.

–¿Te dijo qué había allí dentro? –pregunté.

De nuevo, sonrió.

Tenía el rostro acalorado, las manos me temblaban y le pregunté por qué le creía.

–¿Crees en todas las cosas que se dicen de mí?

Me dijo que me calmara, que no importaba.

–¡Sí! –le dije–. Importa.

Lo dejé y encaré a la piscina de barriles de cerveza, para tener una breve conversación. Pero de camino, se me ocurrió algo mejor. Me acerqué corriendo a Tyler y me paré delante de él.

–¿Quieres una foto? –le pregunté–. Sígueme.

Entonces, le tomé el brazo y lo conduje al lado opuesto del jardín.

¡La foto! La que está en el cuaderno de apuntes.

Tyler protestó durante todo el camino, pensando que quería que le tomara una foto a la piscina llena de barriles de cerveza.

–Jamás la imprimirán –dijo–. Ya sabes, ¿consumo de alcohol entre menores de edad?

Claro. ¿Por qué querrían un anuario que reflejara la vida estudiantil tal como era?

—Eso no —dije—. Quiero que me tomes una foto.
A mí y a Courtney.

Les juro que la frente le brillaba. Yo y la chica
del masaje de espaldas, juntas otra vez.

Le pregunté si se sentía bien.

—Sí, no, claro, perfecto —y es una cita exacta.

En la foto el brazo de Hannah rodea la cintura de Courtney.
Hannah se está riendo, pero Courtney no. Está nerviosa.

Y ahora sé por qué.

Courtney estaba llenando su vaso, y le dije a
Tyler que esperara ahí. Cuando Courtney me
vio, me preguntó si me estaba divirtiendo.

—Alguien te quiere tomar una foto —dije.

Luego la llevé del brazo adonde estaba Tyler.
Le dije que dejara el vaso o el anuario no podría incluirla.

Tyler la puso en el cuaderno de apuntes del Monet. Quería
que nosotros la viéramos.

Este no era parte de su plan. Solo me había invitado a la fiesta para limpiar su hermoso nombre
después de ignorarme durante tanto tiempo.
Una fotografía que nos vinculara de un modo
permanente no estaba en sus planes.

Courtney intentó zafarse de mí.

—N-no... no quiero —dijo.

Giré para encararla.

–¿Por qué no, Courtney? ¿Por qué me invitaste aquí? Por favor, no me digas que vine solo como un chofer. Me refiero a que pensé que nos estábamos haciendo amigas.

Debió ponerla en el cuaderno de apuntes, porque sabía que jamás la encontraríamos en el anuario. No la presentaría nunca. No después de enterarse de lo que la foto realmente significaba.

–Somos amigas –dijo.

–Entonces deja tu bebida –dije–. Es hora de una foto.

Tyler apuntó la cámara y enfocó la lente, esperando a que aparecieran nuestras hermosas sonrisas naturales. Courtney bajó la bebida a un costado. Yo pasé el brazo alrededor de su cintura y le dije:

–Si alguna vez quieres pedir prestado algo de mi tocador, Courtney, solo tienes que pedírmelo.

–¿Listas? –preguntó Tyler.

Me incliné hacia delante, fingiendo que alguien me acababa de contar la broma más graciosa del mundo. *Clic.*

Luego les dije que me iba, porque la fiesta era una mierda.

Courtney me rogó que me quedara. Me dijo

que fuera razonable. Y tal vez haya sido un poco desconsiderada. Me refiero a que ella no estaba exactamente lista para marcharse. ¿Cómo llegaría a casa si su chofer no la esperaba?

—Busca a otro que te lleve —dije. Y me marché.

Una parte de mí tenía ganas de llorar por haber tenido tanta razón respecto del motivo de su invitación. En cambio, mientras recorría el largo camino para volver a mi coche, comencé a reírme. Y les grité a los árboles: "¿Qué está pasando?".

Y luego alguien me llamó por mi nombre.

—¿Qué quieres, Tyler?

Me dijo que yo tenía razón respecto de la fiesta.

—La fiesta realmente es una mierda.

—No, Tyler. No lo es —dije. Luego le pregunté por qué me estaba siguiendo.

Bajó la mirada a su cámara y jugueteó con la lente. Me dijo que necesitaba que alguien lo alcanzara a su casa.

Al oírlo, me comencé a reír de verdad. No específicamente de lo que había dicho, sino de lo absurda que había resultado toda la noche. ¿Realmente ignoraba por completo que yo sabía de sus acechanzas nocturnas... de sus misiones en el medio de la noche? ¿O de verdad él esperaba que yo no lo supiera? Porque mientras no lo supiera, podíamos ser amigos, ¿cierto?

—Está bien —dije—. Pero no nos detendremos en ningún lugar.

Intentó hablar un par de veces de camino a su casa. Pero cada vez lo interrumpí. No quería fingir que todo iba bien, porque no era cierto.

Y luego de dejarlo en su casa, tomé la ruta más larga posible de regreso a la mía.

Tengo la sensación de que yo también haré lo mismo.

Exploré callejones y calles ocultas que desconocía por completo. Descubrí vecindarios totalmente nuevos para mí. Y por último, me di cuenta de que estaba harta de esta ciudad y de todo lo que había en ella.

Yo también estoy llegando a ese punto, Hannah.

Siguiente lado.

¿Cuántos de ustedes recuerdan el "Oh, mi San Valentín por un dólar"?

¿Cuántos de nosotros preferiría olvidarlo?

Eran divertidos, ¿no es cierto? Completas un test, una computadora analiza tus respuestas, y luego cruza las referencias con los demás tests. Por solo un dólar, obtienes el nombre y el número de teléfono de tu única y verdadera alma gemela. Por cinco dólares, consigues las primeras cinco. Y ¡oye!: lo recaudado se destina a una buena causa.

El campamento de porristas.

El campamento de porristas.

Todas las mañanas se escuchaban por los altavoces los enfervorizados anuncios: "No lo olviden, solo quedan cuatro días para entregar sus tests. Solo cuatro días más de soledad hasta que conozcan al gran amor de su vida".

Y todas las mañanas, aparecía una nueva porrista exaltada, que seguía con la cuenta regresiva. "Solo tres días más... Solo dos días más... Solo un día más... ¡Hoy es el día!".

Por cada pie en la acera que pongo entre la casa de Tyler, Marcus y yo, la tensión de mis músculos se disuelve un poco más.

Luego el escuadrón entero de porristas cantaba: "¡Oh, mi dólar; oh, mi dólar; oh, mi dólar, Valentín!".

Esto, por supuesto, era seguido por hurras, gritos y exclamaciones. Siempre las imaginaba ejecutando patadas y aperturas de piernas, y agitando sus pompones en la secretaría estudiantil.

Una vez pasé caminando por la secretaría, llevaba un recado para una profesora, y eso era exactamente lo que estaban haciendo.

Y sí, completé el test. Toda mi vida he sido una fanática de los tests. Si alguna vez me pillaban leyendo algunas de esas revistas para

adolescentes, les juro que no era por los tips de maquillaje, sino por los tests.

Porque nunca llevabas maquillaje, Hannah. No lo necesitabas.

Está bien, algunos de los tips para el cabello y el maquillaje eran útiles.

¿Llevabas maquillaje?

Pero solo hojeaba las revistas por los tests. Los tips eran un extra.

¿Recuerdan aquellos tests vocacionales que teníamos que completar en el primer curso, los que se suponía que nos ayudarían a elegir asignaturas optativas? Según mi test, yo habría sido una excelente leñadora. Y si esa carrera no funcionaba, podía recurrir a mi carrera alternativa, la de astronauta.

¿Una astronauta o una leñadora? ¿Hablan en serio? Gracias por los consejos.

No recuerdo mi carrera alternativa, pero a mí también me salió la opción del leñador. Traté de entender por qué el test lo consideraba mi mejor plan de carrera. Es cierto, marqué que me gustaba la vida al aire libre, pero ¿a quién no? No significa que me guste cortar árboles.

El test de San Valentín tenía dos partes. Primero, te describías a ti mismo. El color de cabello. El color de ojos. La altura. El tipo de cuerpo.

El tipo favorito de música y de películas. Luego se marcaban los casilleros de las tres actividades favoritas del fin de semana. Es gracioso, porque quien haya diseñado la lista se olvidó de mencionar el sexo y la bebida... lo cual habría sido la respuesta más acertada para la mayoría de los estudiantes.

En total había como veinte preguntas. Y basándome en quienes aparecieron en mi lista, sé que no todos respondieron con franqueza.

En el medio de la acera, bajo un farol, hay una banca verde oscura de metal. Es posible que, en una época, esto haya sido una parada de autobús. Pero ahora solo es una banca para descansar. Para personas mayores, o para cualquier otro, demasiado cansado para caminar.

Para mí.

En la segunda parte del test, te tocaba describir lo que buscabas en tu alma gemela. Su altura, su tipo de cuerpo, si tenían buen estado atlético o no, si eran tímidos o extrovertidos.

Me siento sobre el metal frío y me inclino hacia delante, dejando caer la cabeza en las manos. Estoy a solo unas pocas cuadras de mi casa, y no sé adónde ir.

Mientras completaba el mío, me hallé describiendo a cierta persona de mi escuela.

Debería haber respondido mi test en serio.

Cualquiera pensaría que si todas mis respuestas describían a una persona en particular, aquella aparecería al menos entre los cinco primeros puestos. Pero aquella persona debió ser inmune a las porristas y a sus ovaciones porque no apareció en ningún sitio de mi lista.

Y no, no les diré su nombre... todavía.

Solo para divertirme un poco, completé la mía como Holden Caulfield, el personaje de *El guardián entre el centeno*, la lectura obligada de ese semestre y la primera persona que me vino a la mente.

Holden. No se me ocurre una primera cita más horrible que la de salir con aquel solitario deprimido.

En el instante en que se distribuyeron los tests, en la tercera hora, durante la clase de Historia, completé mis respuestas a toda velocidad.

Sin duda había muchos nombres extraños en mi lista. Era el tipo de personas que esperaría que se enamoraran de Holden Caulfield.

Era la típica clase de Historia de Coach Patrick. Hay que descifrar un montón de notas en la pizarra, seguramente garabateadas cinco minutos antes de que comience la clase, y debemos copiarlas en nuestro cuaderno. Si terminas antes

del final de la clase, hay que leer de las páginas
ocho a la noventa y cuatro de tu libro de texto...
y cuidado con quedarte dormida.

Y no se puede hablar.

¿Cómo me iba a imaginar que me llamarían todas esas chicas? Supuse que toda la escuela consideraba que el test era una broma. Solo una manera de recaudar fondos para el campamento de porristas.

Después de la clase, fui directo a la secretaría
estudiantil. Al final del mostrador, bien cerca
de la puerta, estaba el buzón de entrega: una
enorme caja de zapatos con una ranura en la
parte superior, decorada con corazones recortados de papel rosado y rojo. Los corazones rojos tenían escrito ¡OH, MI SAN VALENTÍN POR
UN DÓLAR! Los rosados tenían dibujados signos verdes de dólar.

Doblé mi test por la mitad, lo deslicé dentro del
buzón y me volteé para marcharme. Pero la
señorita Benson, sonriente como es habitual, se
hallaba de pie justo allí.

–¿Hannah Baker? –preguntó–. No sabía que tú
y Courtney Crimsen fuesen amigas –la cara que
puse debió expresar exactamente lo que estaba pensando, porque en seguida, dio marcha

atrás–. Al menos, es lo que pensé. Es lo que me pareció. Me refiero a que son amigas, ¿verdad?

Esa mujer es increíblemente entrometida.

Lo primero que pensé fue en Tyler de pie fuera de mi ventana... ¡y me sentí furiosa! ¿De veras estaba mostrando las fotos de voyeur? ¿A la señorita Benson?

No. La señorita Benson me contó que esa mañana había entregado algunos cheques en la sala del anuario. Pegadas con cinta a la pared, había fotos de muestra que podrían aparecer en el anuario. En una fotografía en particular, salíamos Courtney y yo.

Adivinaron. Era la foto tomada en la fiesta, con mi brazo alrededor de su cintura, como si hubiera sido la noche más divertida de mi vida.

Toda una actriz, Hannah.

–No, solo somos conocidas –le dije.

–Pues, es una foto muy divertida –dijo la señorita Benson. Y recuerdo sus siguientes palabras a la perfección–. Lo maravilloso de una foto de anuario es que todo el mundo comparte el momento contigo... para siempre.

Sonaba a algo que hubiera dicho millones de veces en el pasado. Y antes seguramente habría estado de acuerdo. Pero no con esa foto. Era evidente que cualquiera que viera esa foto no compartiría nuestro momento. No estaba ni cerca de imaginarse lo que yo estaba pensando en ella. Ni lo que pensaba Courtney. O Tyler.

Todo era falso.

En ese momento, en aquella oficina, al darme cuenta de que nadie conocía la verdad sobre mi vida, mi opinión sobre el mundo se sacudió. Es como estar conduciendo por una carretera con baches y perder el control del volante, de modo que el coche se sale ligeramente de la ruta. Las ruedas levantan un poco el polvo, pero puedes volver a enderezar el auto. Pero por más fuerte que aprietes el volante, por más que intentes conducir en línea recta, hay algo que sigue forzando el coche hacia un costado. Ya apenas tienes control sobre las cosas. Y llega un momento en que la lucha se vuelve demasiado difícil, demasiado cansadora, y consideras la posibilidad de dejar de pelear. Y permites que haya... una tragedia... o lo que sea.

Aprieto con fuerza las puntas de los dedos contra la línea de nacimiento del pelo, y los pulgares contra las sienes, y presiono.

En aquella foto, estoy segura de que Courtney tenía una sonrisa hermosa. Fingida, pero hermosa.

No la tenía. Pero tú no podías saberlo.

Verán, Courtney creyó que podía marginarme cuando quisiera. Pero no dejé que eso sucediera. Me volví a subir a la carretera solo el tiempo suficiente para echarla fuera a ella... aunque solo por un instante.

¿Pero ahora? El test. Para el Día de San Valentín. ¿Sería solamente otra oportunidad para que me hicieran a un lado? Para los chicos que habían encontrado mi nombre en su lista, ¿sería este test la excusa que necesitaban para invitarme a salir con ellos? ¿Y se sentirían aún más animados a hacerlo por los rumores que habían escuchado? Miré la ranura en la parte superior del buzón. Era demasiado delgada para pasar los dedos por ella. Pero podía levantar la tapa y sacar mi test. Sería tan fácil. La señorita Benson preguntaría por qué, y yo podía fingir que me daba vergüenza completar un test acerca del amor. Ella entendería.

O... podía esperar y ver.

Si hubiera sido inteligente, si hubiera sido honesto con mi test, habría descripto a Hannah. Y tal vez habríamos conversado.

Conversado en serio. No solo intercambiado bromas como pasó el último verano en la sala de cine.

Pero no lo hice. No lo pensé.

¿Qué haría la mayoría de los estudiantes cuando obtuvieran sus listas? ¿Se reirían de ellas y las desestimarían, tal como yo esperaba que lo hicieran? ¿O las usarían?

Si el nombre y el número de Hannah hubieran aparecido en mi lista, ¿la habría llamado?

Me deslizo hacia abajo sobre la banca fría, inclinando la cabeza hacia atrás. Bien atrás, como si la punta de mi columna se me fuera a quebrar si continuara haciéndolo.

Me dije que no había mucho margen de error. El test era una broma. Nadie lo usaría. Cálmate, Hannah. No te estás tendiendo una trampa a ti misma.

Pero si tenía razón —si lo completaba en forma correcta—, si le daba voluntariamente a alguien una excusa para probar aquellos rumores sobre mí... pues... no lo sé. Tal vez lo desestimaría. Tal vez me pondría furiosa.

O quizás, dejaría de pelear y me daría por vencida.

Esta vez, por primera vez, vi la posibilidad de darme por vencida. Incluso hallé esperanza en ello.

Desde la fiesta de despedida de Kat, no podía dejar de pensar en Hannah. Su aspecto, su comportamiento, el hecho de que nunca encajaba con lo que decían de ella. Pero tenía demasiado miedo de averiguarlo por mí mismo. Demasiado miedo de que se riera si la invitaba a salir.

Sencillamente, tenía demasiado miedo.

> Así que ¿cuáles eran mis opciones? Podía marcharme de la oficina como una pesimista, llevándome el test conmigo. O como una optimista, podía dejarlo y esperar lo mejor. Al final, me fui de aquella oficina, había dejado el test en el buzón, sin saber a ciencia cierta lo que era.
>
> ¿Una optimista? ¿Una pesimista?
>
> Ninguna de las dos. Una idiota.

Cierro los ojos, concentrándome en el aire fresco que flota a mi alrededor.

Cuando entré en la sala de cine el verano pasado para obtener una solicitud de empleo, fingí estar sorprendido de que Hannah trabajara allí. Pero ella había sido la única razón por la que había pedido el empleo.

> "¡Hoy es el día!", dijo la porrista... excitada, por supuesto. "Pasen a recoger sus Oh, mis San Valentín por un dólar en la secretaría estudiantil".

En mi primer día de trabajo, me pusieron en el puesto

de comida junto a Hannah. Ella me mostró cómo emplear un surtidor para aderezar las palomitas de maíz con "mantequilla".

Me explicó que si entraba alguien que me gustaba, no debía ponerle mantequilla en la mitad inferior del cubo. De modo que, en medio de la película, esa persona regresaría para pedir que le pusiera un poco más. Y en ese momento ya no habría tanta gente y podría conversar.

Pero jamás lo hice. Porque era Hannah la que me interesaba. Y la idea de que ella lo hiciera con otros tipos me provocaba celos.

Aún no había decidido si quería saber qué parejas me sugería el test. Con la suerte que tenía, sería un compañero leñador. Pero cuando pasé por la secretaría y no vi a nadie en la fila, pensé... qué diablos.

Me acerqué al mostrador y comencé a decir mi nombre, pero la porrista que estaba delante de la computadora me interrumpió.

—Gracias por apoyar a las porristas, Hannah —inclinó la cabeza a un lado y sonrió—. Eso suena un poco tonto, ¿verdad? Pero se supone que se lo tengo que decir a todo el mundo.

Seguramente, fue la misma porrista que me entregó mis resultados del test.

Tipeó mi nombre en la computadora, pulsó

Enter, y luego me preguntó cuántos nombres quería. ¿Uno o cinco? Coloqué un billete de cinco sobre el mostrador. Ella pulsó la tecla con el número cinco, y una impresora ubicada de mi lado escupió mi lista.

Me dijo que habían puesto la impresora de nuestro lado para que las porristas no se vieran tentadas de echar un vistazo a nuestros nombres. Para que las personas no se sintieran avergonzadas por sus resultados.

Le dije que se trataba de una buena idea y comencé a revisar mi lista.

–¿Y? Cuéntame –dijo la porrista–, ¿qué te tocó?

Definitivamente, fue la porrista que me ayudó a mí.

Estaba bromeando, por supuesto.

No, no bromeaba.

Una broma a medias. Coloqué mi lista sobre el mostrador para que la viera.

–No está mal –dijo–. Ohh, me gusta este.

Admití que no era una lista mala. Pero tampoco era maravillosa.

Ella se encogió de hombros y dijo que mi lista no era ni fu ni fa. Después me confesó un secretito. Aquel no era el test más científico del mundo.

Salvo por las personas que buscan un solitario depresivo,

como Holden Caulfield. Para eso, el test merecía un Premio Nobel.

Ambas estuvimos de acuerdo con que dos personas de la lista harían una pareja razonablemente buena conmigo. A otra persona, una que me agradaba, le provocó una reacción por completo diferente.

–No –dijo. La alegría desapareció por completo de su rostro y de su postura–. Te aseguro que... no.

¿Se encuentra él en alguna de tus cintas, Hannah? ¿Es él de quien trata esta? Porque no creo que esta sea sobre la porrista.

–Pero es guapo –dije.

–Por fuera –me dijo.

Sacó una pila de billetes de cinco dólares de la caja registradora, puso los míos encima, y luego repasó la pila volteando cada billete del mismo lado.

No insistí en el tema, pero debí haberlo hecho. Y en un par de cintas más, sabrán por qué.

Lo cual me recuerda que no les he contado quién es nuestro personaje principal en esta cinta. Por suerte, este es el momento perfecto para presentarlo, porque justamente en aquel instante apareció.

De nuevo, no soy yo.

Algo comenzó a zumbar. ¿Un teléfono? Miré a la porrista, pero ella sacudió la cabeza. Así que lancé la mochila sobre el mostrador, saqué mi teléfono y lo respondí.

–Hannah Baker –dijo quien llamaba–. Qué bueno verte.

Miré a la porrista y encogí los hombros.

–¿Quién es? –pregunté.

–Adivina cómo obtuve tu número –preguntó.

Le dije que odiaba las adivinanzas.

–Pagué por él –me dijo entonces.

–¿Pagaste por mi número de teléfono?

La porrista ahuecó la mano sobre la boca y señaló el listado: ¡el Oh, mi San Valentín por un dólar!

Increíble, pensé. ¿Alguien realmente estaba llamando porque tenía mi nombre en su lista? Era bastante emocionante, sí, pero también un poco extraño.

La porrista tocó los nombres que ambas considerábamos buenas opciones, pero sacudí la cabeza. Conocía esas voces lo suficiente para saber que no era ninguno de ellos. Tampoco era aquel del cual me habían advertido.

Leí los otros dos nombres de la lista en voz alta.

—Parece que estás en mi lista —dijo la persona
del otro lado del teléfono—, pero yo no estoy
en la tuya.

De hecho, sí apareciste en su lista. Una lista diferente. Una en
la que estoy seguro de que no te agrada estar.

Le pregunté dónde aparecía yo en su lista.

De nuevo, me dijo que adivinara, y luego añadió rápidamente que estaba bromeando.

—¿Lista? —preguntó—. Eres mi número uno, Hannah.

Repetí su respuesta moviendo los labios en silencio —¡la número uno!—, y la porrista empezó
a brincar.

—Esto es tan genial —susurró.

La persona en el teléfono preguntó entonces
qué haría para el Día de San Valentín.

—Depende —le dije—. ¿Quién eres?

Pero no respondió. No necesitaba hacerlo. Porque en ese instante, lo vi... de pie justo fuera de
la ventana de la oficina. Marcus Cooley.

Hola, Marcus.

Aprieto los dientes. Marcus. Debí golpearlo con la piedra
cuando pude hacerlo.

Marcus, como saben, es uno de los peores
gandules del colegio. No un gandul haragán,
sino un gandul bueno.

No estaría tan seguro de ello.

De hecho, es bastante gracioso. Hemos sobre-vivido a una cantidad interminable de clases horriblemente aburridas gracias a uno de los típicos comentarios de Marcus, que realiza en el momento oportuno. Así que, desde luego, no me tomé sus palabras en serio.

Aunque solo estaba a unos metros de distancia, separado por una ventana, seguí hablándole por teléfono.

—Estás mintiendo —le dije—. No estoy en tu lista.

Su sonrisa, por lo común boba, lucía algo sexy en ese momento.

—¿Qué...? ¿Crees que nunca hablo en serio? —preguntó. Luego presionó la lista contra la ventana.

Aunque estaba demasiado lejos para realmente poder leerla, supuse que solo me la enseñaba para probar que mi nombre sí ocupaba el pri-mer lugar. De todos modos, pensé que debía estar bromeando respecto de salir juntos el Día de San Valentín. Así que se me ocurrió que lo haría sufrir un poco.

—Está bien —dije—. ¿Cuándo?

La porrista se cubrió el rostro con ambas manos

pero, a través de los dedos, vi que se sonrojaba.
No lo sé, si no la hubiera tenido a ella ani-
mándome, como público espectador, dudo de
que hubiera accedido a salir con él tan rápido.
Pero le estaba siguiendo el juego. Le daba a
ella algo para presumir durante la práctica de
porristas.

Ahora era el turno de Marcus.

—Oh... um... está bien... bueno... ¿Qué te parece
en Rosie? Ya sabes, para tomar un helado.

E-5. Vi aquella estrella en el mapa mientras viajaba en el autobús. Sabía más o menos dónde estaba, pero no conocía aquel
local en particular. De todos modos, debí imaginarlo. La mejor
heladería, y las hamburguesas y papas fritas más grasientas de
por aquí. La cafetería de Rosie.

Las palabras me salieron con tono de sarcasmo.

—¿Un helado? —no quise decirlo de esa forma. Pero salir a tomar un helado parecía tan...
inocente. Así que accedí a encontrarme con él
después del colegio. Y luego, cortamos.

La porrista palmeó las manos sobre el mostrador.

—Por favor, tienes que dejarme presumir sobre
esto.

Le hice prometer que no le diría a nadie hasta
el día siguiente, por si acaso.

—Está bien —dijo. Pero me hizo prometerle que,
después, le contaría hasta el último detalle.

Algunos de ustedes tal vez sepan de qué porrista estoy hablando, pero no diré su nombre.

Fue muy dulce y se emocionó por mí. No hizo
nada malo.

De verdad. No estoy siendo sarcástica. No se
esfuercen por encontrarle un doble sentido.

Antes tenía un presentimiento de quién era la porrista.
Pero ahora, recordando el día que todos nos enteramos lo de
Hannah, estoy seguro de quién es: Jenny Kurtz. Cursábamos
Biología juntos. Para entonces, yo ya me había enterado. Pero
ese fue el momento cuando ella se enteró, bisturí en mano y una
lombriz abierta en el medio y sujeta con alfileres delante. Apoyó
el bisturí sobre la mesa y quedó sumida en un largo silencio de
estupefacción. Luego se puso de pie y, sin detenerse ante el escritorio de la profesora para que le diera permiso, salió de la sala.

Estuve buscándola el resto del día, desconcertado por su reacción. Como la mayoría de las personas, no tenía ni idea de su
azarosa relación con Hannah Baker.

¿Si le conté a la porrista acerca de lo que pasó
en Rosie? No. En lugar de ello, la evité todo el
tiempo que pude.

Y están a punto de enterarse de por qué.

Por supuesto, no podía evitarla para siempre.

Por esa razón, en un rato, volverá a aparecer en
estas cintas... pero con un nombre.

El aire frío ya no es el único motivo por el cual estoy temblando. Con cada lado de cada cinta, un viejo recuerdo queda patas para arriba. Una reputación convierte a alguien en quien no reconozco.

Sentí ganas de llorar cuando vi que Jenny salía caminando de la clase de Biología. Cada vez que veía una reacción como aquella, en Jenny, en el señor Porter, me transportaba al momento en que yo mismo me había enterado de lo de Hannah. Cuando de verdad lloré.

Cuando, en cambio, debí enojarme con ellos.

Así que si quieren vivir toda la experiencia de
Hannah, vayan ustedes mismos a Rosie.

Cielos, odio no saber ya qué creer. Odio no saber qué es real.

E-5 en su mapa. Siéntense sobre uno de los taburetes frente a la barra. En un minuto, les diré
qué hacer después. Pero antes les contaré acerca de mi experiencia en Rosie.

Jamás había estado allí antes. Lo sé, es insólito.
Todo el mundo ha estado en Rosie. Es el lugar
cool y diferente para juntarse con amigos. Pero
por lo que yo sabía, nadie iba jamás solo. Y
cada vez que me habían invitado, había estado ocupada por algún motivo: familiares que
venían de visita demasiada tarea.

Para mí, Rosie tenía un aura. Un misterio. En las historias que había escuchado, parecía que siempre estaban sucediendo cosas en aquel lugar. Durante la primera semana en la ciudad, Alex Standall tuvo su primera pelea a puñetazos delante de la puerta de Rosie. Nos lo contó a Jessica y a mí durante la época en que nos encontrábamos en el café El jardín de Monet.

Me enteré de esa pelea cuando me aconsejaron no meterme con el chico nuevo. Alex sabía cómo dar un puñetazo, y también cómo recibirlo.

Una chica, cuyo nombre no voy a repetir, fue manoseada debajo de su sujetador por primera vez en Rosie, mientras se besuqueaba entre las máquinas de pinball.

Courtney Crimsen. Todo el mundo sabía de eso. Y no es que Courtney hubiera intentado ocultarlo.

Con todas las historias, parecía que Rosie hacía la vista gorda ante cualquier cosa que pasara, mientras los conos se siguieran llenando y las hamburguesas se siguieran volteando. Así que quería ir, pero no sola y parecer una idiota.

Marcus Cooley me dio la excusa que necesitaba.

Y dio la casualidad de que estaba libre.

Estaba libre, pero no era estúpida.

Le tenía un poco de miedo a Marcus. Desconfiaba un poco de él. Pero no tanto de él, sino de las personas de las que se rodeaba.

Personas como Alex Standall.

Después de despegarse para siempre del grupo de amigos del Monet, Alex comenzó a frecuentar a Marcus. Y después de la broma de Alex con la lista de "Quién es sexy/Quién no", no confiaba en él.

Así que, ¿por qué debía confiar en alguien con quien andaba?

No debiste hacerlo.

¿Por qué? Porque eso era exactamente lo que yo quería para mí misma. Quería que la gente confiara en mí, a pesar de todo lo que hubieran escuchado. Y más que eso, quería que me conocieran. No las cosas que creían saber de mí. No, mi yo verdadero. Quería que fueran más allá de los rumores. Que vieran más allá de las relaciones que había tenido alguna vez, o quizás seguía teniendo, pero con las que ellos no estaban de acuerdo. Y si quería que la gente me tratara de esa manera, entonces tenía que hacer lo mismo con ellos, ¿verdad?

Así que entré en Rosie y me senté delante de la barra. Y cuando vayan, si llegan a ir, no pidan de inmediato.

El teléfono en mi bolsillo comienza a vibrar.

Solo quédense sentados y esperen.

Y esperen un poco más.

Es mamá.

Respondo el teléfono, pero incluso las palabras más simples me quedan atrapadas en la garganta y no digo nada.

—¿Cariño? —su voz es suave—. ¿Está todo bien?

Cierro los ojos para concentrarme, para hablar tranquilo.

—Estoy bien.

Pero ¿lo alcanza a oír?

—Clay, cariño, se está volviendo tarde —hace una pausa—. ¿Dónde estás?

—Me olvidé de llamar. Lo siento.

—Está bien —lo escucha, pero no pregunta—. ¿Quieres que te vaya a buscar?

No puedo ir a casa. Aún no. Casi le digo que necesito quedarme hasta que termine de ayudar a Tony con su proyecto escolar. Pero estoy a punto de terminar esta cinta, y solo llevo una más conmigo.

–¿Mamá? ¿Me puedes hacer un favor?

No hay respuesta.

–Dejé unas cintas sobre el banco de carpintería.

–¿Para tu proyecto?

¡Un momento! ¿Y si las escucha? ¿Y si mete una cinta en el estéreo para averiguar qué son? ¿Y si es Hannah que habla sobre mí?

–Descuida. No te preocupes –digo–. Las buscaré yo.

–Te las puedo llevar.

No respondo. Las palabras no me quedan atrapadas en la garganta; es solo que no sé cuáles usar.

–Estoy saliendo de todos modos –dice–. Se acabó el pan, y haré unos sándwiches para mañana.

Exhalo una risa pequeña y sonrío. Cada vez que vuelvo tarde, me prepara un sándwich para el almuerzo en la escuela. Siempre protesto y le digo que no lo haga, que lo prepararé yo mismo cuando regrese a casa. Pero a ella le gusta. Dice que le recuerda a cuando yo era más pequeño y la necesitaba.

–Solo dime dónde estás –dice.

Inclinándome hacia delante sobre la banca de metal, digo lo primero que me viene a la mente:

–Estoy en Rosie.

–¿La cafetería? ¿Pueden avanzar con el trabajo en ese lugar? –espera una respuesta, pero no tengo una para darle–. ¿No es demasiado ruidoso?

La calle está vacía. No hay coches. No hay ruido. No se oye ningún alboroto de fondo.

Sabe que no le estoy diciendo la verdad.

–¿Cuándo saldrás? –pregunto.

–Apenas consiga reunir las cintas.

–Genial –comienzo a caminar–. Te veré pronto.

Escuchen las conversaciones a su alrededor. ¿La gente se pregunta por qué estás sentado allí solo? Ahora echa un vistazo sobre tu hombro. ¿Acaba de interrumpirse una conversación? ¿Han apartado la mirada?

Lamento si esto te suena patético, pero sabes que es cierto. Jamás has ido allí solo, ¿verdad?

Yo no.

Es una experiencia totalmente diferente. Y bien adentro sabes que el motivo por el cual nunca has ido solo es el motivo que acabo de explicar. Pero si decides ir y no pides nada, todo el mundo creerá lo mismo sobre ti que lo que creyeron sobre mí. Que estás esperando a alguien. Así que quédate sentado. Y cada tantos minutos, echa un vistazo al reloj sobre la pared. Cuanto más esperes —y esto es cierto—, más lento se moverán las agujas.

Hoy no. Cuando llegue allí, mi corazón se acelerará mientras observe las agujas girando más y más cerca del momento en que mamá entrará por la puerta.

Comienzo a correr.

Cuando hayan pasado los quince minutos, tienes mi permiso de pedirte un licuado. Porque quince minutos son diez minutos más de lo que le debería llevar a una persona, incluso a la más lenta del mundo, llegar caminando desde el colegio.

Alguien... no vendrá.

Ahora, si necesitas una recomendación, no te equivocarás con el licuado de banana y mantequilla de maní.

Luego sigue esperando, sin importar el tiempo que te lleve acabarte el licuado. Si pasan treinta minutos, apúrate por terminarlo, para poder salir de ahí lo más rápido posible. Eso hice yo.

Eres un imbécil, Marcus. La dejaste plantada cuando ni siquiera debiste haberla invitado a salir. Era una actividad para recaudar fondos para el campamento de porristas. Si no querías tomártelo en serio, no necesitabas hacerlo.

Treinta minutos es mucho tiempo para esperar

una cita de San Valentín. En especial, estando
sola dentro de la cafetería de Rosie. También
te da bastante tiempo para preguntarte lo que
pudo haber sucedido. ¿Se olvidó? Porque parecía sincero. Me refiero a que incluso la porrista
creyó que lo decía en serio, ¿verdad?

Sigo corriendo.

Cálmate, Hannah. Eso me repetía a mí misma en
forma continua. No te estás tendiendo una trampa. Cálmate. ¿A alguien más le suena conocido?
¿No fue acaso como me convencí de no sacar
el test del buzón?

Está bien, basta. Aquellos fueron los pensamientos que me corrían por la cabeza después de
esperar treinta minutos a que Marcus apareciera. Lo cual no me predispuso de la mejor manera para cuando finalmente apareció.

Corro un poco más lento. No porque me haya quedado sin
aire ni porque mis piernas estén a punto de colapsar. No estoy
físicamente cansado. Pero estoy exhausto.

Si Marcus no la dejó plantada, entonces, ¿qué pasó?

Se sentó sobre el taburete de al lado y se dis-
culpó. Le dije que estuve a punto de creer que
no vendría y de irme. Miró mi vaso de licuado vacío y volvió a pedir disculpas. Pero en su

mente, no había llegado tarde. Ni siquiera estaba seguro de que yo estaría allí.

Y no lo voy a culpar por ello. Por lo visto, creyó que estábamos bromeando respecto de la cita. O dio por descontado que era una broma para los dos. Pero a medio camino de su casa, se detuvo, lo pensó, y se encaminó hacia Rosie, por si acaso.

Y por esa causa estás en esta cinta, Marcus. Te volviste por si acaso. Por si acaso yo, Hannah Baker —Miss Reputación— te estuviera esperando.

Y desgraciadamente, lo estaba. En ese momento, solo me pareció que podía ser divertido.

En ese momento, fui una estúpida.

Ahí está Rosie. Al otro lado de la calle. Al final del estacionamiento.

Verán, cuando Marcus entró en Rosie, no lo hizo solo. No, entró con un plan. Parte del plan era alejarnos de la barra y sentarnos en una mesa del fondo. Cerca de las máquinas de pinball. Y que yo me sentara en la parte interior.

Yo, metida entre él... y una pared.

El estacionamiento está casi vacío. Solo hay algunos coches estacionados directamente delante de Rosie, pero ninguno es el de mamá. Así que me detengo.

Si quieres, si estás sentado ahora en Rosie,
quédate en la barra. Allí se está más cómodo. Te
lo aseguro.

Me quedo de pie sobre el borde de la acera, inhalando profundo, exhalando con fuerza. Una mano roja parpadea en el cruce del otro lado de la calle.

No sé hasta qué punto había previsto su plan.
Tal vez llegó solo con un final pensado. Un objetivo. Y como dije, Marcus es un tipo gracioso.
Así que estábamos allí, sentados ante una mesa,
de espaldas al resto de la cafetería, riéndonos.
En un momento, me estaba haciendo reír tan
fuerte que me dolía el estómago. Me incliné
hacia delante, tocando la frente con su hombro,
suplicándole que parara.

La mano sigue parpadeando, me apremia a tomar una decisión. Me dice que me apure. Aún tengo tiempo de cruzar la calle corriendo, saltar el borde de la acera y atravesar el estacionamiento a toda velocidad hasta Rosie.

Pero no lo hago.

Y en ese momento, su mano me tocó la rodilla.
En ese momento, lo supe.

La mano deja de parpadear. Una sólida mano color rojo brillante.

Y me volteo. No puedo entrar allí. Aún no.

Dejé de reírme. Casi dejo de respirar. Pero

mantuve la frente contra tu hombro, Marcus. Tu mano estaba sobre mi rodilla, como salida de la nada. Igual que como me habían tocado en el almacén de licores.

–¿Qué haces? –susurré.

–¿Quieres que te la quite? –preguntaste.

No respondí.

Presiono mi mano contra el estómago. Es demasiado. Demasiado para sostener.

Iré a Rosie. En un minuto. Y con suerte, llegaré allí antes que mamá.

Pero antes, iré a la sala de cine donde Hannah y yo trabajamos un verano. Un lugar donde ella estaba a salvo: el Crestmont.

Y yo tampoco me aparté de ti.

Era como si tú y tu hombro ya no estuvieran conectados. Tu hombro no era más que un puntal para descansar mi cabeza mientras decidía qué hacer. Y no pude apartar la mirada mientras las puntas de tus dedos acariciaban mi rodilla... y comenzaban a moverse hacia arriba.

–¿Por qué estás haciendo eso? –pregunté.

Solo queda a una cuadra, y tal vez no sea una estrella roja en su mapa, pero debió serlo.

Para mí, es una estrella roja.

Tu hombro giró y levanté la cabeza, pero ahora

tenía tu brazo detrás de mi espalda, que me acercaba a ti. Y tu otra mano me estaba tocando la pierna. La parte superior del muslo.

Eché un vistazo por encima del respaldo del asiento, a las demás mesas, a la barra, tratando de llamar la atención de alguien. Y algunas personas miraron hacia donde yo estaba, pero todos se voltearon.

Debajo de la mesa, mis dedos estaban luchando por quitarte los dedos de encima. Por conseguir que me soltaras. Por empujarte. Y no quería gritar –aún no había llegado a ese punto–, pero mis ojos suplicaban que alguien me ayudara.

Hundo las manos en los bolsillos, con los puños apretados. Quiero golpearlos contra una pared o atravesar el escaparate de una tienda. Jamás le he pegado a nada ni a nadie, y esta noche ya una vez sentí las ganas de pegarle a Marcus con aquella piedra.

Pero todo el mundo apartó la mirada. Nadie preguntó si había un problema.

¿Por qué? ¿Simplemente estaban siendo amables?

¿Fue eso, Zach? ¿Simplemente estabas siendo amable?

¿Zach? ¿De nuevo? Estuvo con Justin en la primera cinta, cayéndose sobre el césped de Hannah. Luego, interrumpiéndome a mí y a Hannah en la fiesta de despedida de Kat.

Odio esto. Ya no quiero enterarme de cómo encajan unos con otros.

> –Basta –dije. Y sé que me oíste porque, como estaba mirando por encima del respaldo del asiento, tenía la boca a pocos centímetros de tu oreja–. Basta.

El Crestmont. Doblo la esquina y, a menos de media cuadra, lo veo. Uno de los pocos edificios emblemáticos de la ciudad. La última sala de cine *art déco* del estado.

> –No te preocupes –dijiste. Y tal vez sabías que te quedaba poco tiempo, porque de inmediato tu mano trepó por mi muslo. Hasta el final.
> Así que te golpeé fuerte con ambas manos en el costado y te arrojé al suelo.
> Ahora bien, cuando alguien se cae de una mesa, es bastante gracioso. Así son las cosas. Por lo que cualquiera pensaría que la gente se echaría a reír. Salvo, por supuesto, que se percatara de que no había sido un accidente. Y supiera que pasaba algo en aquella mesa, solo que no tuvo ganas de ayudar.
> Gracias.

La marquesina envolvente que se prolonga sobre la acera. El letrero ornamentado que se extiende hacia el cielo como la pluma eléctrica de un pavo real. Cada letra parpadea, una por vez,

C-R-E-S-T-M-O-N-T, como completando un crucigrama con letras de neón.

> De cualquier modo, te marchaste. No saliste hecho una furia. Solo dijiste que era una gran flirteadora, lo suficientemente fuerte para que lo oyera todo el mundo, y te fuiste.
>
> Así que ahora retrocedamos. Al momento cuando estoy frente a la barra, preparándome para marcharme. Al momento cuando creí que Marcus no vendría porque simplemente no le importaba. Y te diré lo que pensaba entonces.
>
> Porque ahora se aplica aún más.

Camino hacia el Crestmont. Las demás tiendas que veo al pasar han cerrado hasta el día siguiente. Un muro sólido de escaparates oscuros. Pero de pronto, una cuña triangular se recorta en la acera, apuntando hacia el vestíbulo. Sus paredes y suelo de mármol tienen los mismos colores que el letrero de neón. Y en el medio de la cuña, la taquilla. Como una cabina de peaje, con ventanas en tres de los lados y una puerta en la parte trasera.

Allí trabajaba casi todas las noches.

> Durante mucho tiempo, casi desde el primer día en este colegio, sentí haber sido la única persona que se preocupara por mí misma. Pones tu empeño en que te den ese primer beso... solo para conseguir que te lo echen en cara.

Para conseguir que las dos únicas personas en las que realmente confías se vuelvan contra ti.

Para conseguir que una de ellas te use para vengarse de la otra, y además, luego te acusen de traidora.

¿Lo empiezan a entender?

¿Voy demasiado rápido?

Pues ¡no se queden atrás!

Deja que alguien te quite cualquier sentido de privacidad o de seguridad que aún tengas, luego consigue que alguien utilice esa inseguridad que te robó para satisfacer su propia curiosidad retorcida.

Hace una pausa. Va un poco más despacio.

Luego te das cuenta de que estás haciendo una montaña de un grano de arena. Adviertes lo mezquina que te has vuelto. Claro, tal vez parezca que no consigues sentirte cómoda en esta ciudad. Tal vez parezca que, cada vez que alguien te ofrece una mano para subir, solo te suelta y te resbalas un poco más abajo. Pero tienes que dejar de ser tan pesimista, Hannah, y aprender a confiar en las personas que tienes a tu alrededor.

Así que lo hago. Una vez más.

Están dando la última película de la noche, así que la taquilla está vacía. Me detengo sobre el suelo de mármol veteado, rodeado por los pósteres de los próximos estrenos.

Esta había sido mi oportunidad, en esta sala de cine, para extenderle la mano a Hannah.

Aquí tuve mi oportunidad y dejé que se me escapara.

Y luego... pues... ciertos pensamientos comienzan a acosarme. ¿Conseguiré tomar las riendas de mi vida? ¿Siempre me apartarán y me maltratarán aquellos en quienes confío?

Odio lo que hiciste, Hannah.

¿Mi vida irá, alguna vez, adonde quiero que vaya?

No tenías que hacerlo, y odio que lo hayas hecho.

Al día siguiente, Marcus, decidí hacer algo. Decidí averiguar cómo reaccionaría la gente del colegio si uno de los estudiantes no regresaba más. Como dice la canción: "Te perdiste y te fuiste para siempre, oh mi querido Valentín".

Me inclino hacia atrás, contra un póster protegido por un marco de plástico, y cierro los ojos.

Estoy escuchando a alguien que se rinde. A alguien que conocí. A alguien que me gustaba.

Estoy escuchando pero, de todos modos, llegué demasiado tarde.

El corazón me late con fuerza y no me puedo quedar quieto. Cruzo el suelo de mármol hacia la taquilla. Un pequeño letrero cuelga de una cadena y de una ventosa diminuta. CERRADO - ¡HASTA MAÑANA! De aquí fuera no parece tan estrecho, pero adentro la sensación era como estar en una pecera.

La única interacción que tenía era cuando las personas me deslizaban dinero hacia mi lado del cristal y yo les deslizaba sus boletos. O cuando un colega entraba por la puerta trasera.

Aparte de eso, si no estaba vendiendo boletos, leía. O miraba fuera de la pecera, al vestíbulo, observando a Hannah. Y algunas noches eran peores que otras. Algunas noches observaba, para asegurarme de que le pusiera mantequilla a las palomitas de maíz hasta el fondo del cubo. Lo cual ahora parece tonto y medio obsesivo, pero eso era lo que hacía.

Como la noche en que entró Bryce Walker. Llegó con su novia del momento y quería que le cobrara la tarifa para los menores de doce años.

—De todos modos, no verá la película —dijo—. Sabes a lo que me refiero, ¿no es cierto, Clay? —luego se rio.

No la conocía. Podría haber sido una estudiante de otro colegio. Pero una cosa era evidente: no parecía que le hubiera resultado gracioso. Colocó su bolsa sobre el mostrador.

—Entonces yo misma pagaré mi boleto.

Bryce apartó la cartera y pagó el total.

—Relájate —le dijo—. Solo era una broma.

Casi a la mitad de la película, mientras vendía boletos para la siguiente función, la chica salió corriendo de la sala de cine, con la mano en la muñeca. Tal vez estuviera llorando. Y a Bryce no se lo veía por ningún lado.

Me quedé observando el vestíbulo, esperando a que apareciera. Pero jamás lo hizo. Se quedó para terminar de ver la película para la cual había pagado.

Pero cuando finalizó la película, él se inclinó sobre la barra del puesto de comida, hablándole a Hannah hasta cansarla mientras el resto se marchaba. Y se quedó allí mientras entraban las personas recién llegadas. Hannah despachó los pedidos de bebidas, entregó dulces, devolvió cambio y se rio de Bryce. Se rio de lo que fuera que dijera.

Durante todo ese tiempo, yo quería poner el letrero de Cerrado. Quería entrar resueltamente en el vestíbulo y pedirle que se fuera. La película había acabado, y ya no tenía sentido que él siguiera allí.

Pero eso lo debió hacer Hannah. Debió pedirle que se fuera. No, ella debió desear que se fuera.

Después de vender mi última entrada y de voltear el letrero, salí por la puerta de la taquilla, la cerré con llave y entré en el vestíbulo. Para ayudar a Hannah a guardar todo. Para preguntarle por Bryce.

−¿Por qué crees que aquella chica salió corriendo así? −pregunté.

Hannah dejó de pasar el trapo sobre el mostrador y me miró directo a los ojos.

−Sé quién es, Clay. Sé cómo es. Te lo aseguro.

−Lo sé −dije. Miré hacia abajo y toqué una mancha de la alfombra con la punta de mi zapato−. Por eso quería saber, ¿por qué seguiste hablando con él?

No respondió. No en seguida.

Pero yo no podía levantar la vista para enfrentar su mirada. No quería ver la mirada de decepción o de frustración en sus ojos. No quería ver aquel tipo de emoción dirigida hacia mí.

Finalmente pronunció las palabras que me resonaron en la cabeza el resto de aquella noche:

−No necesitas cuidarme, Clay.

Pero sí necesitaba hacerlo. Y quería hacerlo. Podría haberte ayudado. Pero cuando lo intenté, me apartaste.

Casi puedo oír la voz de Hannah pronunciando en voz alta mi siguiente pensamiento: "Entonces, ¿por qué no lo intentaste aún más?".

Cuando estoy volviendo, la mano roja parpadea, pero de todos modos cruzo corriendo el paso de peatones. Hay aún menos coches en el estacionamiento que antes. Pero todavía no veo el de mamá.

A unas puertas de distancia de la cafetería de Rosie, dejo de correr. Me recuesto contra el escaparate de una tienda de mascotas, intentando recuperar el aliento. Luego me inclino hacia delante, con las manos sobre las rodillas, esperando a que el vértigo se detenga antes de que llegue.

Imposible. Porque aunque mis piernas han dejado de correr, mi mente sigue a toda velocidad. Me dejo deslizar hacia abajo contra el frío cristal, con las rodillas dobladas, haciendo lo posible por contener las lágrimas.

Pero el tiempo se acaba. Llegará pronto.

Respirando a fondo, me impulso hacia arriba, camino hacia lo de Rosie y abro la puerta de un tirón.

Una ráfaga de aire cálido sale hacia fuera. Huele a una mezcla de grasa de hamburguesas y azúcar. Adentro, tres de las cinco mesas contra la pared están ocupadas. Una con un chico y una chica que beben licuados y mastican palomitas de maíz del Crestmont. Las otras dos están ocupadas con estudiantes que estudian. Las superficies de las mesas están cubiertas de libros de texto. Solo hay espacio suficiente para bebidas y un par de canastas con papas fritas. Por suerte, la mesa más lejana está ocupada. No es un asunto que deba considerar, si sentarme allí o no.

Pegado con cinta adhesiva a una de las máquinas de pinball, hay un letrero escrito a mano que dice NO FUNCIONA. Un chico del último año que creo reconocer está parado delante de la otra máquina, aporreándola.

Tal como sugirió Hannah, me siento frente a la barra vacía.

Detrás del mostrador, un hombre con un delantal blanco clasifica cubiertos en dos recipientes de plástico. Me hace un gesto con la cabeza: "Cuando quieras".

Deslizo hacia fuera un menú que se encuentra entre dos servilleteros plateados. La portada del menú cuenta una historia extensa sobre Rosie, con fotos en blanco y negro que abarcan las últimas cuatro décadas. Lo doy vuelta, pero no me siento tentado por nada que se halle en el menú. No en este momento.

Quince minutos. Eso fue lo que Hannah dijo que debíamos esperar. Quince minutos y luego debía realizar mi pedido.

Algo andaba mal cuando llamó mamá. Algo me pasaba a mí, y sé que se dio cuenta por mi voz. Pero cuando conduzca hacia aquí, ¿oirá las cintas para averiguar qué era?

Soy tan idiota. Debí decirle que iría a buscarlas. Pero no lo hice, así que ahora tengo que esperar para saberlo.

El chico que comía palomitas de maíz pide una llave para ir al baño. El hombre detrás del mostrador le señala la pared. Dos llaves cuelgan de un gancho de bronce. Una de ellas tiene pegado un perro de plástico azul. La otra, un elefante rosado. Toma el perro azul y se encamina por el pasillo.

Después de guardar los recipientes de plástico debajo del mostrador, el hombre desenrosca las tapas de una docena de saleros y pimenteros. No me presta la más mínima atención. Y no tengo problema con ello.

−¿Ya pediste?

Me volteo girando sobre la silla. Mamá está sentada en el taburete que está al lado y saca un menú. Junto a ella, sobre el mostrador, está la caja de zapatos de Hannah.

−¿Te quedas? −pregunto.

Si se queda, podemos hablar. No me importa. Sería bueno liberar mis pensamientos por un rato. Tomarme un recreo.

Me mira a los ojos y sonríe. Luego coloca una mano sobre su estómago y convierte su sonrisa en un ceño fruncido.

—Creo que es una mala idea.

—No estás gorda, mamá.

Ella desliza la caja de cintas hacia mí.

—¿Dónde está tu amigo? ¿No estabas trabajando con alguien?

Cierto. Un proyecto escolar.

—Tuvo que, ya sabes, está en el baño.

Echa una mirada detrás de mí, por encima de mi hombro, solo por un segundo. Y tal vez me equivoque, pero creo que se fijó para ver si ambas llaves estaban colgando de la pared.

Gracias a Dios que no.

—¿Trajiste dinero suficiente? —pregunta.

—¿Para?

—Para comer algo —vuelve a colocar el menú en su lugar y luego le da un golpecito al mío con la uña—. Las leches malteadas de chocolate son para morirse.

—¿Ya has venido aquí? —estoy un poco sorprendido. Jamás he visto a un adulto en Rosie.

Mamá se ríe. Me coloca una mano sobre la cabeza y emplea el pulgar para alisar las arrugas sobre mi frente.

—No luzcas tan asombrado, Clay. Este lugar está aquí hace años —saca un billete de diez dólares y lo coloca encima de la caja de zapatos—. Come lo que quieras, pero tómate una malteada de chocolate en mi lugar.

Cuando se pone de pie, la puerta del baño se abre con un chirrido. Volteo la cabeza y observo al tipo volver a colgar la

llave con el perro azul. Se disculpa con su novia por demorar tanto y la besa en la frente antes de sentarse.

—¿Clay? —dice mamá.

Antes de girar, cierro los ojos solo un instante y respiro.

—¿Sí?

Ella fuerza una sonrisa.

—No regreses demasiado tarde —pero es una sonrisa apenada.

Todavía quedan cuatro cintas. Siete historias. Y aun así, ¿dónde está mi nombre?

La miro a los ojos.

—Podría demorar un rato —luego bajo la mirada. Al menú—. Es un proyecto escolar.

No dice nada pero, por el rabillo del ojo, la veo allí de pie. Levanta una mano. Cierro los ojos y siento sus dedos tocándome la parte de encima de la cabeza, y luego deslizarse hacia abajo, a mi nuca.

—Ten cuidado —dice.

Asiento con la cabeza.

Y se marcha.

Quito la tapa de la caja de zapatos y desenrollo el plástico de burbujas. Nadie ha tocado las cintas.

La asignatura favorita de todo el mundo... está

bien, la asignatura favorita *obligatoria* de todo
el mundo... es Comunicación entre Pares. Es
algo así como una asignatura optativa no optativa. Todo el mundo la tomaría incluso si no fuera
obligatoria, porque es posible obtener una A
muy fácilmente.

Y la mayor parte del tiempo, es divertida. Yo la tomaba solo
por eso.

Hay muy poca tarea, y no se olviden de los
puntos extra por participar en clase. Me refiero
a que fomentan que grites en clase. ¿Cómo no
habría de gustar algo así?

Me inclino hacia abajo para tomar mi mochila y ponerla encima del taburete donde se había sentado mamá hace unos segundos.

A medida que me sentía más y más margina-
da, la asignatura Comunicación entre Pares era
mi refugio en el colegio. Cada vez que entraba
en esa aula, tenía ganas de abrir los brazos de
par en par y gritar: "¡Todos para uno y uno para
todos!".

Enrollo dentro del envoltorio de burbujas las tres cintas que
ya escuché y las coloco de nuevo en la caja de zapatos. Termi-
nadas. Listas.

Durante una hora todos los días, no podían

tocarme o burlarse a mis espaldas, fuera cual
fuera el rumor. A la señora Bradley, no le gustaban las personas que se burlaban de otros a
sus espaldas.

Abro el cierre del bolsillo más grande de mi mochila y guardo
la caja de Hannah dentro.

Aquella era la primera regla el primer día de
clases. Si alguno se reía de lo que decía otro,
debían llevarle a la señora Bradley una barra
de chocolate Snickers. Y si se trataba de una
burla particularmente grosera, había que darle
un chocolate tamaño king..

Sobre la barra, junto con el Walkman y la malteada de chocolate que pedí en honor a mamá, se encuentran las siguientes
tres cintas.

Y todo el mundo cumplía sin discusión. Esa era
la clase de respeto que le tenía la gente a la señora Bradley. Nadie la acusaba de meterse con
alguien injustamente, porque jamás lo hacía. Si
decía que te reías de otro, era porque era cierto. Y tú lo sabías. Al día siguiente, habría una
barra de Snickers esperando sobre su escritorio.
¿Y si no aparecía? No lo sé.
Siempre apareció.

Tomo las siguientes dos cintas, marcadas con los números

nueve y diez, once y doce, con esmalte de uñas color azul, y las oculto en el bolsillo interior de mi chaqueta.

La señora Bradley decía que Comunicación entre Pares era la asignatura que más le gustaba enseñar −o moderar, como lo llamaba ella−. Todos los días teníamos que leer un texto breve lleno de estadísticas y ejemplos del mundo real. Después lo discutíamos.

La última cinta, la séptima, tiene un número trece de un lado, pero nada en el reverso. Deslizo esta cinta en el bolsillo trasero de mis jeans.

Los bullies. Las drogas. La propia imagen. Las relaciones personales. Todo valía en Comunicación entre Pares. Esto, por supuesto, irritaba a un montón de otros profesores. Decían que era una pérdida de tiempo. Querían enseñarnos la cruda realidad. Ellos entendían la cruda realidad.

El destello de los faros de un coche cruza el escaparate de Rosie, y entrecierro los ojos mientras pasa.

Querían enseñarnos el significado de x en relación con pi, en vez de ayudarnos a entendernos mejor a nosotros mismos y entre nosotros. Querían que supiéramos cuándo se firmó la Carta Magna −da lo mismo lo que es− y no hablar sobre el control de natalidad.

Tenemos Educación Sexual, pero eso es una broma.

Lo cual significaba que todos los años, durante las reuniones para decidir el presupuesto, Comunicación entre Pares se encontraba con riesgo de muerte. Y todos los años, la señora Bradley y los demás profesores llevaban a un montón de estudiantes al consejo escolar con ejemplos de cómo nos beneficiábamos de la clase.

En fin, podría seguir así, eternamente, defendiendo a la señora Bradley. Pero algo sucedió en esa clase, ¿no es cierto? De lo contrario, ¿por qué estarían escuchándome hablar de ello?

El año que viene, después de mi pequeño incidente, espero que continúe Comunicación entre Pares.

Lo sé, lo sé. Creyeron que iba a decir otra cosa, ¿verdad? Creyeron que iba a decir que si la asignatura tuvo que ver con mi decisión, debería suprimirse. Pero opino lo contrario.

Ninguna persona del colegio sabe lo que estoy a punto de contarles. Y en realidad no fue la clase en sí la que jugó un papel en mi decisión. Incluso si nunca hubiera tomado Comunicación entre Pares, el resultado pudo muy bien haber sido el mismo.

O no.

Supongo que ese es justamente el punto de todo esto. Nadie sabe con certeza cuánto impacta en la vida de las demás personas. A menudo, no tenemos ni idea. Pero de todos modos, forzamos la situación.

Mamá tenía razón. El licuado es increíble. Una mezcla perfecta de helado y malteada de chocolate.

Y soy un idiota por estar sentado aquí, disfrutándolo.

En la parte trasera de la clase de la señora Bradley, había una estantería metálica. De las que se giran. De las que tienen novelas de tapa blanda en el supermercado. Pero esta estantería jamás había alojado ningún libro. En cambio, al comienzo de año, cada estudiante recibía una bolsa de papel para decorar con crayones, pegatinas y estampillas. Luego abríamos nuestras bolsas y las colgábamos de las estanterías con un par de trozos de cinta adhesiva.

La señora Bradley sabía que a las personas les costaba decirse cosas amables, así que pensó en un modo para que dijéramos lo que sentíamos de forma anónima.

¿Admirabas el modo como fulano hablaba abiertamente sobre su familia? Díselo en una nota y déjasela en su bolsa.

> ¿Entiendes la preocupación de mengano por no pasar Historia? Déjale una nota. Dile en ella que estarás pensando en su situación mientras estudias para el próximo test.
>
> ¿Te gustó su actuación en la obra del colegio?
>
> ¿Te gusta su nuevo corte de pelo?

Se cortó el pelo. En la foto del Monet, el cabello de Hannah era largo. Así me lo imagino siempre. Incluso ahora. Pero no lo llevaba así hacia el final.

> Si puedes, díselo a la cara. Pero si no puedes, déjale una nota y le llegará igual al corazón. Y por lo que sé, nadie dejó jamás una nota malvada o sarcástica en la bolsa de nadie. Respetábamos a la señora Bradley para hacer algo así.
>
> Así que, Zach Dempsey, ¿cuál es tu excusa?

¿Qué? ¿Qué pasó?

Oh, cielos. Levanto la mirada y hallo a Tony al lado mío, con el dedo en el botón de *Pausa*.

—¿Es mío este Walkman?

No digo nada, porque no puedo leer su expresión. No es enojo, aunque es cierto que le robé el Walkman.

¿Confusión? Tal vez. Pero si lo es, es más que eso. Es la

misma mirada que me echó cuando lo ayudé con su coche, cuando me observaba a mí, en lugar de hacerle el favor a su padre de iluminar el motor con la linterna.

Preocupación. Inquietud.

—Tony… hola.

Me quito los auriculares de las orejas y los deslizo alrededor del cuello. El Walkman. Claro, me preguntó por el Walkman.

—Sí. Estaba en tu coche. Lo vi cuando estaba ayudándote hace un rato. Creo que pregunté si lo podía tomar prestado.

Soy tan idiota.

Apoya la mano sobre la barra y se sienta sobre el taburete al lado mío.

—Lo siento, Clay —dice. Me mira a los ojos. ¿Se dará cuenta de que soy un pésimo mentiroso?—. A veces me siento tan frustrado cuando estoy con papá. Estoy seguro de que me lo pediste y me olvidé.

Su mirada desciende a los auriculares amarillos que tengo alrededor del cuello, luego sigue a la larga cuerda hasta el estéreo que está sobre el mostrador. Rezo para que no me pregunte qué estoy oyendo.

Entre Tony y mi mamá, son muchas las mentiras que estoy diciendo hoy. Y si pregunta, tendré que volver a hacerlo.

—Solo devuélvemelo cuando hayas terminado de usarlo —dice. Se pone de pie y me pone una mano sobre el hombro—. Quédate con él todo el tiempo que lo necesites.

–Gracias.

–No tienes que apurarte –dice. Toma un menú de entre los servilleteros, camina hacia una mesa vacía a mis espaldas y se sienta.

No te preocupes, Zach. Nunca dejaste nada
odioso en mi bolsa. Lo sé. Pero lo que sí hiciste
fue aún peor.

Por lo que sé, Zach es un buen tipo. Demasiado tímido para que la gente quiera incluso cotillear sobre él.

Y como yo, sentía cierta atracción por Hannah Baker.

Pero primero, volvamos algunas semanas atrás.

Volvamos... a lo de Rosie.

El estómago se me contrae, como si estuviera haciendo una última serie de abdominales. Cierro los ojos y me concentro en sentirme otra vez normal. Pero hace horas que no me siento normal. Hasta mis párpados están calientes. Como si todo mi cuerpo estuviera combatiendo una enfermedad.

Me quedé allí sentada, en la mesa donde me
había dejado Marcus, mirando fijo una copa de
licuado vacío. Su lado del asiento debía seguir
tibio porque se había ido tan solo un minuto antes. Cuando en eso se acercó Zach.

Y se sentó.

Abro los ojos y veo la hilera de taburetes vacíos de este lado de la barra. Sobre uno de ellos, tal vez este, se sentó Hannah cuando recién llegó. Sola. Pero luego apareció Marcus y la llevó a una mesa.

Mi mirada sigue la barra hasta las máquinas de pinball en la otra punta de la cafetería, y luego hacia la mesa donde se sentaron. Está vacía.

Fingí no darme cuenta de que estaba allí. No porque tuviera algo en su contra, sino porque mi corazón y mi confianza estaban a punto de colapsar. Y ese colapso creaba un vacío en mi pecho. Como si todos los nervios de mi cuerpo estuvieran marchitándose, alejándose de los dedos de los pies y de las manos. Estuvieran contrayéndose y desapareciendo.

Los ojos me arden. Me inclino y resbalo la mano sobre el vaso de licuado escarchado. Gotitas heladas se adhieren a mi piel, y deslizo los dedos húmedos sobre los párpados.

Me quedé sentada, pensando. Y cuanto más pensaba, conectando los sucesos de mi vida, más sentía que el corazón se me desplomaba.

Zach era dulce. Siguió dejando que lo ignorara hasta que se volvió casi cómico. Sabía que estaba allí, por supuesto. Estaba prácticamente mirándome fijo. Y por fin, de un modo melodramático, carraspeó.

Levanté la mano sobre la mesa y toqué la base de mi vaso. Esa era la única señal que le daría de que estaba escuchándolo.

Me acerco el vaso y giro la cuchara que está adentro, haciendo círculos lentos, suavizando lo que fuera que quedase en el fondo.

Me preguntó si estaba bien, y me obligué a asentir con la cabeza. Pero mi mirada seguía fija en el vaso –atravesándolo–, fija en la cuchara. Y no podía dejar de pensar, una y otra vez: "¿Esto es que lo siente una persona cuando enloquece?".
–Lo siento –dijo–. Por lo que pudo haber pasado recién.

Sentí que mi cabeza seguía asintiendo como si hubiera estado unida a resortes gruesos, pero no era capaz de decirle que apreciaba sus palabras.

Me ofreció comprarme otro licuado, pero no respondí. ¿Había perdido el habla? ¿O simplemente no quería hablar? No lo sé. Una parte de mí creía que estaba intentando ligar conmigo –que estaba listo para aprovecharse del hecho de que ahora estaba sola para invitarme a salir–. Y no es que lo creyera de verdad, pero ¿por qué confiaría en él?

La mesera me dejó la cuenta y se llevó el vaso vacío. Poco después, sin haber podido sonsacarme nada, Zach dejó un par de billetes sobre la mesa y regresó con sus amigos.

Sigo revolviendo mi leche malteada. Casi no queda nada, pero no quiero que se lleven el vaso. Me da una excusa para sentarme aquí. Para quedarme.

Los ojos se me empezaron a llenar de lágrimas, pero no podía dejar de mirar el pequeño círculo húmedo donde había estado apoyado el vaso. Si intentaba siquiera pronunciar una sola palabra, perdería el control.

¿O ya lo había perdido?

Sigo revolviendo.

Lo que sí puedo decirles es que, en esa mesa, por primera vez, se me aparecieron los peores pensamientos del mundo. Allí comencé a pensar por primera vez en... a pensar en... una palabra que aún no puedo pronunciar.

Sé que intentaste rescatarme, Zach. Pero todos sabemos que ese no es el motivo por el cual estás en esta cinta. Así que tengo una pregunta antes de que continuemos. Cuando intentas rescatar a alguien y descubres que no puedes hacerlo, ¿por qué se lo echarías en cara?

Durante los últimos días, semanas o el tiempo que hayas demorado en obtener estas cintas, Zach, seguramente pensaste que nadie se enteraría.

Bajo la cara entre las manos. ¿Cuántos secretos puede haber en un colegio?

Seguramente sentiste náuseas cuando te enteraste de lo que hice. Pero cuanto más tiempo pasaba, mejor te sentías. Porque cuanto más tiempo pasaba, más probabilidades había de que tu secreto muriera conmigo. Nadie lo sabía. Nadie se enteraría jamás.

Pero ahora sí. Y siento aún más náuseas.

Déjame preguntarte, Zach, ¿crees que quise rechazarte en Rosie? Me refiero a que nunca llegaste a invitarme a salir, así que mi rechazo no fue oficial, ¿verdad? Entonces, ¿qué fue? ¿Vergüenza?

Déjame adivinar. Les dijiste a tus amigos que miraran mientras intentabas ligar conmigo... y después, apenas te respondí.

¿O fue un desafío? ¿Te desafiaron a invitarme a salir?

La gente lo hacía. Hace poco alguien me desafió a que invitase a Hannah a salir. Trabajaba con ambos en el Crestmont.

Sabía que a mí me gustaba y que nunca me animaría a invitarla. También sabía que los últimos meses Hannah ya casi no hablaba con nadie, lo cual lo convertía en un desafío doble.

Cuando salí de mi aturdimiento, antes de marcharme, escuché lo que decían tus amigos y tú. Estaban burlándose de ti por no haber conseguido aquella cita que les habías confirmado que sería una cosa segura.

No seré injusta contigo, Zach. Podrías haber regresado al lado de tus amigos y haber dicho: "Hannah está completamente alterada. Mírenla. Está mirando al espacio cósmico".

En cambio, aceptaste las bromas.

Pero debes ser de los que hierven a fuego lento, enfureciéndote más y más –tomándotelo más y más personalmente– cuanto más pensabas en mi falta de reacción. Y elegiste vengarte de mí del modo más infantil posible.

Me robaste la bolsa de papel con las notas de aliento.

Qué patético.

Así que, ¿qué me dio la pista? En realidad, es sencillo. Todo el resto de la clase estaba recibiendo notas. ¡Todos! Y por los motivos más insignificantes. Cada vez que alguien siquiera se

> cortaba el cabello recibía un montón de notas.
> Y había personas en aquella clase a las que
> consideraba amigas que habrían puesto algo
> en mi bolsa después de que me corté el ca-
> bello.

Cuando la vi por primera vez que pasó caminando junto a mí en los pasillos, con el cabello mucho más corto, no
pude evitar quedar boquiabierto. Y ella apartó la mirada. Por
costumbre, intentó apartarse el pelo de la cara y acomodarlo detrás de las orejas. Pero estaba demasiado corto y no dejaba
de caerle hacia delante.

> Pensándolo bien, me corté el pelo el mismo día
> que Marcus Cooley y yo nos encontramos en
> Rosie.

> ¡Guau! Qué extraño. Todas aquellas señales de
> advertencia a las que nos dicen que estemos
> atentos son reales. Fui directo de Rosie a cor-
> tarme el pelo. Necesitaba un cambio, tal como
> lo decían, así que cambié mi aspecto. Lo único
> que todavía podía controlar.

> Asombroso.

Hace una pausa. Silencio. Solo estática, apenas audible, en
los auriculares.

> Estoy segura de que la escuela tenía psicólogos
> que entraban cargados de folletos, donde se

indicaba qué observar en aquellos estudiantes que podrían estar considerando...

Otra pausa.

No, como dije antes, no la puedo pronunciar.

Suicidio. Una palabra tan repugnante.

Al día siguiente, cuando encontré mi bolsa vacía, sabía que algo había pasado. Por lo menos, creí que algo había pasado. Los primeros meses de clase, recibí alrededor de cuatro o cinco notas. Pero de pronto, después del corte delator... nada.

Así que, después de mi corte de pelo, esperé una semana.

Luego dos semanas.

Luego tres semanas.

Nada.

Empujo mi vaso del otro lado de la barra y miro al hombre que está en la caja.

—¿Puede cobrarme?

Era hora de averiguar qué pasaba. Así que me escribí una nota a mí misma.

Me lanza una mirada penetrante mientras cuenta el cambio. La chica de este lado de la caja también me mira. Se toca las orejas. Los auriculares. Estoy hablando demasiado fuerte.

—Perdón —susurro. O tal vez, ni siquiera se oye.

"Hannah", decía la nota. "Me gusta tu corte nuevo. Disculpa si no te lo dije antes". Y por si acaso, añadí una carita feliz color púrpura.

Para evitar el bochorno de que me atraparan dejándome una nota a mí misma, también escribí otra para la bolsa que estaba al lado de la mía. Y después de clase, caminé hacia la estantería e hice gala de dejar caer una nota en aquella otra bolsa. Luego pasé como si nada la mano alrededor del interior de mi bolsa, fingiendo que la revisaba para ver si había notas. Y digo "fingiendo" porque sabía que estaría vacía. ¿Y al día siguiente? No había nada en mi bolsa. La nota había desaparecido.

Tal vez no te pareció gran cosa, Zach. Pero ahora, espero que entiendas. Mi mundo se venía abajo. Necesitaba aquellas notas. Necesitaba cualquier esperanza que ellas me hubieran podido dar.

¿Y tú? Te llevaste esa esperanza. Decidiste que yo no merecía tenerla.

Cuanto más escucho estas cintas, más siento conocerla. No a la Hannah de los últimos años, sino a la de los últimos meses. A esa Hannah comienzo a entender.

Hannah, al final.

La última vez que estuve tan cerca de una persona, una persona que se moría lentamente, fue la noche de la fiesta. La noche que vi dos coches estrellándose en una intersección oscura.

Entonces, como ahora, no sabía que se estaba muriendo.

Entonces, como ahora, había un montón de gente presente. Pero ¿qué podrían haber hecho? Aquellas personas de pie alrededor del coche, tratando de tranquilizar al conductor y esperando a que llegara una ambulancia, ¿podrían haber hecho algo?

O las personas que pasaban junto a Hannah en los corredores, o las que se sentaban al lado de ella en clase, ¿qué podrían haber hecho?

Tal vez antes, como ahora, ya era demasiado tarde.

Y, Zach, ¿cuántas notas te llevaste? ¿Cuántas notas más había que nunca pude leer? ¿Y las leíste? Espero que sí. Por lo menos, tiene que haber alguien que sepa lo que las personas realmente piensan de mí.

Miro por encima del hombro. Tony sigue allí, mascando una papa frita y vertiendo kétchup sobre una hamburguesa.

Admito que, durante las discusiones en clase, no me exponía demasiado. Pero cuando lo hacía, ¿alguien me agradeció con una nota en mi bolsa? Habría sido agradable saberlo. De hecho, tal vez me habría animado a exponerme aún más.

Esto no es justo. Si Zach hubiera tenido alguna idea de lo que estaba sufriendo Hannah, estoy seguro de que no le habría robado las notas.

> El día que desapareció la nota que escribí yo misma, me hallaba de pie fuera de la puerta de la clase y comencé a hablar con alguien con quien jamás había hablado. Cada pocos segundos, miraba por encima de su hombro, observando a los demás estudiantes mientras revisaban sus bolsas, para ver si habían recibido notas.
>
> Qué divertido parecía eso, Zach.
>
> Y ahí fue cuando te atrapé. Con un único dedo, tocaste el borde de mi bolsa, la inclinaste hacia abajo solo lo suficiente para echar una miradita a lo que había adentro.
>
> Nada.
>
> Así que te encaminaste hacia la puerta sin revisar tu propia bolsa, lo cual me pareció muy interesante.

El hombre detrás de la barra levanta mi vaso y, con un trapo manchado de chocolate, limpia el mostrador.

> Por supuesto, aquello no probaba nada. Tal vez simplemente te gustaba ver quién estaba recibiendo notas y quién no... y sentías un particular interés por mí.

Así que al día siguiente, llegué a la sala de la señora Bradley durante la hora del almuerzo. Quité mi bolsa de papel de la estantería y la volví a sujetar con un trozo diminuto de cinta adhesiva. Adentro coloqué una notita doblada por la mitad.

Una vez más, cuando terminó la hora, esperé afuera y observé. Pero esta vez, no hablé con nadie. Solo me quedé mirando.

La trampa perfecta.

Tocaste el borde mi bolsa, viste la nota y metiste la mano. La bolsa se cayó al suelo y tu cara se sonrojó furiosamente. Pero te inclinaste y la levantaste de todos modos. ¿Y mi reacción? Incredulidad. Me refiero a que lo vi. Incluso lo esperaba. Pero de todos modos, no lo podía creer. Si bien mi plan original era enfrentarte allí mismo, me aparté de un salto hacia el costado, alejándome de la puerta de entrada.

Apurado, doblaste la esquina... y nos encontramos cara a cara. Los ojos me ardían al mirarte. Luego aparté la vista y bajé la cabeza. Y te largaste por el corredor.

Ella no quería que él se lo explicara. No había una explicación. Lo vio con sus propios ojos.

Cuando estabas en medio del corredor, todavía avanzando rápido, te vi bajar la mirada como si estuvieras leyendo algo. ¿Mi nota? Sí.

Te volteaste por un instante, para ver si te estaba observando. Y durante ese instante, tuve miedo. ¿Me confrontarías y me pedirías disculpas? ¿Me gritarías?

¿La respuesta? Ninguna de las anteriores. Tan solo te volviste y seguiste caminando, cada vez más cerca de las puertas que conducían afuera, más cerca de tu vía de escape.

Y mientras me quedé allí parada en el corredor, sola, intentando comprender lo que acababa de suceder y por qué, me di cuenta de la verdad: yo no merecía una explicación, ni siquiera una reacción. No a tus ojos, Zach.

Hace una pausa.

Para el resto de los que están escuchando, la nota estaba dirigida a Zach por su nombre. Tal vez ahora lo considere un prólogo a estas cintas. Porque allí yo admitía que estaba en un punto de mi vida en el que realmente me hubiera venido bien que cualquiera me diera un poco de ánimo. Ánimo... que él me robó.

Me muerdo el pulgar, dominando el deseo de mirar a Tony

por encima del hombro. ¿Se preguntará qué estoy oyendo? ¿Le importará?

Pero ya no aguantaba más. Verán, Zach no es el único que se cuece a fuego lento.

Le grité: "¿Por qué?".

En el corredor todavía había algunas personas yendo de una clase a otra. Todas se sobresaltaron. Pero solo una se detuvo. Y se quedó allí de pie, frente a mí, metiendo a toda prisa mi nota en su bolsillo trasero.

Grité esa palabra una y otra vez. Las lágrimas, que finalmente se derramaron, me corrían por la cara. "¿Por qué?". "¿Por qué, Zach?".

Me contaron acerca de ese episodio. Hannah había perdido la cabeza sin motivo aparente, haciendo el ridículo delante de tantas personas.

Pero estaban equivocados. Había un motivo.

Así que ahora vamos a lo personal. Con la intención de ser franca –de decirlo absolutamente todo–, permitan que les comparta esto: mis padres me aman. Sé que me aman. Pero últimamente las cosas no han sido fáciles. Desde hace como un año. Desde que inauguraron lo que ustedes ya saben en las afueras de la ciudad.

Lo recuerdo. Los padres de Hannah estaban en el canal de las

noticias todas las noches, advirtiendo que si se abría el enorme centro comercial, quebrarían las tiendas del centro. Aseguraban que nadie volvería a comprar allí.

Cuando sucedió aquello, mis padres se volvieron distantes. Tenían demasiadas cosas en la cabeza. Demasiada presión para llegar a fin de mes. Me refiero a que me hablaban, pero no como antes.

Cuando me corté el pelo, mamá ni se dio cuenta.

Y por lo que supe –gracias, Zach–, tampoco se dieron cuenta en el colegio.

Yo sí me di cuenta.

Al fondo de nuestra clase, la señora Bradley también tenía una bolsa de papel. Colgaba de la estantería giratoria junto con las demás. Podíamos usarla –e incluso nos alentaba a hacerlo– para escribir notas acerca de cómo enseñaba. Podían ser críticas o no. También quería que recomendáramos temas para futuros debates.

Así que justamente hice eso. Le escribí una nota a la señora Bradley que decía: "Suicidio. Es algo en lo que he estado pensando. No demasiado en serio, pero he estado pensando en ello".

Esa es la nota. Palabras textuales. Y sé que son textuales porque la escribí decenas de veces antes de entregarla. La escribía, la echaba a la basura, la escribía, la estrujaba, la echaba a la basura.

Pero ¿por qué la escribí para empezar? Me hice aquella pregunta cada vez que escribía las palabras sobre una nueva hoja de papel. ¿Por qué estaba escribiendo esta nota? Era una mentira. No había estado pensando en ello. No en serio. No en detalle. Cada vez que el pensamiento se me venía a la cabeza, lo rechazaba.

Pero lo rechazaba muy seguido.

Y era un tema que jamás discutíamos en clase. Pero estaba segura de que había otros estudiantes, aparte de mí, que habían pensado en ello, ¿verdad? Entonces, ¿por qué no discutirlo como grupo?

O tal vez, en el fondo, tal vez había algo más. Tal vez quería que alguien descubriera quién había escrito la nota y viniera en secreto a... rescatarme.

Tal vez. No lo sé. Pero cuidaba de que nadie supiera quién era.

El corte de cabello. El hecho de que desviaras la mirada en los corredores. Tenías cuidado, pero aun así, había señales. Señales pequeñas. Pero estaban ahí.

Y luego, así no más, volviste a ser la que eras.

Salvo que a ti sí te dije quién era, Zach. Tú sabías que yo había escrito aquella nota en la bolsa de la señora Bradley. Tuviste que saberlo. La sacó de la bolsa y la leyó el día después de que te pillé. El día después de que tuve aquella crisis en el corredor.

Unos días antes de tomar las pastillas, Hannah volvió a ser la que era. Saludaba a todo el mundo en los corredores. Nos miraba a los ojos. Parecía tan drástico, porque hacía meses que no se comportaba así. Como la Hannah real.

Pero no hiciste nada, Zach. Incluso después de que la señora Bradley lo hubiera mencionado, no hiciste nada por tenderme una mano.

Parecía tan drástico porque lo fue.

Así que, ¿qué esperaba del curso? Básicamente, quería saber lo que todo el mundo opinaba. Lo que pensaba. Lo que sentía.

Y vaya si me lo dijeron.

Una persona dijo que iba a ser difícil ayudar sin saber por qué el chico se quería matar.

Y como sabrán, me abstuve de responder: "O la chica. Podría ser una chica".

Luego otros comenzaron a intervenir:

"Si está solo, podríamos invitarlo a sentarse con nosotros en la hora del almuerzo".

"Si son las calificaciones, podemos darles clases particulares".

"Si es la situación con su familia, tal vez podamos... no lo sé... conseguirles terapia o algo".

Pero todo lo que dijeron –¡todo!– venía matizado con fastidio.

Entonces una de las chicas –su nombre no tiene importancia aquí– dijo lo que todo el mundo estaba pensando. "Es como si el que haya escrito esta nota solo hubiera querido llamar la atención. Si fuera tan serio, nos habría dicho quién era".

Cielos, no había manera de que Hannah se abriera en esa clase.

No lo podía creer.

Antes de eso, la señora Bradley había encontrado notas en su bolsa, en las que se sugerían discusiones de grupo sobre el aborto, la violencia doméstica, sobre hacer trampa –con novios, novias, exámenes–. Nadie insistía jamás en saber quién había sugerido aquellos temas. Pero por algún motivo, mis compañeros se negaban a tener un debate sobre el suicidio sin tener más detalles concretos.

Durante más o menos diez minutos, la señora Bradley sacó a relucir estadísticas –estadísticas locales– que nos sorprendieron a todos.

Dado que somos menores, dijo, mientras que el suicidio no ocurra en un lugar público, con testigos, probablemente no sea informado en los medios. Y ningún padre quiere que la gente sepa que su hijo, el hijo que crio, se quitó su propia vida. Así que a menudo a la gente se le hace creer que fue un accidente. La desventaja es que nadie sabe lo que pasa de verdad con los miembros de su comunidad.

Habiendo dicho eso, no se inició un debate a fondo en nuestra clase.

¿Habrá sido solo curiosidad o realmente creían que la mejor manera de ayudar era contando con información precisa? No lo sé. Tal vez un poco de ambos.

En la primera hora, durante la clase del señor Porter, yo observaba a Hannah con frecuencia. Si hubiera surgido el tema del suicidio, tal vez nuestras miradas se hubieran cruzado, y yo lo habría visto.

Y para decir la verdad, no sé qué podrían haber dicho para convencerme de una cosa o de la otra. Porque tal vez estuviera siendo egoísta. Tal vez solo quería llamar la atención. Tal vez solo quería escuchar a los demás hablando de mí y de mis problemas.

Basándome en lo que me contó en la fiesta, habría querido que yo lo viera. Me habría mirado directamente a los ojos, rogando que lo viera.

O tal vez quería que alguien me señalara con un dedo y me dijera: "Hannah, ¿estás pensando en matarte? Por favor, no hagas eso, Hannah, ¿sí?".

Pero en el fondo, la verdad era que la única persona que decía eso era yo. En el fondo, esas eran mis palabras.

Al final de la clase, la señora Bradley repartió un volante que decía SEÑALES DE ALERTA DE UN INDIVIDUO SUICIDA. ¿Adivinen lo que había justo ahí entre los cinco primeros puestos?

"Un cambio súbito de aspecto".

Me jalé las puntas de mi cabello recién cortado.

Vaya. ¿Quién hubiera dicho que yo podía ser tan predecible?

Frotándome el mentón contra el hombro, advierto a Tony por el rabillo del ojo. Sigue sentado en su mesa. Su hamburguesa ha desaparecido, como la mayoría de sus papas fritas. Está sentado allí completamente ajeno al momento que estoy viviendo.

Abro el Walkman, saco la cinta número cuatro y la doy vuelta.

C▷SETE 4   LAD◼ B

¿Te gustaría tener la habilidad de escuchar los pensamientos ajenos?

Claro que sí.

Todo el mundo responde que sí a esa pregunta hasta que lo piensa con detenimiento.

Por ejemplo, ¿qué pasaría si otras personas pudieran escuchar tus pensamientos? ¿Y si pudieran hacerlo... ahora mismo?

Escucharían confusión. Frustración. Incluso, un poco de rabia. Escucharían las palabras de una chica muerta pasando por mi cabeza. Una chica que, por algún motivo, me echa la culpa de su suicidio.

Algunas veces se nos pasan cosas por la cabeza que ni siquiera nosotros entendemos. Pensamientos que no son ciertos −ni siquiera reflejan cómo nos sentimos−, pero que nos pasan por la cabeza de todos modos porque resultan interesantes.

Ajusto el servilletero que está delante hasta que la mesa de Tony queda reflejada en la brillante superficie plateada. Se inclina hacia atrás y se limpia las manos en una servilleta.

Si pudieras escuchar los pensamientos de otros, te enterarías de cosas que son ciertas y también de otras que son completamente aleatorias. Y no serías capaz de distinguir unas de otras. Te volvería loco. ¿Qué es cierto? ¿Qué no? Un millón de ideas, pero ¿qué significan?

No tengo ni idea de lo que está pensando Tony. Y él no tiene ni idea de lo que me pasa a mí. No tiene ni idea de que la voz en mi cabeza, la voz que sale por su Walkman, le pertenece a Hannah Baker.

Eso es lo que me encanta de la poesía. Cuanto más abstracta, mejor. Aquellos poemas en los que no estás seguro de lo que el poeta quiere decir. Tal vez tengas una idea, pero no puedes

estar seguro. No cien por ciento seguro. Cada palabra, expresamente elegida, podría tener un millón de significados diferentes. ¿Reemplaza –o simboliza– otra idea? ¿Encaja en una metáfora aún más grande, más oculta?

Esta es la octava persona, Hannah. Si es acerca de la poesía, entonces no soy yo. Y solo quedan cinco nombres.

Odiaba la poesía hasta que alguien me mostró cómo apreciarla. Me dijo que la viera como un rompecabezas. Descifrar el código, o las palabras, depende del lector, basándose en todo lo que sabe sobre la vida y las emociones.

El poeta, ¿usó el rojo para simbolizar la sangre? ¿La furia? ¿La lujuria? ¿O la carretilla es roja sola porque *rojo* sonaba mejor que *negro*?

Recuerdo aquel poema. Del curso de Inglés. Hubo un gran debate sobre el significado del rojo. No tengo ni idea de lo que decidimos al final.

La misma persona que me enseñó a apreciar la poesía también me enseñó el valor de escribirla. Y para ser sinceros, no hay mejor manera de explorar tus emociones que con la poesía.

O con cintas de audio.

Si estás furioso, no tienes que escribir un poema que trate acerca de la causa de tu furia.

Pero debe ser un poema furioso. Así que ve...
y escribe uno. Sé que, al menos, estás un poco
furioso conmigo.

Y cuando hayas terminado tu poema, descífra-
lo como si lo acabaras de encontrar escrito en
un libro de texto y no conocieras absolutamente
nada sobre su autor. Los resultados pueden ser
asombrosos... y tremendos. Pero siempre es más
barato que hacer terapia.

Lo hice por un tiempo. Escribir poemas, no hacer terapia.

Tal vez hacer terapia te habría ayudado, Hannah.

Me compré un cuaderno con espiral, para tener todos mis poemas en un solo lugar. Un par
de días por semana, después del colegio, iba al
Monet y escribía una o dos poesías.

Mis primeros intentos fueron medio patéticos.
Eran poco profundos o poco sutiles, y bastante
llanos. Pero de todos modos, algunos me salieron bastante bien. Por lo menos, así me pareció
a mí.

Luego, sin siquiera intentarlo, me aprendí de
memoria el primer poema de todos los que
se encontraban en aquel cuaderno. Y por más
que me esfuerce, no logro sacármelo de la

cabeza ni siquiera hoy. Así que aquí lo tienen,
para apreciar... o disfrutar:

>Si mi amor fuera un océano,
>no habría ya más tierra.
>Si mi amor fuera un desierto,
>solo arena se vería.
>Si mi amor fuera una estrella
>—ya de noche, solo luz—.
>Y si mi amor tuviera alas,
>volaría entre las nubes.

Vamos, ríanse. Pero ¿saben qué?, si lo vieran en
una tarjeta de felicitación, lo comprarían.

Siento un dolor repentino en lo profundo del pecho.

El solo saber que iría al Monet a escribir poesía
me hacía soportar mejor los días. Tal vez sucedía
algo gracioso, espantoso, doloroso, y yo pensaba:
"Esto podrá transformarse en un poema increíble".

Por encima del hombro, veo a Tony saliendo por la puerta.
Lo cual parece extraño.

¿Por qué no pasó para despedirse?

Supongo que, para mí, estas cintas son una especie de terapia poética.

A través del escaparate, observo a Tony metiéndose en su coche.

Mientras que les relato estas historias, estoy
descubriendo ciertas cosas. Cosas sobre mí

misma, sí, pero también sobre ustedes. Sobre todos ustedes.

Enciende las luces.

Y cuanto más nos acercamos al final, más conexiones descubro. Conexiones profundas. Algunas que ya les conté enlazando una historia con la siguiente. Mientras que otras, no se las he contado.

El Mustang se sacude al tiempo que Tony enciende el motor. Luego, lentamente, su coche retrocede.

Tal vez incluso hayan descubierto algunas conexiones que yo ignore. Tal vez estén un paso más adelante que el poeta.

No, Hannah, apenas puedo seguirte.

Y cuando pronuncie mis palabras finales —en realidad, es probable que no sean las finales, sino las últimas de estas cintas—, será una madeja emocional de palabras bien conectadas y coherentes.

En otras palabras, un poema.

Observar el coche de Tony a través del escaparate es como mirar una película, en la que el Mustang desaparece de la escena con lentitud. Pero los faros no se desvanecen poco a poco, lo cual debería ocurrir si continuara retrocediendo o si girara. En cambio, sencillamente, se detienen.

Como si se apagaran.

Mirando atrás, dejé de escribir en mi cuaderno
cuando dejé de querer conocerme.

¿Está ahí fuera, sentado en su coche, esperando? ¿Por qué?

Si escuchas una canción que te hace llorar y no
quieres llorar más, dejas de escuchar esa canción.

Pero no puedes huir de ti misma. No puedes
decidir no mirarte más. No puedes decidir que
apagarás el ruido en tu cabeza.

Ahora que los faros de Tony se han apagado, el escaparate de la
cafetería no es más que un tramo de cristal oscuro. Cada tanto, en
la punta opuesta del estacionamiento, pasa un coche por la carretera y un rayo de luz se desliza de un extremo al otro del cristal.

Pero la única fuente constante de luz, aunque distante, se encuentra en la esquina superior derecha. Una luz azul y rosada
difusa: la punta del letrero de neón del Crestmont, que se aso-
ma por encima de los techos de todos los locales a su alrededor.

Cielos. Lo que daría por revivir aquel verano.

Cuando estábamos solos, era tan fácil hablar con Hannah. Era
tan fácil reírse con ella. Pero cuando estábamos con gente, me
volvía tímido. Me echaba atrás. No sabía cómo comportarme.

En esa taquilla diminuta, que parecía una pecera, mi única

conexión con mis compañeros de trabajo que se encontraban en el vestíbulo era un teléfono rojo. No tenía botones para oprimir; solo un auricular. Pero siempre que lo levantaba y respondía Hannah del otro lado de la línea, me ponía nervioso. Como si no estuviera llamando desde una distancia de un metro, sino desde mi casa.

—Necesito cambio —le decía.

—¿De nuevo? —respondía. Pero siempre con una sonrisa en la voz. Y cada vez, sentía que la cara se me enrojecía de vergüenza. Porque la verdad era que pedía cambio con mucha más frecuencia cuando ella estaba que cuando no estaba.

Un par de minutos después, oía un golpe en la puerta. Me acomodaba la camisa y la dejaba entrar. Con una cajita de dinero en efectivo en la mano, pasaba apretujándose al lado mío, dolorosamente cerca, para cambiar algunos de mis billetes. Y a veces, en noches tranquilas, se sentaba en mi silla y me indicaba que cerrara la puerta.

Cuando lo decía, yo hacía un esfuerzo por mantener mi imaginación a raya. Porque aunque estábamos expuestos por ventanas en tres de los lados, como si fuéramos atracciones de un show de carnaval, y aunque solo lo mencionaba porque no debíamos dejar la puerta abierta, cualquier cosa podía suceder dentro de ese espacio reducido. Al menos, es lo que yo deseaba.

Aquellos momentos, por breves y esporádicos que fueran, me hacían sentir tan especial. Hannah Baker elegía pasar sus

momentos libres conmigo. Y porque estábamos en el trabajo, a nadie le habría llamado la atención. Nadie habrá pensado mucho en ello.

Pero ¿por qué? ¿Por qué, cuando alguien nos veía, yo fingía que no significaba nada? Estábamos trabajando: eso quería que creyeran. No pasando el rato juntos. Solo trabajando.

Porque Hannah tenía una reputación. Una reputación que me asustaba.

Aquella verdad salió a la luz por primera vez hace unas semanas en una fiesta, teniendo a Hannah directamente en frente. Un momento asombroso, en el cual todo parecía estar encajando en su lugar.

Mirándola a los ojos, no pude evitar decirle que lo lamentaba. Lamentaba haber esperado tanto tiempo para decirle lo que sentía.

Por un instante, fui capaz de admitirlo. A ella. A mí mismo. Pero no pude volver a hacerlo. Hasta ahora.

Pero ahora es demasiado tarde.

Y por eso siento tanto odio en este momento. Hacia mí mismo. Merezco estar en esta lista. Porque si no hubiera tenido tanto miedo de todo el mundo, tal vez le habría dicho a Hannah que ella le importaba a alguien. Y tal vez Hannah seguiría viva.

Aparto bruscamente la mirada del letrero de neón.

A veces, camino a casa, pasaba por el Monet
para beber un chocolate caliente. Comenzaba
mi tarea. O a veces leía. Pero ya no escribía
poemas.

Necesitaba un descanso... de mí misma.

Deslizo la mano de debajo del mentón a la nuca. Los mecho-
nes inferiores de mi pelo están empapados de sudor.

Pero me encantaba la poesía. La extrañaba. Y
un día, después de varias semanas, decidí que
regresaría a ella. Decidí usar la poesía para hacerme feliz a mí misma.

Poemas felices. Poemas sonrientes y alegres, llenos de sol. Felices. Felices. Felices. Como las dos
mujeres en la foto del folleto del Monet.

Enseñaban un curso gratuito llamado "Poesía:
Para amar la vida". Prometían enseñar no solo
cómo amar la poesía, sino, a través de ella,
cómo amarnos más a nosotros mismos.

¡Anótenme!

D-7 en su mapa. La sala comunitaria de la biblioteca pública.

Está demasiado oscuro para ir allá ahora.

La clase de poesía comenzaba a la misma
hora que sonaba el último timbre del colegio,
así que salía corriendo para intentar llegar sin

retrasarme demasiado. Pero incluso cuando
llegaba tarde, todo el mundo parecía contento
de verme –para que aportara la "mirada ado-
lescente femenina", según la llamaban–.

Miro alrededor y advierto que soy el único que queda en
Rosie. Faltan treinta minutos para que cierren. Y aunque ya
no estoy comiendo ni bebiendo nada, el hombre del otro lado
de la barra no me ha pedido que me retirase. Así que me quedaré.

Imagínense diez o doce sillas anaranjadas dis-
puestas en un círculo, y en los extremos, las
mujeres felices del folleto. El único problema
era que, desde el primer día, no estaban felices. Alguien, quien haya realizado el folleto,
debió retocar digitalmente sus ceños fruncidos
e invertirlos.

Escribían sobre la muerte. Sobre la maldad de los
hombres. Sobre la destrucción del –y esto es tex-
tual– "orbe verde azulado con volutas blancas".

En serio, la describían así. Más adelante descri-
bieron la Tierra como una alienígena gaseosa
preñada que debía ser abortada.

Otro motivo más por el que odio la poesía. ¿Quién dice "orbe"
en lugar de "pelota" o "esfera"?

"Quítense las máscaras", decían. "Muéstrennos lo

más oscuro y lo más profundo que tienen dentro".
¿Lo más oscuro y lo más profundo? ¿Qué son,
mis ginecólogas?

Tantas veces quise levantar la mano y decir:
"Oigan, ¿cuándo pasamos a las cosas felices?
¿Al tema de amar la vida? Ya saben: ¿"Poesía:
Para amar la vida"? Eso decía el folleto, ¿no? Por
eso, estoy aquí.

Al final, solo asistí a tres de aquellas reuniones
de poesía. Pero algo rescaté. ¿Si fue algo bueno?

No.

Hmm... me gustaría saberlo.

Verán, había otra persona en aquel grupo. Otro
estudiante de la secundaria con un punto de
vista que los poetas mayores adoraban. ¿Quién
era? El editor de nuestra propia gaceta escolar
Cosas perdidas y halladas.

Ryan Shaver.

Ustedes saben de quién estoy hablando. Y estoy segura de que tú, señor Editor, no puedes
esperar a que diga tu nombre en voz alta.

Así que ahí lo tienes, Ryan Shaver. "La verdad
os hará libres".

El lema de *Cosas perdidas y halladas.*

Hace un tiempo que lo sabes, Ryan. Estoy

segura. A la primera mención de poesía, sabías que esta era sobre ti. Sin duda. Aunque estoy segura de que debes haber pensado: "Este no puede ser el motivo por el cual estoy en las cintas. No tiene tanta importancia".

El poema del colegio. Cielos, era de Hannah.

Recuerda, esta es una madeja emocional de palabras coherentes y bien conectadas.

Cierro los ojos con fuerza, cubriéndolos con la mano.

Aprieto los dientes —los músculos de la mandíbula me arden—, para no gritar. O para no llorar. No quiero que lo lea. No quiero escuchar ese poema con su voz.

¿Te gustaría escuchar el último poema que escribí antes de abandonar la poesía? ¿Antes de abandonarla para siempre?

¿No?

Como quieras. Pero ya la leíste. Es muy popular en nuestro colegio.

Dejo que los párpados y la mandíbula se aflojen.

El poema. Lo discutimos en Inglés. Lo leímos en voz alta muchas veces.

Y Hannah estuvo allí para presenciarlo todo.

Algunos de ustedes lo recordarán ahora. No al pie de la letra, pero saben de lo que estoy hablando. La gaceta *Cosas perdidas y halladas*.

La colección semianual de Ryan acerca de objetos hallados en el campus.

Podía ser una carta de amor olvidada debajo de un escritorio, jamás descubierta por el objeto de su amor. Si Ryan la encontraba, tachaba los nombres que podían delatar a los implicados y la escaneaba, para incluirla en una próxima gaceta.

Las fotografías que se caían de las carpetas... también las escaneaba.

Las notas de Historia garabateadas por un estudiante sumamente aburrido... las escaneaba.

Algunas personas se preguntarán cómo encontraba Ryan tantos objetos interesantes para escanear. ¿Los encontraba realmente? ¿O los robaba? Le hice aquella misma pregunta después de uno de nuestros encuentros de poesía. Y juró que todo lo que estaba publicado había sido hallado por pura casualidad.

Admitió que, a veces, la gente sí le dejaba en su locker artículos que habían encontrado. No podía responder por ellos en un cien por ciento. Por eso tachaba los nombres y los teléfonos. Y por regla general, las fotografías no podían ser demasiado comprometedoras.

Reunía cuatro o cinco páginas de material

bueno y original, e imprimía cincuenta copias.
Luego las abrochaba y las dejaba al azar en
diferentes lugares del colegio: cuartos de baño,
vestuarios, la pista de atletismo.

"Nunca en el mismo lugar", me dijo. Le parecía oportuno que la gente se topara imprevis-
tamente con su revista de objetos, con los que
él mismo se había topado de un modo fortuito.

Pero ¿adivinen qué? ¿Mi poema? Se lo robó.

Saco una servilleta del servilletero y me paso el áspero papel
sobre los ojos.

Cada semana, después de nuestro grupo de
poesía, Ryan y yo nos sentábamos en las escalinatas de la biblioteca y conversábamos. Aquella primera semana, simplemente nos reímos de
los poemas que los demás habían escrito y leído.
Nos reímos de lo deprimentes que eran.

"¿Acaso esto no tenía que alegrarnos?", preguntó. Por lo visto, se había anotado por los mismos
motivos que yo.

Levanto la mirada. El hombre detrás de la barra jala de las
cuerdas de una pesada bolsa de basura. Es la hora de cierre.

—¿Me puede dar un vaso de agua? —pregunto.

Después de la segunda semana de clases, nos
sentábamos sobre aquellas escalinatas de la

biblioteca y nos leíamos mutuamente algunos
de nuestros poemas. Poemas que habíamos
escrito en diferentes momentos de nuestra
vida.

Me mira a los ojos, a la piel que ha quedado lastimada de
tanto frotar con la servilleta.

Pero solo los poemas alegres. Los que expre-
saban el amor a la vida. Los poemas que jamás
les leeríamos a ese grupo de poetas infelices
reunidos dentro, que se entusiasmaban con el
estado de depresión.

Y explicábamos lo que había detrás de cada
poesía –algo que los poetas no hacen jamás–.
Línea por línea.

La tercera semana, nos atrevimos al mayor riesgo de todos y nos entregamos uno al otro todos
nuestros cuadernos de poesía.

Empuja un vaso de agua helada delante de mí. Salvo por
aquel vaso y los servilleteros, toda la barra está vacía.

¡Guau! Eso implicó un enorme valor. Al menos,
para mí. Estoy segura de que para ti también,
Ryan. Y durante las siguientes dos horas, con el
sol que se ponía, nos sentamos sobre aquellas
escalinatas de piedra, pasando las páginas.

Su letra era horrible, así que tardé un poco más

en leer sus poemas. Pero eran increíbles. Mucho más profundos que los míos.

Lo suyo sonaba a poesía de verdad. Poesía profesional. Y algún día, estoy segura, los chicos serán obligados a analizar los poemas de Ryan en un libro de texto.

Toco el vaso frío, envolviendo los dedos a su alrededor.

Por supuesto, no tenía idea de lo que significaban sus poemas. No con exactitud. Pero sentía las emociones a la perfección. Eran absolutamente hermosos. Y me sentí casi avergonzada de lo que él debía estar pensando mientras hojeaba mi cuaderno. Porque al leer el suyo, advertí el poco tiempo que había dedicado al mío. Debí haber tomado el tiempo para elegir mejores palabras. Palabras con más carga emocional. Pero uno de los poemas lo entusiasmó. Y quería saber más acerca de él... como cuándo yo lo había escrito.

Pero no se lo dije.

No bebo el agua. Observo una única gota deslizarse por el vaso y chocar contra mi dedo.

Lo escribí el mismo día que un grupo de estudiantes se enojó porque alguien había tenido el descaro de pedir ayuda respecto del suicidio.

¿Recuerdan por qué se enojaron? Porque el que
escribió la nota no había firmado su nombre.

Qué insensible.

Era anónima. Al igual que el poema que apareció en el *Cosas
perdidas y halladas.*

Así que Ryan quiso saber por qué había escrito
el poema.

Le dije que en este caso, el poema tenía que
hablar por sí mismo. De todos modos, yo estaba
interesada en saber qué significado le encontraba él.

En términos generales, dijo que el poema trataba sobre la aceptación –ser aceptada por mi
madre–. Pero más allá de eso, que yo quería su
aprobación. Y quería que ciertas personas –en
este caso, un chico– dejaran de ignorarme.

¿Un chico?

En la base del vaso, el agua crea una succión delicada y luego
se despega. Bebo un sorbo y dejo que un pequeño cubo de hielo se
deslice dentro de mi boca.

Le pregunté si pensaba que tenía un significado
más profundo.

Retengo el hielo en la lengua. Está helado, pero quiero que
se derrita allí.

Una parte de mí estaba bromeando. Me pareció

que había descubierto exactamente el sentido de mi poema. Pero quería saber lo que un profesor que lo asignara hubiera podido querer que sus estudiantes descubrieran. Porque los profesores siempre exageran un poco.

Pero lo encontraste, Ryan. Encontraste el sentido oculto. Encontraste lo que ni siquiera yo podía encontrar en mi propio poema.

La poesía no era acerca de mi mamá, dijiste. O de un chico. Era sobre mí. Me estaba escribiendo una carta a mí misma... oculta en un poema.

Me estremecí cuando me lo dijiste. Me puse a la defensiva, incluso me enojé. Pero tenías razón. Y me sentí asustada y triste por mis propias palabras.

Me dijiste que había escrito ese poema porque tenía miedo de enfrentarme a mí misma. Y que había usado a mi mamá como excusa, acusándola de no apreciarme o de no aceptarme, cuando debí decirle esas palabras al espejo.

"¿Y el chico?", pregunté. "¿Qué representa?".

Soy yo. Oh, cielos. Soy yo. Ahora lo sé.

Me cubro los oídos. No para bloquear un ruido externo. La cafetería está casi completamente en silencio. Pero quiero sentir sus palabras, todas las que pronuncia, tal como las va diciendo.

Mientras esperaba tu respuesta, rebusqué en mi mochila un pañuelo de papel. Sabía que, en cualquier momento, podía comenzar a llorar.

Me dijiste que ningún chico me estaba ignorando más de lo que yo me ignoraba a mí misma. Por lo menos, era lo que creías que significaba. Y por eso sentiste curiosidad por el poema. Sentías que era más profundo de lo que, incluso, tú podrías entender.

Bueno, Ryan, tenías razón. Iba mucho, mucho más profundo que aquello. Y si lo sabías –si era lo que pensabas–, entonces, ¿por qué te robaste mi cuaderno? ¿Por qué publicaste mi poema en el *Cosas perdidas y halladas*, el que tú mismo dijiste que "daba miedo"? ¿Por qué dejaste que otras personas lo leyeran?

Y lo diseccionaran. Y se burlaran de él.

Nunca fue un poema perdido, Ryan. Y nunca lo encontraste, así que no pertenecía a tu colección.

Pero justamente lo encontraron en tu colección. Allí los profesores se toparon con él justo antes de sus clases de poesía. Allí cursos llenos de estudiantes despedazaron mi poema, buscando su significado.

En nuestra clase, nadie dio en la tecla. Ni siquiera estuvieron cerca de conseguirlo. Pero en ese momento, todos creímos que sí. Incluso, el señor Porter.

¿Sabes qué dijo el señor Porter antes de repartir mi poesía? Que leer un poema de un miembro desconocido de nuestro colegio era lo mismo que leer uno clásico escrito por un poeta muerto. Un poeta muerto. Porque no le podíamos preguntar a ninguno de los dos acerca del sentido real.

Luego el señor Porter esperó a que alguien confesara haberlo escrito. Pero eso, como sabes, jamás sucedió.

Así que ahora lo saben. Y para aquellos de ustedes que necesiten que les refresque la memoria, aquí lo tienen: "Alma sola", de Hannah Baker.

Me encuentro con tus ojos
ni siquiera me ves
Apenas respondes
cuando susurro
hola.
Podrías ser mi alma gemela
dos espíritus afines
Tal vez no lo seamos

Supongo que jamás
lo sabremos

Mi propia madre
me llevaste dentro
Ahora no ves nada
sino lo que llevo puesto
Las personas te preguntan
cómo estoy
Sonríes y asientes
no dejes que acabe
allí

Ponme bajo el cielo de Dios y
conóceme
no me veas solo con tus ojos
Quítate
esta máscara de carne y hueso y
mírame
por lo que es mi alma

Sola

Y ahora, saben por qué.
¿Creen entonces que sus profesores me analizaron

correctamente? ¿Tenían razón? ¿Tenían la más mínima sospecha de que era yo?

Sí, algunos de ustedes, sí. Ryan debió contarle a alguien –orgulloso de que su colección hubiera conseguido entrar en el currículo–. Pero cuando las personas me confrontaban, me negaba a confirmarlo o a negarlo. Lo cual irritaba bastante a algunos.

Hubo quienes llegaron a escribir parodias de mi poema, leyéndomelas con la esperanza de exasperarme.

Yo vi eso. Observé a dos chicas de la clase del señor Porter recitando una versión antes de que sonara el timbre.

Era todo tan estúpido e infantil... y cruel.

Eran implacables. Durante una semana trajeron poemas nuevos todos los días. Hannah hizo lo posible por ignorarlos, fingiendo leer mientras esperaba a que el señor Porter llegara, que el comienzo de la clase la rescatara.

Esto no les parece gran cosa, ¿verdad?

No, tal vez a ustedes no. Pero hace mucho tiempo que el colegio ya no era un refugio para mí.

Y después de tus travesuras con la cámara, Tyler, mi hogar ya tampoco era un lugar seguro.

Ahora, de un momento a otro, hasta ridiculizaban mis propios sentimientos.

Una vez, en la clase del señor Porter, cuando esas chicas se burlaban de ella, Hannah levantó la vista. Sus ojos se cruzaron con los míos apenas un momento. Fue un instante. Pero ella supo que yo la estaba mirando. Y aunque nadie más lo vio, aparté la vista.

Estaba sola.

Muy amable, Ryan. Gracias. Eres un verdadero poeta.

Me quito los auriculares de las orejas y los cuelgo alrededor del cuello.

—No sé qué te pasa —dice el hombre del otro lado de la barra—, pero no aceptaré tu dinero.

Sopla una pajilla y cierra ambos extremos presionándolos.

Sacudo la cabeza y llevo la mano atrás para sacar el tarjetero.

—Sí, le pagaré.

—Lo digo en serio. Fue solo un licuado. Y como dije, no sé qué te está pasando, y no sé cómo ayudar, pero es evidente que tienes un problema, así que quiero que te guardes tu dinero.

Sus ojos registran los míos, y sé que va en serio.

No sé qué decir. Incluso si aparecieran las palabras, tengo la garganta tan apretada que no podrían salir.

Así que asiento con la cabeza, tomo la mochila y cambio la cinta mientras me dirijo hacia la puerta.

La puerta de cristal de Rosie se cierra por detrás, y oigo tres cerrojos deslizándose hasta trabarla.

¿Y ahora, adónde? ¿A casa? ¿De vuelta al Monet? O tal vez iré a la biblioteca después de todo. Puedo sentarme afuera en las escalinatas de cemento, escuchar el resto de las cintas en la oscuridad.

—¡Clay!

Es la voz de Tony.

Los faros brillantes de un coche lanzan tres destellos. La ventanilla del lado del conductor está abierta, y Tony me hace señales con la mano extendida, para que me acerque. Jalo el cierre de mi chaqueta para subirlo y camino en dirección a su ventana. Pero no me inclino hacia dentro. No tengo ganas de hablar. No ahora.

Tony y yo nos conocemos desde hace años. Hemos trabajado juntos en proyectos y hemos pasado el rato bromeando después de clase. Y durante todo ese tiempo, jamás tuvimos una conversación profunda.

Ahora tengo miedo de que quiera hacerlo. Todo este tiempo ha estado sentado aquí. Tan solo sentado en su coche. Esperando. ¿Qué otra cosa tendría en mente?

No me mira directo a los ojos. En cambio, saca la mano para ajustar el espejo lateral con el pulgar. Luego cierra los ojos y deja que la cabeza se le caiga hacia delante.

—Súbete, Clay.

—¿Algún problema?

Después de una breve pausa, lentamente asiente con la cabeza.

Camino rodeando el coche por delante, abro la puerta del acompañante y me siento, dejo un pie fuera, sobre el asfalto. Coloco mi mochila, con la caja de zapatos de Hannah adentro, sobre el regazo.

—Cierra la puerta —dice.

—¿Adónde vamos?

—No te preocupes, Clay. Tan solo cierra la puerta —gira la manivela de su puerta y su ventana se desliza hacia arriba—. Hace frío afuera.

Su mirada se desliza del tablero de mandos al estéreo y luego al volante. Pero no me mira.

En el momento en que jalo la puerta y la cierro, como si fuera el disparo de un pistoletazo, comienza a hablar.

—Eres la novena persona que he tenido que seguir, Clay.

—¿Qué? ¿De qué hablas?

—La segunda serie de cintas —dice—. Hannah no mentía. Las tengo yo.

—Cielos —me cubro la cara con ambas manos. El latido detrás de la ceja izquierda comienza otra vez. Con la palma de la mano, presiono sobre ella. Con fuerza.

—Está bien —dice.

No puedo mirarlo. ¿Qué sabe él? ¿Sobre mí? ¿Qué ha escuchado?

—¿Qué está bien?

—¿Qué estabas escuchando allí dentro? —añadió.

—¿Qué?

—¿Qué cinta?

Puedo intentar negarlo, fingir que no tengo ni idea de lo que habla. O puedo salir de su coche y marcharme. Pero no importa lo que haga, él lo sabe.

—Está bien, Clay. En serio. ¿Qué cinta?

Con los ojos aún cerrados, presiono los nudillos contra la frente.

—La de Ryan —digo—. El poema —luego lo miro.

Inclina la cabeza hacia atrás con los ojos cerrados.

—¿Qué? —pregunto.

No responde.

—¿Por qué te las dio a ti?

Toca el llavero que cuelga del tambor de encendido.

—¿Puedo conducir mientras escuchas tu siguiente cinta?

—Dime por qué te las dio a ti.

—Te lo diré —dice— si solo escuchas la siguiente cinta ahora.

—¿Por qué?

—Clay, no estoy bromeando. Escucha la cinta.

—Entonces responde mi pregunta.

—Porque es sobre ti, Clay —suelta sus llaves—. La siguiente cinta es sobre ti.

Nada.

No siento un vuelco en el corazón. Mis ojos ni se inmutan. No respiro. Y luego. Mi brazo sale disparado hacia atrás, hundiendo el codo en el asiento. Después lo estrello contra la puerta y quiero golpear la cabeza de costado contra la ventana. Pero en lugar de ello, la arrojo hacia atrás contra el reposacabezas.

Tony apoya una mano sobre mi hombro.

—Escúchala —me dice—. Y no salgas de este coche.

Tony arranca el motor.

Con lágrimas que me caen, giro la cabeza para mirarlo. Pero él tiene la vista fija hacia delante.

Abro el compartimento del Walkman y saco la cinta. La quinta cinta. Un número nueve azul oscuro está pintado en la esquina. Mi cinta. Soy el número nueve.

Coloco de nuevo la cinta en el Walkman y, sosteniendo el reproductor en ambas manos, lo cierro como un libro.

Tony pone en marcha el coche y conduce a través del estacionamiento vacío hacia la calle.

Sin mirar, deslizo el pulgar sobre la superficie del Walkman, buscando a tientas la tecla que me mete dentro de la historia.

Romeo, oh Romeo. ¿Dónde estáis, Romeo?

Mi historia. Mi cinta. Así comienza.

Buena pregunta, Julieta. Y me encantaría conocer la respuesta.

Tony grita por encima del motor:

—¡Clay, está bien!

Para ser totalmente honestos, jamás hubo un momento en el que me dijera a mí misma, Clay Jensen... es él.

De solo escuchar mi nombre, se intensifica el dolor que tengo en la cabeza. Siento un desgarro punzante en el corazón.

Ni siquiera estoy segura de cuánto conocí del verdadero Clay Jensen a lo largo de los años. Casi todo lo que sabía era información de segunda mano. Y por eso quería conocerlo mejor. Porque todo lo que oía —¡y me refiero a todo!— era bueno.

Era una de esas cosas que, una vez que la
había notado, no podía dejar de hacerlo.

Kristen Rennert, por ejemplo. Siempre se viste
de negro. Pantalones negros. O zapatos negros.
Camisa negra. Si es una chaqueta negra, y es la
única prenda negra que lleva, no se la quitará
en todo el día. La próxima vez que la vean, lo
notarán. Y luego no podrán dejar de hacerlo.

Steve Oliver es igual. Cuando levanta la mano
para decir algo, o hacer una pregunta, siempre
comienza diciendo "de acuerdo".

"–¿Señor Oliver?

–De acuerdo, si Thomas Jefferson era propieta-
rio de esclavos...

–¿Señor Oliver?

–De acuerdo, obtuve 76.1225.

–¿Señor Oliver?

–De acuerdo, ¿me podría dar un pase para ir al
baño?".

En serio. Siempre. Y ahora también lo notarán
ustedes... siempre.

Sí, me di cuenta, Hannah. Pero sigamos adelante. Por favor.

Escuchar a otros divulgando rumores sobre
Clay se transformó en una distracción parecida.
Y como dije antes, no lo conocía demasiado

bien, pero las orejas se me paraban cada vez que escuchaba su nombre. Supongo que tenía ganas de enterarme de algo jugoso –de lo que fuera–. No porque quisiera esparcir rumores. Era solo que no podía creer que alguien fuera tan bueno.

Echo un vistazo a Tony y pongo los ojos en blanco. Pero él está conduciendo, mirando hacia delante.

Si realmente era un tipo tan bueno... maravilloso. ¡Genial! Pero se transformó en un juego conmigo misma. ¿Cuánto tiempo podía seguir escuchando cosas solamente buenas sobre Clay Jensen?

Por lo general, cuando una persona tiene una imagen excepcional, hay otra que está esperando la oportunidad para destrozarla. Está esperando a que quede expuesto aquel único defecto fatal.

Pero no con Clay.

De nuevo, volteo para mirar a Tony. Esta vez, sonríe burlonamente.

Espero que esta cinta no los haga salir corriendo para buscar aquel secreto oscuro, profundo y sucio que tiene... que estoy segura de que está allí. Al menos uno o dos, ¿verdad?

Tengo algunos.

> Pero espera, ¿no es acaso lo que estás haciendo, Hannah? Lo estás colocando en un pedestal para luego derribarlo. Tú, Hannah Baker, eras la que estabas esperando la oportunidad. Esperabas un defecto. Y lo encontraste. Y ahora estás deseando contarle a todo el mundo y arruinar su imagen.
>
> A lo cual digo... *no*.

El pecho se me afloja; libero un soplo de aire que ni siquiera sabía que estaba reteniendo.

> Y espero que no se sientan decepcionados. Espero que no estén solo escuchándolas –o aguardando con avidez– para obtener un chisme. Espero que estas cintas signifiquen algo más.
>
> Clay, cariño, tu nombre no pertenece a esta lista.

Inclino la cabeza contra la ventana y cierro los ojos, concentrándome en el vidrio frío. Tal vez si escucho las palabras, pero me concentro en el frío, tal vez pueda evitar derrumbarme.

> No pertenece como los demás. Es como aquella canción: una de estas cosas no es como las demás. Una de estas cosas no pertenece.
>
> Y ese eres tú, Clay. Pero necesitas estar aquí si voy a relatar mi historia. Para contarla de una manera más completa.

—¿Por qué tengo que escuchar esto? —pregunto—. ¿Por qué sencillamente no me salteó si no pertenezco a la lista?

Tony sigue conduciendo. Si mira hacia cualquier otro lado que no sea hacia adelante, es para echar un vistazo fugaz en el espejo retrovisor.

—Hubiera sido más feliz si nunca escuchaba esto —digo.

Tony sacude la cabeza.

—No. Si no te enterabas de lo que pasó, te habrías vuelto loco.

Miro fijo a través del parabrisas las líneas blancas que brillan bajo los faros del coche. Y advierto que tiene razón.

—Además —dice—, creo que quería que lo supieras.

Tal vez, pienso. *Pero ¿por qué?*

—¿Adónde vamos?

No responde.

Sí, hay algunas lagunas importantes en mi historia. Había partes que no sabía cómo diablos contar. O que no me atrevía a decir en voz alta. Acontecimientos que aún no puedo enfrentar... que jamás podré enfrentar. Y si nunca los menciono en voz alta, entonces nunca tengo que pensar detenidamente en ellos.

¿Pero acaso ello les resta importancia a sus historias? ¿Resultan menos significativas solo porque no les esté contando todo?

No.

De hecho, las magnifica.

Ustedes no saben lo que sucedía en el resto de mi vida. En casa. Incluso en el colegio. Nadie sabe lo que sucede en la vida de nadie, salvo en la propia. Y cuando le arruinas una parte de la vida a alguien, no le arruinas solo aquella parte. Desafortunadamente, no se puede ser tan preciso y selectivo. Cuando le arruinas una parte de su vida, le arruinas la vida entera.

Todo afecta a todo lo demás.

Las siguientes historias se centran en una noche.

La fiesta.

Se centran en nuestra noche, Clay. Y sabes a lo que me refiero cuando digo *nuestra noche* porque, en todos los años que fuimos al mismo colegio o que trabajamos juntos en la sala de cine, solo hay una noche en la que nos conectamos.

Cuando realmente nos conectamos.

Aquella noche arrastra también a muchos de

> ustedes dentro de la historia... A uno, por segunda
> vez. Una noche cualquiera, que ninguno de us-
> tedes podrá hacer que desaparezca.

Odié aquella noche. Incluso antes de estas cintas. La odié.
Aquella noche, corrí a contarle a una anciana que su esposo
estaba bien. Que todo iba a andar bien. Pero mentía. Porque
mientras yo corría para consolar a esa esposa, el otro conductor
se estaba muriendo.

Y para cuando el anciano llegó a casa y se reunió con su mujer, él ya lo sabía.

> Esperemos que nadie escuche estas cintas, sino
> solo ustedes, por lo que cualquier cambio que
> produzcan en sus vidas depende por completo
> de ustedes.
>
> Por supuesto, si las cintas se filtran, tendrán que
> lidiar con consecuencias que están completa-
> mente fuera de su control. Así que, con sinceri-
> dad, espero que se las estén pasando.

Echo un vistazo a Tony. ¿Lo haría realmente? ¿Sería capaz?
¿Le daría las cintas a alguien que no estuviera en la lista?
¿A quién?

> Para algunos de ustedes, aquellas consecuen-
> cias podrían ser insignificantes. Tal vez, po-
> drían sentir remordimiento. O vergüenza. Pero
> para los demás, es difícil de decir. ¿Perder un

empleo? ¿Cumplir una condena en la cárcel?

Que quede entre nosotros, ¿sí?

Así que, Clay, yo ni siquiera debía estar en aquella fiesta. Me invitaron, pero no debía estar allí. Mis calificaciones estaban empeorando bastante rápido. Todas las semanas, mis padres les pedían a mis profesores informes sobre mi progreso. Y cuando no recibieron ninguno con mejoras, me castigaron.

En mi caso, estar castigada significaba que tenía una hora para llegar a casa del colegio. Una hora era el único tiempo libre que tenía hasta que levantara esas calificaciones.

Nos detenemos ante un semáforo. Y todavía Tony continúa con la mirada fija hacia delante. ¿Quiere evitar verme llorar? Porque no tiene que preocuparse. No lo haré. Al menos, no por ahora.

Durante uno de esos momentos en que me interesaba escuchar rumores sobre Clay Jensen, me enteré de que ibas a la fiesta.

¿Qué? ¿Clay Jensen en una fiesta? Impensado. Los fines de semana, estudio. En la mayoría de mis clases, nos toman una prueba todos los lunes. No es culpa mía.

No fue solamente lo primero que se me ocurrió, sino que fue el tema de conversación de la

mayoría de la gente en la escuela. Nadie entendía por qué no te veían nunca en una fiesta. Por supuesto, tenían todo tipo de teorías. Tú lo has dicho. Ninguna era negativa.

No exageremos.

Como saben, dado que Tyler no es lo suficientemente alto para asomarse a una ventana de un segundo piso y echar una mirada furtiva, escabullirme de mi dormitorio no fue difícil. Y esa noche, tenía que hacerlo. Pero no saquen conclusiones apresuradas. Antes de aquella noche, solo me había escapado dos veces de mi casa. Está bien, tres veces. Tal vez, cuatro. Máximo.

Para los que no saben a qué fiesta me refiero, hay una estrella roja en su mapa. Una enorme estrella roja, completamente coloreada por dentro. C-6. Cottonwood 512.

¿Vamos hacia allí?

Ahhh... así que ahora lo saben. Ahora algunos de ustedes reconocen exactamente dónde encajan. Pero tendrán que esperar hasta que su nombre aparezca, para enterarse de lo que voy a contar. Para saber de cuánto voy a contar.

Aquella noche decidí que sería agradable caminar rumbo a la fiesta. Relajante. Aquella semana había llovido un montón, y recuerdo que las nubes seguían colgando pesadas y muy bajas en el cielo. Además, el aire estaba tibio para la hora de la noche que era. Mi tipo de clima favorito.

El mío también.

Magia pura.

Es raro. Al pasar caminando por las casas de camino a la fiesta, sentí que la vida estaba llena de posibilidades. Posibilidades ilimitadas. Y por primera vez en mucho tiempo, sentí esperanza.

Yo también. Me obligué a salir de casa e ir a aquella fiesta. Estaba listo para que pasara algo nuevo. Algo emocionante.

¿Esperanza? Bueno, supongo que malinterpreté un poco las cosas.

¿Y ahora? Sabiendo lo que sucedió entre Hannah y yo, ¿habría ido de todos modos? ¿Incluso si no cambiaba nada?

Era simplemente la calma antes de la tormenta.

Sí, habría ido. Incluso si el desenlace hubiera sido el mismo.

Me puse una falda negra y un jersey con capucha que hacía juego. Y durante el trayecto, me desvié tres cuadras para pasar por mi antigua casa, aquella en la que viví cuando recién nos mudamos a la ciudad. La primera estrella roja del primer lado de la primera cinta. La luz del

porche estaba encendida y, en el garaje, estaba
en marcha el motor de un coche.

Pero la puerta del garaje estaba cerrada.

¿Soy el único que lo sabía? ¿Alguien más sabe que vivía allí?
El hombre del accidente. El hombre cuyo coche mató a un estudiante de nuestro colegio.

Me detuve y, durante lo que parecieron varios minutos, observé desde la acera. Hipnotizada. Otra
familia, en mi casa. No tenía ni idea de quiénes
eran o de cómo eran —de cómo eran sus vidas—.

La puerta del garaje comenzó a elevarse y,
bajo el brillo de los faros traseros, la silueta de
un hombre empujó la pesada puerta hasta arriba. Se metió en el coche, retrocedió sobre el
camino de entrada y se alejó.

Por qué no se detuvo, por qué no preguntó
qué hacía yo allí mirando su casa, no lo sé. Tal
vez pensó que yo estaba esperando a que él
retrocediera para seguir tranquilamente mi camino.

Pero cualquiera fuera la razón, parecía surrea-
lista. Dos personas —él y yo— y una casa. Y se
alejó sin tener ni idea de su vínculo conmigo, la
chica de la acera. Y por alguna causa, en aquel
momento sentí que el aire se volvía pesado,

llenándose de soledad. Y aquella soledad
permaneció conmigo el resto de la noche.

Incluso los mejores momentos de la noche se
vieron afectados por aquel único incidente –
por ese no incidente– delante de mi antigua
casa. Su falta de interés en mí fue un recorda-
torio. Aunque tenía una historia en aquella casa,
no importaba. No puedes regresar a cómo estaban las cosas. A cómo creías que estaban las
cosas.

En realidad, lo único que tienes es este momento.

Quienes estamos en las cintas tampoco podemos regresar.
Jamás podremos no encontrar un paquete en la puerta de nuestra casa. O en nuestro buzón. Desde aquel momento, somos
diferentes.

Lo que explica mi reacción exagerada, Clay. Y
por eso te llegarán estas cintas. Para explicárte-
la. Para decirte que lo siento.

¿Lo recuerda? ¿Recuerda que me disculpé con ella aquella
noche? ¿Por eso me pide disculpas?

La fiesta estaba muy avanzada cuando llegué.

A diferencia de mí, la mayoría de las personas
no tenía que esperar a que sus padres se dur-
mieran.

A la entrada de la fiesta se encontraba el grupo

habitual de chicos, borrachos como una cuba, saludando a todo el mundo con un vaso de cerveza en alto. Yo habría pensado que Hannah sería un nombre difícil de pronunciar, pero a aquellos tipos les salió bastante bien. La mitad de ellos seguía repitiendo mi nombre, tratando de hacerlo correctamente, mientras la otra mitad se reía.

Pero eran inofensivos. Los borrachos graciosos son un agregado divertido en cualquier fiesta. No buscan pelear, solo emborracharse y reírse.

Recuerdo a aquellos tipos. Eran como las mascotas de la fiesta. "¡Clay! ¿Qué haces por aquí? ¡Ja, ja, ja, ja!".

La música estaba fuerte, y no había nadie bailando. Podría haber sido cualquier fiesta... salvo por una cosa.

Clay Jensen.

Estoy segura de que escuchaste un montón de comentarios sarcásticos cuando llegaste pero, para cuando llegué yo, para todo el resto, eras solo una parte de la fiesta. En cambio, a diferencia de todo el resto, tú eras la razón por la cual yo había venido.

Con todo lo que estaba sucediendo en mi vida —sucediendo en mi cabeza—, quería hablar

contigo. Hablar de verdad. Solo una vez. Una
oportunidad que nunca parecía surgir en el colegio. O en el trabajo. Una oportunidad para
preguntar: "¿Quién eres?".

No tuvimos esa oportunidad porque tuve miedo. Tuve miedo
de que no hubiera ninguna posibilidad contigo.

Eso es lo que pensé. Y me parecía bien. Porque ¿qué sucedería si te conocía y terminabas siendo tal como decían? ¿Qué
sucedería si no eras la persona que esperaba que fueras?

Eso, más que nada, era lo que más me habría dolido.

Y mientras estaba en la cocina, haciendo fila
para llenar mi vaso por primera vez, te acercaste por detrás.

"Hannah Baker", dijiste. "Hannah, hola".

Apenas llegó, cuando entró por la puerta principal, me tomó
por sorpresa. Como un idiota me volteé, crucé la cocina a toda
velocidad y salí directo por la parte trasera.

Era demasiado pronto, me dije. Fui a la fiesta diciéndome a
mí mismo que si aparecía Hannah Baker, hablaría con ella. Era
hora. No me importaba quién estuviera allí, mantendría la mirada fija en ella y hablaríamos.

Pero cuando entró, me asusté.

No lo podía creer. Así, de repente, estabas allí.

No, no de repente. Primero di vueltas por el jardín, maldi-
ciéndome por parecerme tanto a un chiquillo asustado. Luego

salí solo por la verja, decidido a caminar de regreso a mi casa. Pero en la acera, me reproché un poco más a mí mismo. Luego me dirigí otra vez a la puerta principal. Los borrachos me saludaron una vez más, y fui directo a buscarte.

Fue cualquier cosa, menos repentino.

"No sé por qué", dijiste, "pero creo que tenemos que hablar".

Se necesitaron todas las agallas del mundo para mantener viva la conversación. Agallas y dos vasos plásticos de cerveza.

Y yo acepté, seguramente con la sonrisa más idiota en el rostro.

No. La más hermosa.

Y luego advertí el marco de la puerta detrás de ti, que conducía a la cocina. Estaba rayado con un montón de marcas de bolígrafo y de lápiz, que registraban la velocidad con que crecían los chicos de la casa. Y recordé cuando vi a mi mamá borrando aquellas marcas de la puerta de nuestra antigua cocina, cuando se preparaba para vender la casa y mudarse aquí.

Vislumbré algo en tus ojos cuando miraste por encima de mi hombro.

De cualquier manera, miraste mi vaso vacío, me serviste la mitad de tu vaso y me preguntaste si era un buen momento para hablar.

Por favor, gente, no malinterpreten. Es cierto, parecía el típico seductor que busca emborrachar a la chica, pero no lo era. A mí no me pareció.

No lo era. Nadie lo creerá, pero es cierto.

Porque si hubiera sido el caso, él me habría tentado a llenar el vaso hasta arriba.

Así que entramos en la sala, donde un lado del sofá estaba ocupado.

Por Jessica Davis y Justin Foley.

Pero había suficiente lugar en el otro extremo, así que nos sentamos. ¿Y qué fue lo primero que hicimos? Apoyamos nuestros vasos y comenzamos a hablar. Así, sin más.

Tuvo que darse cuenta de que eran ellos. Jessica y Justin. Pero no dijo sus nombres. El primer chico que Hannah había besado estaba ahora besando a la chica que la abofeteó en el Monet. Era como si no pudiera escapar de su pasado.

Estaba sucediendo todo lo que podía haber esperado. Las preguntas eran personales, como si nos estuviéramos poniendo al día por todo el tiempo que dejamos pasar. Pero las preguntas nunca parecieron intrusivas.

Su voz, si fuera físicamente posible, se siente tibia a través de los auriculares. Apoyo las manos ahuecadas encima de las orejas, para impedir que sus palabras se escapen.

Y no fueron intrusivas porque quería que me conocieras.

Fue maravilloso. No podía creer que Hannah y yo estuviéramos finalmente hablando. Hablando de verdad. Y no quería que acabara.

Me encantó hablar contigo, Hannah.

Parecía que podías llegar a conocerme. Que podías entender cualquier cosa que te dijera. Y cuanto más hablábamos, supe el porqué. Nos emocionaban las mismas cosas. Nos preocupaba lo mismo.

Me podrías haber dicho lo que fuera, Hannah. Aquella noche, no había nada prohibido. Me habría quedado hasta que te abrieras y lo dijeras todo, pero no lo hiciste.

Te lo quería contar todo. Y eso me dolía porque algunas cosas daban demasiado miedo. Ni siquiera yo entendía algunas. ¿Cómo podía contarle a alguien –con quien en realidad me encontraba hablando por primera vez– todo lo que estaba pensando?

No podía. Era demasiado pronto.

Pero no lo era.

O tal vez, fuera demasiado tarde.

Pero ahora sí me lo estás diciendo. ¿Por qué esperaste hasta ahora?

Ya no siento tibias sus palabras. Tal vez ella desee que las sienta así, pero en cambio, me están quemando por dentro. La mente. El corazón.

Clay, tú insistías en que sabías que las cosas fluirían sin problema entre nosotros. Dijiste que hace mucho tenías esa impresión. Sabías que nos llevaríamos bien. Que conectaríamos.

Pero ¿cómo? Jamás lo explicaste. ¿Cómo podías saberlo? Porque yo sabía lo que la gente decía de mí. Escuché todos los rumores y mentiras que siempre serán parte de mí.

Sabía que no eran ciertos, Hannah. Me refiero a que esperaba que no lo fueran. Pero tenía demasiado miedo para averiguarlo.

Me estaba quebrando por dentro. Si solo hubiéramos hablado antes. Podrías haber sido... podríamos haber... no lo sé. Pero para entonces, las cosas habían ido demasiado lejos. Ya había tomado una decisión. No respecto de acabar con mi vida. Aún no. Había decidido pasar por el colegio desconectada de todo el resto, no profundizar mi amistad con nadie. Ese era mi plan. Me graduaría y después, me marcharía.

Pero luego, fui a una fiesta. Fui a una fiesta y te conocí.

¿Por qué lo hice? ¿Para atormentarme? Porque

eso era precisamente lo que estaba haciendo: odiándome por haber esperado tanto tiempo. Odiándome porque no era justo para ti.

Lo único que no es justo son estas cintas, Hannah. Porque yo estuve allí para ti. Estábamos hablando. Podrías haberme dicho cualquier cosa. Yo habría escuchado absolutamente cualquier cosa.

La pareja sentada junto a nosotros sobre el sofá... la chica estaba borracha, se reía y cada tanto, me empujaba. Al principio, era divertido, pero en seguida perdió la gracia.

¿Por qué Hannah no dice su nombre?

Comencé a pensar que tal vez no estuviera tan borracha después de todo. Tal vez era toda una puesta en escena para el tipo con el que hablaba... cuando de verdad hablaban. Tal vez quería el sofá todo para ella y su chico.

Así que Clay y yo nos fuimos.

Deambulamos por la fiesta, gritando adonde fuéramos por encima de la música. Finalmente, y con suerte, cambié el curso de la conversación. Basta de temas densos y serios. Necesitábamos reírnos. Pero en todos los sitios a los que íbamos, había demasiado ruido para escucharnos.

Así que terminamos en la puerta de una habitación vacía.

Recuerdo todo lo que pasó después. Lo recuerdo a la perfección. Pero ¿cómo lo recuerda ella?

> Mientras estábamos parados allí, con la espalda contra el marco y las bebidas en la mano, no podíamos dejar de reírnos.

> Y sin embargo la soledad con la que entré en la fiesta volvió a aparecer de golpe.

> Pero yo no estaba sola. Lo sabía. Por primera vez en mucho tiempo, estaba conectándome – estaba conectada– con otra persona del colegio. ¿Por qué diablos me sentía sola?

No lo estabas, Hannah, yo estaba allí.

> Porque quería estarlo. Es todo lo que puedo decir. Es todo lo que me parece razonable. ¿Cuántas veces me había permitido conectarme con alguien solo para que me dieran la espalda?

> Todo parecía que andaba bien, pero sabía que tenía el potencial de volverse terrible. Mucho, mucho más doloroso que las veces anteriores.

No había modo de que sucediera aquello.

> Así que allí estabas tú, dejando que me conectara contigo. Y cuando ya no pude hacerlo, cuando llevé la conversación a temas más triviales, me hiciste reír. Y fuiste divertidísimo. Fuiste justo lo que necesitaba.

Así que te besé.

No, yo te besé a ti, Hannah.

Un beso largo y hermoso.

¿Y qué dijiste cuando subimos para tomar aire? Con la sonrisita más simpática y traviesa, preguntaste: "Y eso, ¿por qué fue?".

Es cierto. Me besaste.

Y yo respondí: "Eres tan idiota". Y nos besamos un poco más.

Un idiota. Sí, lo recuerdo también.

A la larga cerramos la puerta y nos trasladamos al interior de la habitación. Estábamos de un lado de la puerta. Y el resto de la fiesta estaba del otro lado, con su música fuerte, aunque amortiguada.

Asombroso. Estábamos juntos. No podía dejar de pensar en eso. Asombroso. Tuve que concentrarme un montón para evitar que la palabra me saliera de la boca.

A algunos de ustedes les puede parecer extraño. ¿Por qué nunca nos enteramos de esto? Siempre nos enterábamos de la persona con quien Hannah se besaba.

Porque nunca hablé.

Error. Solo pensaban que sabían. ¿Acaso no han estado oyendo? ¿O solo le prestaron atención

a la cinta que tenía su nombre? Porque puedo
contar con los dedos de una mano –sí, los de
una mano– a las personas con las que me he
besado. Pero ustedes, ustedes seguramente creyeron que necesitaba ambas manos y ambos
pies solo para comenzar, ¿no es cierto?
¿Qué dicen? ¿No me creen? ¿Están shockeados?
¿Adivinen qué? No me importa. La última vez
que me importó lo que alguien pensara de mí
fue aquella noche. Y aquella fue la última vez.

Me desabrocho el cinturón de seguridad y me inclino hacia
delante. Sujeto la mano contra la boca y presiono para no gritar.

Pero grito, y el sonido se apaga en la palma de mi mano.

Y Tony sigue conduciendo.

Ahora pónganse cómodos, porque estoy a
punto de decirles lo que sucedió en aquel dormitorio entre Clay y yo. ¿Están listos?
Nos besamos.
Eso es todo. Nos besamos.

Bajo la mirada a mi regazo, al Walkman. Está demasiado oscuro para ver los cabezales debajo de la tapa de plástico, jalando
la cinta de un lado al otro; pero necesito concentrarme en algo,
así que lo intento. Y concentrarme en el sitio donde deberían
estar ambos cabezales es lo más cerca que estaré de mirar a los
ojos de Hannah mientras cuenta mi historia.

Era maravilloso, ambos recostados sobre la cama. Una de sus manos, apoyada sobre mi cadera. La otra, acunando mi cabeza como una almohada. Mis dos brazos abrazándolo, intentando acercarlo aún más. Y yo por mi parte quería más.

Fue entonces cuando lo dije. Cuando le susurré: "Lo siento tanto". Porque por dentro me sentía tan feliz y tan triste al mismo tiempo. Triste porque me tomó tanto tiempo llegar hasta allí. Pero feliz de que hayamos llegado hasta allí juntos.

Los besos parecían los que se dan por primera vez. Besos que decían que, si quería, podía volver a comenzar. Con él.

Pero ¿volver a comenzar a partir de qué?

Y fue entonces cuando pensé en ti, Justin. Por primera vez en mucho tiempo, pensé en nuestro primer beso. Mi verdadero primer beso. Recordé la anticipación que sentí. Recordé tus labios presionando contra los míos.

Y luego recordé cómo lo arruinaste.

"Basta", le dije a Clay. Y mis manos dejaron de acercarlo.

Empujaste tus manos contra mi pecho.

¿Alcanzaste a sentir por lo que yo estaba pasando, Clay? ¿Lo percibiste? Seguro que sí.

No. Lo ocultaste. Jamás me dijiste lo que era, Hannah.

Apreté los ojos tan fuerte que me dolió, tratando de alejar todo lo que veía en la cabeza. Y lo que vi fue a todos los que están en esta lista... y más. A todos hasta aquella noche. A todos los que me despertaron la curiosidad por la reputación de Clay −y a cómo su reputación era tan diferente de la mía−.

No, éramos iguales.

Y no lo podía evitar. Lo que los demás pensaban de mí estaba fuera de mi control.

Clay, tú merecías tu reputación. Pero yo no. Y allí estaba contigo. Dañando aún más mi reputación.

Pero no fue así. ¿A quién le iba a contar, Hannah?

"Basta", repetí. Esta vez desplacé mis manos bajo tu pecho y te aparté. Te pedí que te fueras. Comenzaste a hablar de nuevo, y grité. Y luego dejaste de hablar. Me escuchaste.

La cama se elevó de tu lado al tiempo que te parabas para salir de la habitación. Pero tardaste una eternidad en salir, en darte cuenta de que iba en serio.

Esperaba que me dijeras de nuevo que me detuviera. Que no saliera después de todo.

Aunque permanecí con los ojos cerrados, hundida en la almohada, la luz cambió cuando finalmente abriste la puerta. La habitación se volvió más luminosa. Luego se apagó una vez más...y desapareciste.

¿Por qué le hice caso? ¿Por qué la dejé allí? Me necesitaba y yo lo sabía.

Pero estaba asustado. Una vez más, dejé que me asustaran.

Y luego me resbalé de la cama y caí al suelo.

Me quedé ahí sentada , abrazándome las rodillas... llorando.

Allí, Clay, termina tu historia.

Pero no debió haber sucedido. Estaba allí para ti, Hannah. Podrías haber pedido ayuda, pero no lo hiciste. Elegiste eso. Tenías una opción, y me rechazaste. Te habría ayudado. Quería ayudarte.

Te fuiste de la habitación, y jamás volvimos a hablar.

Ya lo tenías decidido. Digas lo que digas, lo tenías decidido.

Cuando nos cruzábamos en los corredores, en la escuela, intentabas atraer mi atención, pero yo siempre apartaba la vista. Porque aquella noche, cuando llegué a casa, arranqué una página de mi cuaderno y escribí un nombre tras otro tras otro. Los nombres que tenía en la cabeza cuando dejé de besarte.

Había tantos nombres, Clay. Por lo menos, tres docenas.

Y luego, los relacioné.

Primero, hice un círculo alrededor de tu nombre, Justin. Y tracé una línea de ti a Alex. Hice un círculo alrededor de Alex y tracé una línea a Jessica, pasando por alto nombres que no se conectaban —que solo estaban allí flotando—, incidentes aislados.

Mi furia y mi frustración con todos ustedes se transformaron en llanto, y luego de nuevo en furia y odio cada vez que encontraba una nueva conexión.

Y luego llegué a Clay, el motivo por el cual había ido a la fiesta. Hice un círculo alrededor de su nombre y tracé una línea... hacia atrás. Hacia un nombre anterior.

Era Justin.

De hecho, Clay, poco después de que te fueras y cerraras la puerta... aquella persona la reabrió.

En la cinta de Justin, la primera de todas, ella dijo que su nombre reaparecería. Y él estaba en aquella fiesta, en el sofá con Jessica.

Pero esa persona ya recibió las cintas. Así que Clay, saltéalo cuando las pases al siguiente de

la lista. De un modo indirecto, él hizo que se añadiera un nombre nuevo. Y esta persona, la del nombre nuevo, es quien debe recibir las cintas de ti.

Y sí, Clay, yo también lo lamento.

Siento un escozor en los ojos. No por la sal de mis lágrimas, sino porque no los he cerrado desde que me enteré de que Hannah lloró cuando me fui de la habitación.

Los músculos de mi cuello están desesperados por desviar la mirada. Por mirar fuera de la ventana, lejos del Walkman, y dejar que los ojos queden fijos en la nada. Pero no consigo moverme, no logro romper el efecto de sus palabras.

Tony reduce la velocidad del coche y se detiene junto a la acera.

—¿Estás bien?

Es una calle residencial, pero no la de la fiesta.

Sacudo la cabeza, para negarlo.

—¿Vas a estar bien? —añade.

Me inclino hacia atrás, descansando la cabeza contra el asiento, y cierro los ojos.

—La extraño.

—Yo también la extraño —dice. Y cuando abro los ojos, tiene la cabeza hacia abajo. ¿Está llorando? O tal vez, intenta no llorar.

—Lo que sucede —digo— es que, en realidad, nunca la extrañé hasta ahora.

Se acomoda hacia atrás sobre su asiento y me echa un vistazo.

—No sabía qué pensar de aquella noche, de todo lo que pasó. Durante tanto tiempo me había gustado de lejos, pero jamás tuve una oportunidad de decírselo —bajo la mirada al Walkman—. Solo tuvimos una noche, y para cuando esta terminó, parecía que conocía a Hannah aún menos que antes. Pero ahora lo sé. Sé dónde estaba su cabeza aquella noche. Ahora sé por lo que estaba pasando.

Mi voz se quiebra, y en esa pausa, brota un torrente de lágrimas.

Tony no responde. Mira hacia fuera, a la calle vacía, permitiendo que me quede sentado en su coche y la extrañe; la extrañe cada vez que inhalo una bocanada de aire, la extrañe con un corazón que se siente tan frío estando solo, pero tibio cuando los recuerdos de ella me fluyen por dentro.

Me froto el puño de mi chaqueta bajo los ojos. Luego me trago las lágrimas y me río.

—Gracias por escuchar todo aquello —digo—. La próxima vez, está bien que me obligues a detenerme.

Tony enciende las luces de giro, mira por encima del hombro y vuelve a retroceder a la calle. Pero no me mira.

—De nada.

CASETE 5 LADO B

Parece que hemos conducido por esta misma carretera varias veces desde que nos fuimos de Rosie. Como si Tony estuviera haciendo tiempo.

—¿Fuiste a la fiesta? —pregunto.

Tony mira fuera de la ventanilla del conductor y cambia de carril.

—No. Clay, necesito saber que vas a estar bien.

Imposible de responder. Porque es cierto que no la rechacé. No le provoqué más dolor del que ella tenía ni hice nada para lastimarla. En cambio, la dejé sola en esa habitación. Yo era la única persona que podría haberle tendido la mano y haberla salvado de sí misma. Que podría haberla traído de vuelta de adondequiera que se estuviera dirigiendo.

Hice lo que me pidió y me fui. Cuando debí haberme quedado.

—Nadie me culpa —susurro. Necesito escuchar que él lo diga en voz alta. Necesito escuchar las palabras en mis oídos y no solo en mi cabeza—. Nadie me culpa.

—Nadie —dice Tony, con los ojos aún en la carretera.

—¿Y tú? —pregunto.

Nos acercamos a un cruce de cuatro caminos y a una señal de alto. Tony disminuye la velocidad.

Por un momento, me mira por el rabillo del ojo. Luego voltea la mirada a la carretera.

—No, no te culpo.

—Pero ¿por qué tú? —pregunto—. ¿Por qué te dio la otra serie de cintas?

—Deja que te lleve a la casa de la fiesta —dice—. Te lo diré allí.

—¿No puedes decirme ahora?

Sonríe débilmente.

—Estoy haciendo un esfuerzo por mantener el coche en la carretera.

Poco después de que se marchara Clay, la pareja del sofá entró en el dormitorio. En realidad, es más preciso decir que entró a los tumbos. ¿Los recuerdan? Creí que ella se estaba haciendo la

borracha, chocándose contra mí para que nos
pusiéramos de pie y nos fuéramos. Por desgra-
cia, no era una actuación. Estaba completamente ebria.

Pasé a su lado en el corredor. Uno de los brazos de Jessica
colgaba sin fuerza alrededor de los hombros de Justin. El otro
tanteaba la pared, para mantener el equilibrio.

Por supuesto, en realidad no los vi cuando
entraron. Seguía en el suelo, con la espalda
contra el lado opuesto de la cama, y estaba
demasiado oscuro.

Cuando salí de la habitación, me sentía tan frustrado. Tan
confundido. Me recosté contra el piano de la sala. Casi lo necesitaba para mantenerme en pie. ¿Qué debía hacer? ¿Quedarme?
¿Marcharme? Pero ¿adónde iría?

Su compañero de sofá impidió que se golpeara
demasiado fuerte contra la mesilla de noche. Y
cuando ella se cayó rodando de la cama... dos
veces... él la volvió a poner encima. Como buen
tipo que era, se rio lo menos posible.

Creí que acomodaría la manta sobre ella y ce-
rraría la puerta detrás al salir. Y aquel sería el
momento perfecto para huir. Fin de la historia.

Hannah no fue mi primer beso, pero sí el primer beso que me
importó, el primer beso con alguien que importaba. Y después

de hablar durante tanto tiempo aquella noche, supuse que
sería solo el comienzo. Algo estaba pasando entre nosotros.
Algo bueno. Lo sentía.

Pero ese no es el final de la historia. Porque
aquello no habría resultado en una cinta demasiado interesante, ¿no creen? Y a esta altura,
estoy segura de que sabían que no era el final.

Aun así, sin destino en mente, me marché de la fiesta.

En lugar de irse, comenzó a besarla.

Ya sé, algunos de ustedes se habrían quedado
para aprovechar una oportunidad única para
el voyerismo. Un encuentro cercano de tipo
sexual. Incluso si no alcanzaban a verlo, al menos, lo oirían.

Pero hubo dos cosas que me mantuvieron agaza-
pada en el suelo. Con la frente presionada contra
las rodillas, me di cuenta de todo lo que debí haber bebido aquella noche. Y dado que tenía el
sentido del equilibrio levemente alterado, salir
corriendo parecía un poco peligroso.

Así que ahí tienen una excusa.

La segunda excusa es que las cosas parecían
estar tranquilizándose allá arriba. Ella no solo
estaba borracha y se comportaba con torpeza,
sino que parecía no reaccionar a nada. Por lo

que me pude dar cuenta, no fue mucho más allá de algunos besos. Y además, parecía ser solo uno el que besaba.

De nuevo, como era tan buen tipo, no se aprovechó de la situación. No es que no lo haya intentado. Durante mucho tiempo, trató de hacerla reaccionar. "¿Sigues despierta? ¿Quieres que te lleve al baño? ¿Vas a vomitar?".

Esta chica no estaba totalmente inconsciente. Mascullaba y gemía un poco.

Él se dio cuenta —por fin— de que no estaba en un estado de ánimo romántico y tal vez no lo estaría durante un rato. Así que la arropó y dijo que vendría a ver cómo estaba en un rato. Luego se marchó.

En este momento se estarán preguntando: ¿Quiénes son estas personas? Hannah, te olvidaste de decirnos sus nombres. Pero no me olvidé. Si hay algo que aún conservo es la memoria. Lo cual es una pena. Tal vez si me olvidara de las cosas cada tanto, todos seríamos un poco más felices.

La niebla estaba espesa cuando me marché de la fiesta. Y mientras caminaba por el vecindario, comenzó a lloviznar, y luego a llover. Pero cuando empecé a caminar, era solo una bruma densa que desdibujaba el contorno de las cosas.

No, en esta tendrán que esperar para saber el nombre. Aunque si han estado prestando mucha atención, les di la respuesta hace mucho tiempo. Antes de decir su nombre en voz alta, este tipo necesita sufrir un poco... para recordar todo lo que pasó en aquella habitación.

Y él lo recuerda. Sé que es así.

Me encantaría ver su cara ahora mismo. Los ojos, bien cerrados. La mandíbula, apretada. Los puños, arrancándose el pelo.

Y a él le digo: ¡niégalo! Vamos, desmiente que yo haya estado en esa habitación. Desmiente que sé lo que hiciste. O no lo que hiciste, sino lo que no hiciste. Lo que dejaste que sucediera. Explica por qué esta no es la cinta en la que reapareces. Debe ser una cinta posterior. Tiene que ser una cinta posterior.

¿Ah, sí? ¿Y te gustaría eso? ¿Una cinta posterior mejoraría las cosas?

No estés tan seguro.

Cielos. ¿Qué más pudo salir mal aquella noche?

Sé que no era tu novia, que casi nunca le hablabas y que apenas la conocías, pero ¿esa es tu mejor excusa para lo que sucedió a continuación? ¿O es tu única excusa?

De cualquier manera, no hay ninguna excusa.

Me puse de pie, sujetándome con una mano sobre la cama.

Tus zapatos –la sombra de ellos– seguían visibles por la luz que se colaba bajo la hendija de la puerta. Porque cuando te marchaste de esa habitación, te ubicaste justo fuera. Solté la cama y comencé a caminar hacia ese resquicio de luz, sin saber lo que te diría cuando abriera la puerta.

Pero a mitad de camino, apareció un par de zapatos más, y me detuve.

Cuando me fui de la fiesta, solo caminé. Varias calles. Sin querer ir a casa. Sin querer regresar.

La puerta se abrió, pero tú la volviste a cerrar y dijiste: "No. Déjala descansar".

En ese pequeño estallido de luz, vi un armario –sus puertas plegables, a medio abrir–. Mientras tanto, tu amigo te estaba convenciendo de que lo dejaras entrar en aquella habitación.

Esperé. El corazón me latía con fuerza, atrapada en el medio del dormitorio.

La puerta se volvió a abrir. Pero de nuevo, la cerraste. E intentaste bromear acerca de ello. "Te lo aseguro", dijiste, "no se moverá. Solo se quedará echada.

¿Y cuál fue su respuesta? ¿Cuál fue? ¿Cuál fue el argumento que usó para que te apartaras y lo dejaras entrar en la habitación? ¿Te acuerdas? Porque yo sí.

Era el turno noche.

Te dijo que tenía que trabajar el turno noche y que se tenía que ir en unos minutos.

Unos minutos, eso era todo lo que necesitaba estar con ella.

Así que relájate y hazte a un lado.

Y eso fue todo lo que hizo falta para que lo dejaras abrir la puerta.

Cielos.

Qué patético.

No lo podía creer. Y tu amigo tampoco porque, cuando volvió a tomar la manilla, no se apuró por entrar a toda velocidad. Esperó a que protestaras.

Y en ese instante –el instante en que no dijiste nada– caí de rodillas, con náuseas, cubriéndome la boca con ambas manos. Caminé tropezándome hacia el armario, al tiempo que la luz del corredor se veía borrosa, por las lágrimas. Y cuando me desplomé en el interior, me tropecé con una pila de chaquetas sobre el suelo.

En el momento en que se abrió la puerta de la habitación, jalé las puertas del armario, para cerrarlas. Cerré los ojos con fuerza. La sangre me latía en los oídos. Me mecí hacia delante y hacia atrás, hacia delante y hacia atrás, golpeándome la frente contra la pila de chaquetas. Pero con el ruido que retumbaba en toda la casa, nadie me oyó.

"Solo relájate". No es la primera vez que lo dice. Es lo que les dice siempre a las personas de las que se aprovecha. Novias, tipos, quien sea.

Es Bryce. Tiene que serlo. Bryce Walker estaba en ésa habitación.

Y con el ruido que tronaba, nadie lo oyó cruzando la habitación. Subiéndose a la cama. Los resortes de la cama, chillando bajo su peso. Nadie oyó nada.

Y pude haberlo detenido. Si hubiera podido hablar. Si hubiera podido ver. Si se me hubiera ocurrido algo, habría abierto esas puertas y lo habría detenido.

Pero no lo hice. Y no importa cuál fue mi excusa. El hecho de que tuviera la mente colapsada no es excusa. No tengo una excusa. Pude haberlo evitado y punto. Pero para detenerlo, sentía como si hubiera tenido que hacer que el mundo entero dejara de girar. Sentía como si las cosas hubieran estado tanto tiempo fuera de control que cualquier cosa que hiciera ya no importaba.

Y ya no podía soportar todas las emociones. Quería que el mundo se detuviera, que terminara.

Para Hannah, el mundo sí terminó. Pero para Jessica, no. Siguió. Y luego, Hannah le pegó con estas cintas.

No sé cuántas canciones pasaron con la cara sepultada bajo aquellas chaquetas. El redoble se deslizaba de una canción a otra. Después de un tiempo, sentí la garganta tan seca. Me irritaba y me ardía tanto. ¿Había estado gritando?

Con las rodillas sobre el suelo, sentía vibraciones cada vez que alguien caminaba por el corredor. Y cuando las pisadas se sintieron en la habitación —varias canciones después de que él entrara en ella—, presioné la espalda contra la pared del armario, esperando. Esperando a que las puertas se abrieran de par en par. Que me arrancaran de mi escondite.

¿Y luego? ¿Qué me haría entonces?

El coche de Tony se estaciona. Las ruedas delanteras raspan

el borde de la acera. No sé cómo llegamos hasta aquí, pero la casa está justo fuera de mi ventana. La misma puerta por donde entré en la fiesta. El mismo porche de donde me fui. Y a la izquierda del porche, una ventana. Detrás de esta, un dormitorio y un armario con puertas plegables, donde Hannah desapareció la noche que la besé.

> Pero la luz del corredor se filtró en la habitación, y sus pasos se alejaron. Se había acabado. Después de todo, no podía llegar tarde al trabajo, ¿no? Entonces, ¿qué sucedió después? Pues, salí corriendo de la habitación y directo por el corredor. Y allí te vi. Sentado en una habitación completamente solo. La persona alrededor de la cual gira toda esta cinta... Justin Foley.

Siento que el estómago se me revuelve y abro de golpe la puerta del coche.

> Estabas allí, sentado en el borde de una cama, con las luces apagadas.
> Sentado allí, con la mirada perdida. Mientras tanto, yo estaba de pie en el corredor, paralizada, mirándote.
> Habíamos recorrido un largo camino, Justin. Desde la primera vez que te había visto resbalarte sobre el césped hasta mi primer beso al final del tobogán, hasta ahora.

Primero, comenzaste una cadena de hechos que arruinaron mi vida. Ahora, estabas esmerándote en hacer lo mismo con la de ella.

Fuera de esa misma casa, vomito.

Mantengo el cuerpo arqueado; la cabeza, colgando sobre el desagüe.

Finalmente, te volviste hacia mí. El color de tu cara... había desaparecido. Tu expresión estaba en blanco. Y tus ojos lucían tan exhaustos.

¿O fue dolor lo que vi en ellos?

—Quédate allí todo el tiempo que quieras —dice Tony.

No te preocupes, pienso. No te vomitaré dentro del coche.

Justin, cariño, no te estoy culpando por completo. Estamos juntos en esto. Ambos podríamos haberlo impedido. Cualquiera de los dos. Podríamos haberla salvado. Y te lo estoy admitiendo. Se lo estoy admitiendo a todos. Aquella chica tenía dos oportunidades, y ambos la defraudamos.

La brisa se siente bien en la cara. Me enfría el sudor de la frente y el cuello.

Entonces ¿por qué esta cinta es sobre Justin? ¿Y el otro tipo? ¿Acaso no es peor lo que hizo?

Sí. Por supuesto que sí. Pero las cintas necesitan seguir pasándose. Y si se las enviara a él, dejarían de hacerlo. Piénsenlo. Violó a una chica,

y si supiera... pues... si supiera que nosotros lo sabemos, abandonaría la ciudad en un segundo.

Todavía con el cuerpo doblado, inhalo lo más profundo posible. Luego retengo.

Y exhalo.

Inhalo. Luego retengo.

Exhalo.

Me siento con la espalda recta, manteniendo la puerta abierta por si acaso.

—¿Por qué tú? —pregunto—. ¿Por qué tienes estas cintas? ¿Qué hiciste?

Un coche pasa por allí, y ambos lo observamos girar a la izquierda dos cuadras más adelante. Pasa otro minuto antes de que Tony responda.

—Nada —dice—. Y eso es verdad —por primera vez desde que se acercó a mí en Rosie, Tony me dirige la mirada. Y en sus ojos, que atrapan la luz de un farol a media cuadra, advierto lágrimas—. Termina esta cinta, Clay, y lo explicaré todo.

No respondo.

—Termínala. Ya te falta poco —agrega.

Entonces, ¿qué piensas ahora de él, Justin? ¿Lo odias? Tu amigo que la violó, ¿sigue siendo tu amigo?

Sí, pero ¿por qué?

Debe ser negación. Tiene que serlo. Cierto, siempre tuvo mal genio. Cierto, usa a las chicas como si fueran ropa interior descartada. Pero siempre ha sido un buen amigo tuyo. Y cuanto más andas con él, más se parece al chico de antes, ¿verdad? Y si se comporta como el mismo tipo, entonces es imposible que haya hecho algo malo. Lo cual significa que tú tampoco hiciste nada malo.

¡Genial! Qué buenas noticias, Justin. Porque si él no hizo nada malo, y tú tampoco, entonces yo no hice nada malo. Y no tienes ni idea de cómo me gustaría no haberle arruinado la vida a esa chica.

Pero se la arruiné.

Por lo menos, ayudé a que sucediera. Y tú también lo hiciste.

No, tienes razón, no la violaste. Y yo no la violé. Él lo hizo. Pero tú... y yo... permitimos que sucediera.

Es culpa nuestra.

—Historia terminada —digo—. ¿Qué pasó?

Saco la sexta cinta del bolsillo y la cambio por la que está dentro del Walkman.

Tony saca las llaves del arranque. Algo para sujetar mientras habla.

—He estado tratando de encontrar una forma de contártelo durante todo el viaje. Durante todo el tiempo que hemos estado sentados aquí. Incluso mientras echabas las tripas fuera.

—Te diste cuenta de que no te las eché en el coche.

—Sí —sonríe, y baja la mirada a sus llaves—. Gracias. De verdad.

Cierro la puerta del coche. El estómago se me aquieta un poco.

—Vino a mi casa —dice Tony—. Hannah. Y esa fue mi oportunidad.

—¿Para qué?

—Clay, todas las señales estaban ahí —dice.

—Yo también tuve mi oportunidad —le digo. Me quito los auriculares y los cuelgo sobre la rodilla—. En la fiesta. Cuando nos estábamos besando, se volvió loca, y no supe por qué. Esa era mi oportunidad.

Dentro del coche está oscuro. Y silencioso. Con las ventanillas levantadas, el mundo exterior parece profundamente dormido.

—Todos somos culpables —agrega—. Por lo menos, un poco.

—Así que fue a tu casa —digo.

—En bicicleta. La que siempre usaba para ir a la escuela.

—La azul —digo—. Déjame adivinar. Estabas reparando tu coche.

Se ríe.

—Quién lo hubiera dicho, ¿verdad? Pero jamás había venido a mi casa, así que me sorprendí un poco. Ya sabes, nos llevábamos bien en el colegio, de modo que no le di mucha importancia. Pero lo extraño fue el motivo por el que vino.

—¿Por qué?

Voltea la vista hacia la ventanilla lateral y llena el pecho de aire.

—Vino a regalarme su bicicleta.

Las palabras quedan flotando en el aire, intactas, durante un período de tiempo que resulta incómodamente largo.

—Quería que yo la tuviera —dice—. No la iba a usar más. Cuando le pregunté por qué, simplemente se encogió de hombros. No tenía un motivo para darme. Pero fue una señal. Y no la vi.

Cito uno de los ítems clave del folleto escolar.

–Regalar posesiones.

Tony asiente.

–Dijo que yo era la única persona que se le ocurría que pudiera necesitarla. Tengo el coche más viejo del colegio, dijo, y pensó que si alguna vez sufría una avería iba a necesitar un medio de transporte alternativo.

–Pero esta máquina nunca sufre averías –le señalo.

–Este trasto siempre sufre averías –aclara–. Es solo que yo siempre ando cerca para arreglarlas. Así que le dije que no podía aceptar la bici. No sin darle algo a cambio.

–¿Y qué le diste?

–Jamás lo olvidaré –se voltea para mirarme–. Sus ojos, Clay, jamás se apartaron de los míos. Se quedó mirándome, directo a los ojos, y se echó a llorar. Simplemente me miró fijo y las lágrimas le comenzaron a correr por las mejillas.

Enjuga las lágrimas de sus ojos y luego se pasa la mano por el labio superior.

–Debí haber hecho algo.

Las señales estaban todas allí, en todos lados, para cualquiera que hubiese estado dispuesto a verlas.

–¿Qué te pidió?

–Me preguntó cómo grababa mis cintas, las que oigo en el coche –inclina la cabeza hacia atrás y respira hondo–. Así que le conté acerca de la grabadora de casetes antigua de papá –hace una pausa–. Luego me preguntó si tenía algo para grabar voces.

—Cielos.

—Como una grabadora portátil o algo así. Algo que no se tuviera que conectar, sino que pudiera llevar consigo mientras caminaba. Y no le pregunté por qué. Le dije que esperara ahí y que iría a buscar una.

—¿Y se la diste?

Se voltea hacia mí, con una expresión de dureza.

—Yo no sabía qué iba a hacer con ella, Clay.

—Espera, no te estoy acusando, Tony. Pero ¿no te dijo nada acerca de por qué la quería?

—Si le hubiera preguntado, ¿crees que me lo habría dicho?

No. Para cuando Hannah fue a la casa de Tony, la decisión ya estaba tomada. Si hubiera querido que alguien la detuviera, que la rescatara de sí misma, me había tenido a mí. En la fiesta. Y ella lo sabía.

Sacudo la cabeza.

—No te lo habría contado.

—Unos días después —dice—, cuando llegué a casa del colegio, había un paquete en el porche. Lo llevé a mi habitación y comencé a escuchar las cintas. Pero no les encontré ningún sentido.

—¿Te dejó una nota o algo?

—No. Solo las cintas. Pero no tenían ningún sentido, porque Hannah y yo estamos juntos en la tercera hora, y ese día ella había estado en el colegio.

—¿Qué?

—Así que cuando llegué a casa y comencé a escuchar las cintas, las pasé a toda velocidad, adelantándolas para saber si yo estaba en ellas. Pero no aparecía. Y entonces supe que me había entregado la segunda serie de cintas. Así que busqué su número y llamé a su casa, pero no me atendió nadie. Luego llamé a la tienda de sus padres. Les pregunté si Hannah estaba allí y me preguntaron si todo iba bien porque estoy seguro de que sonaba como un loco.

—¿Qué les dijiste?

—Les dije que algo andaba mal y que tenían que buscarla. Pero no me animé a decirles por qué —toma una bocanada entrecortada de aire—. Y al día siguiente, en el colegio, no estaba.

Quiero decirle que lo siento, que no me puedo imaginar lo que debió haber sido aquello. Pero luego pienso en mañana, en el colegio, y advierto que no falta mucho para que yo mismo me entere de lo que fue, cuando vea por primera vez a las demás personas que aparecen en la cinta.

—Aquel día regresé temprano a casa —dice—, fingiendo que estaba enfermo. Y tengo que admitir que me llevó varios días recuperarme. Pero cuando regresé, Justin Foley tenía un aspecto terrible. Y después Alex. Y pensé, está bien, la mayoría de estas personas se lo merece, así que haré lo que me pidió y me aseguraré de que todos escuchen lo que ella tiene para decirles.

—Pero ¿cómo realizas el seguimiento? —pregunto—. ¿Cómo sabías que yo tenía las cintas?

—En tu caso fue fácil —dice—. Me robaste mi Walkman, Clay.

Ambos nos echamos a reír. Y se siente bien. Un alivio. Como reírse en un funeral. Tal vez sea inadecuado, pero, sin duda, necesario.

—Pero el resto fue un poco más complicado —dice—. Salía corriendo a mi coche tras el último timbre y conducía lo más cerca posible al jardín delantero del colegio. Cuando avistaba a quien venía a continuación en las cintas, un par de días después de que sabía que la última persona las había escuchado, lo llamaba por su nombre y le hacía un gesto para que se acercara. O a ella.

—¿Y luego les preguntabas si tenían las cintas como si nada?

—No. Lo habrían negado, ¿verdad? Así que levantaba una cinta cuando se acercaban y les decía que entraran en el coche porque tenía una canción que quería que escucharan. Basándome en su reacción, siempre me daba cuenta.

—¿Y luego pasabas una de sus cintas?

—No. Si no se escapaban, tenía que hacer algo, así que les pasaba una canción —dice—. Cualquier canción. Se quedaban sentados allí, donde estás tú, preguntándose por qué diablos les estaba pasando esa canción. Pero si tenía razón, sus ojos se ponían vidriosos, como si estuvieran a millones de kilómetros de allí.

—Entonces, ¿por qué a ti? —pregunto—. ¿Por qué te dio las cintas a ti?

—No lo sé —responde—. El único motivo que se me ocurre es

porque le había dado la grabadora de casetes. Quizás creyó que aquello me involucraba de algún modo y pensó que seguiría el juego.

—No estás en las cintas, pero de todos modos eres parte de ellas.

Mira el parabrisas y toma con fuerza el volante.

—Me tengo que ir.

—No quise decir nada malo con eso —digo—. En serio.

—Lo sé. Pero es tarde. Papá comenzará a preguntarse si el coche se averió en algún lado.

—¿Qué? ¿No quieres que se vuelva a meter bajo el capó? —sujeto la manija del coche y luego, al acordarme, la suelto y saco el teléfono—. Necesito que hagas algo. ¿Puedes saludar a mi mamá?

—Claro.

Me desplazo por la lista de contactos, presiono *Enviar*, y ella atiende en seguida.

—¿Clay?

—Hola, mamá.

—Clay, ¿dónde estás? —su voz suena dolida.

—Te dije que tal vez llegaría tarde.

—Lo sé. Me lo dijiste. Es solo que esperaba saber de ti antes.

—Lo siento. Pero voy a necesitar un poco más de tiempo. Tal vez me tenga que quedar a dormir en casa de Tony.

—Hola, señora Jensen —justo en el momento exacto.

Mamá pregunta si he estado bebiendo.

—No, mamá. Te lo juro.

—Está bien, bueno, esto es para el proyecto de Historia, ¿no es cierto?

Hago una mueca de desazón. Está tan desesperada por creer en mis excusas. Cada vez que miento, tiente tanta necesidad de creer en mí.

—Confío en ti, Clay.

Le digo que estaré en casa antes de que empiece el colegio para buscar mis cosas y luego cuelgo.

—¿Adónde irás? —pregunta Tony.

—No lo sé. Probablemente iré a casa. Pero no quiero preocuparla si no lo hago.

Gira la llave, el motor arranca, y enciende las luces.

—¿Quieres que te lleve a algún lado?

Tomo la manija de la puerta y hago un gesto hacia la casa.

—Este es el lugar por donde voy en las cintas —digo—. Pero gracias.

Mira fijo hacia delante.

—En serio. Gracias —repito. Y cuando pronuncio estas palabras, me refiero a todo. A cómo reaccionó cuando me quebré y lloré. A intentar que me riera en el día más espantoso de mi vida. Resulta un alivio saber que alguien entiende lo que estoy escuchando, lo que estoy viviendo. Por algún motivo, hace que resulte menos atemorizante seguir escuchando las cintas.

Salgo del coche y cierro la puerta. Su coche se aleja. Presiono *Play.*

Volvamos a la fiesta, gente. Pero no se pongan demasiado cómodos; nos iremos en un minuto.

A media cuadra de allí, el Mustang de Tony se detiene en una intersección, gira a la izquierda y se aleja.

Si el tiempo fuera un hilo que conectara todas sus historias, aquella fiesta sería el punto que las anudaría a todas. Y ese nudo sigue creciendo, enredándose cada vez más, arrastrando el resto de las historias dentro de sí.

Cuando Justin y yo finalmente interrumpimos aquella mirada terrible y dolorosa, deambulé por el corredor hasta entrar de nuevo en la fiesta. En realidad, hasta entrar a los tumbos en la fiesta. Pero no por el alcohol. Por todo lo demás.

Me siento en el borde de la acera, a algunos metros de donde había sacado la cabeza para vomitar desde el coche de Tony. Si el que vive aquí —porque no tengo ni idea de quién hizo la fiesta— quiere salir y pedirme que me vaya, será bienvenido. Por favor, hágalo.

Me aferré al piano de la sala. Luego, a la banca del piano. Y me senté.

Me quería marchar, pero ¿adónde iría? No podía regresar a casa. Aún no.

Y adondequiera que fuera, ¿cómo llegaría? Estaba demasiado débil para caminar. Al menos, eso creía. Pero lo cierto es que estaba demasiado débil para intentarlo. Lo único que sabía con certeza era que me quería ir de allí y no volver a pensar en nada ni en nadie.

Luego una mano me tocó el hombro. Un suave apretón.

Era Jenny Kurtz.

La porrista de la secretaría estudiantil.

Jenny, esta es para ti.

Dejo caer la cabeza sobre las rodillas.

Jenny me preguntó si necesitaba que alguien me acercara a casa, y casi me reí. ¿Era tan obvio? ¿Tan terrible era mi aspecto?

Así que enlacé el brazo con el suyo, y me ayudó a levantarme. Dejar que alguien me ayudara fue una sensación placentera. Salimos por la puerta principal, abriéndonos paso entre una multitud de gente que estaba desmayada en el porche o fumando en el jardín.

En ese preciso momento, en algún lugar yo caminaba una cuadra tras otra, tratando de entender por qué me había marchado de aquella fiesta. Tratando de entender, tratando de explicarme lo que acababa de suceder entre Hannah y yo.

La vereda estaba húmeda. Mis pies, adormecidos y pesados, se arrastraban sobre la acera. Oí el sonido de cada guijarro y hoja que pisaba. Quería oírlo todo. Abstraerme de la música y de las voces que dejaba atrás.

Mientras que a varias cuadras de distancia, yo aún seguía oyendo la música. Distante, amortiguada, como si no consiguiera alejarme lo suficiente.

Y aún recuerdo cada canción que pasaron.

Jenny, no dijiste una sola palabra. No me hiciste ninguna pregunta. Y yo estaba tan agradecida. Tal vez te habían pasado cosas, o habías visto cosas que pasaban en las fiestas, de las que simplemente no podías hablar. Al menos, no enseguida. Lo cual resulta bastante adecuado, porque no he hablado nada de esto hasta ahora. Bueno... no... lo intenté. Lo intenté una vez, pero él no quiso escucharme.

¿Será aquella la historia número doce? ¿La trece? ¿O algo completamente diferente? ¿Será uno de los nombres escritos en el papel acerca del que no nos dirá nada?

Así que, Jenny, me llevaste a tu coche. Y aunque mi cabeza estaba en otro lado −tenía la mirada perdida−, sentí el cuidado con que me trataste. Me sujetaste el brazo con una gran ternura mientras me acomodabas en el asiento delantero. Me abrochaste el cinturón, te metiste en tu asiento y nos fuimos.

Qué sucedió luego, no lo sé con certeza. No estaba atenta, porque en tu coche me sentía segura. El aire que había adentro era tibio y reconfortante. Los limpiaparabrisas, que se movían lentamente, me sacaron con suavidad de mis pensamientos y me metieron dentro del coche. Dentro de la realidad.

La lluvia no era muy intensa, pero empañaba el parabrisas lo suficiente para darle a todo un tinte de ensueño. Y necesitaba eso. Impedía que mi mundo se tornara demasiado real, demasiado rápido.

Y luego... el choque. No hay nada como un accidente para volver de golpe a la realidad.

¿Un accidente? ¿Otro? ¿Dos en una noche? ¿Por qué no me enteré de este?

La rueda delantera de mi lado dio de lleno contra el borde de la acera y se subió a esta.

Un poste de madera se estrelló exactamente contra tu parachoques delantero y se partió hacia atrás como un palillo de dientes.

Cielos. No.

Un letrero de *Pare* se cayó hacia atrás delante de tus faros. Quedó atrapado debajo de tu coche, y gritaste y pisaste el freno de golpe. En el espejo lateral, observé una lluvia de chispas saliendo despedida sobre la carretera al tiempo que nos deslizamos hasta detenernos.

Bueno, ahora sí que estaba despierta.

Nos quedamos sentadas un momento, con la mirada fija en el parabrisas. Silencio absoluto, ni una mirada entre nosotras. Los limpiaparabrisas desplazaban el agua de un lado a otro. Y mis manos permanecieron aferradas al cinturón de seguridad, agradeciendo que solo hubiéramos chocado contra un letrero.

El accidente en el que había estado involucrado el anciano. Y el tipo que asistía a nuestro colegio. ¿Sabía Hannah? ¿Sabía que Jenny lo había provocado?

Tu puerta se abrió, y te observé caminando hacia la parte delantera de tu coche, e inclinarte entre los faros, para ver más de cerca. Pasaste una mano por encima de la abolladura y

dejaste que la cabeza te cayera hacia delante.
No me di cuenta de si estabas furiosa. ¿O acaso llorabas?

Tal vez estuvieras riéndote de lo horrible que
estaba resultando la noche.

Sé adónde ir. No necesito el mapa. Sé exactamente dónde se
encuentra la siguiente estrella, de modo que me pongo de pie
para comenzar a caminar.

La abolladura no era gran cosa. Me refiero a
que no era algo bueno, pero de todos modos
había que sentirse aliviado. Podría haber sido
peor. Podría haber sido mucho, mucho peor. Por
ejemplo, podrías haber atropellado otra cosa.

Ella lo sabe.

Algo vivo.

No sé qué fue lo primero que pensaste, pero te
pusiste de pie con la expresión en blanco. Tan
solo te quedaste de pie, mirando la abolladura,
sacudiendo la cabeza.

Luego advertiste que te estaba mirando. Y estoy segura de que te vi fruncir el ceño, aunque
haya durado una fracción de segundo. Pero ese
gesto de disgusto se transformó en una sonrisa,
seguida por un gesto de desdén.

¿Y cuáles fueron las tres primeras palabras que

pronunciaste al regresar al coche? "Vaya, esto
apesta". Luego metiste la llave en el arranque y... te
impedí encenderlo. No podía dejar que te fueras.

En la intersección donde Tony giró a la izquierda, yo volteo a
la derecha. Aún faltan dos calles para llegar, pero sé que está allí.
El letrero de *Pare*.

Cerraste los ojos y dijiste: "Hannah, no estoy
borracha".

Pues no te acusé de que estuvieras borracha,
Jenny. Pero sí me preguntaba por qué diablos
no pudiste mantener el coche sobre la carretera.

"Está lloviendo", dijiste.

Y sí, era cierto, lo estaba. Apenas.

Te pedí que estacionaras el coche.

Me dijiste que fuera razonable. Ambas vivíamos
cerca, y te quedarías sobre las calles residenciales –como si eso lo hiciera mejor–.

Lo veo. Un poste de metal con una señal de *Pare*. Sus letras de
material reflectivo son visibles incluso desde esta distancia. Pero
la noche del accidente, la señal era diferente. Las letras no eran
reflectivas, y la señal había estado amarrada a un poste de madera.

"Hannah, no te preocupes", me dijiste. Luego
te reíste. "De todos modos, nadie obedece las
señales de *Pare*. Todo el mundo las pasa de
largo. Así que ahora, como no hay ninguna, es

legal. ¿Ves? Las personas me lo agradecerán".
Te volví a decir que estacionaras el coche. Con-
seguiríamos que alguien de la fiesta nos llevara
a casa. Mañana yo te pasaría a buscar a primera hora y te llevaría a tu coche.
Pero lo intentaste otra vez: "Hannah, escucha".
–Estaciónalo –dije–. Por favor.
Y luego me pediste que me bajara. Pero no lo
hice. Intenté razonar contigo. Tuviste suerte de
que solo fuera un letrero. Imagina lo que pudo
pasar si te dejaba que condujeras el coche
hasta nuestras casas.
Pero de nuevo: "Bájate".
Estuve sentada un largo rato con los ojos cerrados, oyendo la lluvia y los parabrisas.
–¡Hannah! ¡Bájate... del coche!
Así que finalmente lo hice. Abrí la puerta y me
bajé. Pero no la cerré. Te miré de nuevo. Y tú
me miraste a través del cristal –a través de los
limpiaparabrisas–, aferrada al volante.

Aún falta una cuadra, pero solo me puedo concentrar en la
señal de *Pare* que tengo directamente en frente.

Te pregunté si podía usar tu teléfono. Lo vi justo
debajo del estéreo.
"¿Por qué?", preguntaste.

No estoy segura de por qué te dije la verdad.

Debí haber mentido.

"Por lo menos, tenemos que contarle a alguien acerca de la señal", dije.

Te quedaste mirando hacia delante.

"La rastrearán. Pueden rastrear las llamadas telefónicas, Hannah". Luego encendiste el coche y me dijiste que cerrara la puerta.

No lo hice.

Entonces pusiste marcha atrás, y salté para evitar que la puerta me golpeara.

No te importó que la señal de metal estuviera triturando –destrozando– la parte inferior de tu coche. Cuando se soltó, el letrero yacía a mis pies, retorcido y surcado con marcas plateadas.

Aceleraste el motor, y capté la indirecta. Di un paso atrás para colocarme sobre el borde de la acera. Luego arrancaste a toda velocidad, e hiciste que la puerta se cerrara de un golpe, acelerando aún más a medida que te alejabas... y conseguiste escapar.

En realidad, conseguiste escapar de mucho más que el derrumbe de un letrero, Jenny.

Y una vez más, pude haberlo impedido, de algún modo.

Todos pudimos haberlo impedido. Todos pudimos haber impedido algo. Los rumores. La violación.

Lo que hiciste.

Debió haber habido algo que pude haber dicho. En última instancia, podría haberte quitado las llaves. Y en ultimísima instancia, podría haber extendido la mano dentro del coche y robado tu teléfono para llamar a la policía.

En realidad, aquello es lo único que habría importado. Porque llegaste a tu casa de una pieza, Jenny. Pero aquel no fue el problema. Alguien había derribado el letrero, y ese fue el problema.

B-6 en el mapa de ustedes. A dos cuadras de la fiesta, hay un letrero de *Pare*. Pero aquella noche, durante una parte de la noche, no lo hubo. Y estaba lloviendo. Y una persona intentaba entregar sus pizzas a horario. Y otra persona, que conducía en la dirección opuesta, doblaba la esquina.

El anciano.

No había un letrero de *Pare* en esa esquina. No esa noche. Y uno de ellos, uno de los conductores, murió.

Nadie supo quién lo causó. Ni nosotros ni la policía se enteró. Pero Jenny lo sabía. Y Hannah. Y tal vez, los padres de Jenny,

porque alguien, de un modo inusualmente rápido, le arregló el parachoques.

> Jamás conocí al tipo de aquel coche. Era un estudiante del último curso. Y cuando vi su foto en el periódico, no lo reconocí. Era solo uno de los muchos rostros de la escuela que nunca llegué a conocer... y que nunca conocería.
>
> Tampoco fui a su funeral. Sí, tal vez debí haber ido, pero no lo hice. Y ahora estoy segura de que el motivo es evidente.

No lo sabía. No, quién era el hombre en el otro coche. No sabía que era el hombre que vivía en su casa. Su antigua casa. Y me alegro. Unas horas antes lo había visto saliendo de su garaje. Lo vio alejarse sin advertirla.

> Pero algunos de ustedes fueron a su funeral.

Iba en coche a devolver un cepillo de dientes. Fue lo que me dijo su esposa mientras esperábamos sentados en el sofá a que la policía lo trajera a casa. Iba en coche a la otra punta de la ciudad para devolverle el cepillo de dientes a su nieta. Habían estado cuidándola mientras sus padres estaban de vacaciones, y ella se lo había olvidado por descuido. Los padres de la chica dijeron que no hacía falta cruzar la ciudad solo para eso. Tenían suficientes cepillos extra. "Pero él es así", me dijo la esposa. "Ese es el tipo de persona que es".

Y luego llegó la policía.

Para aquellos de ustedes que sí fueron al funeral, dejen que les describa el clima del colegio aquel día. En una palabra... estaba tranquilo. Alrededor de una cuarta parte del colegio se había tomado la mañana libre. Por supuesto, la mayoría, del curso superior. Pero para los que sí fuimos al colegio, los profesores nos avisaron que, si simplemente nos habíamos olvidado de traer una nota de casa, no nos pondrían ausente si decidíamos asistir al funeral.

El señor Porter dijo que los funerales pueden ser parte del proceso de sanación. Pero yo tenía mis serias dudas. No lo eran para mí, porque en aquella esquina no hubo un letrero de *Pare* aquella noche. Alguien lo había derribado. Y alguien más... quien les habla... pudo haberlo evitado.

Dos oficiales ayudaron a su esposo a entrar; el cuerpo le temblaba. Su esposa se levantó y fue hacia él. Lo envolvió en sus brazos y lloraron juntos.

Cuando me fui, poco antes de cerrar la puerta por detrás, lo último que vi fue a ambos de pie en el medio de la sala, abrazándose.

El día del funeral, los que fuimos a clase no hicimos nada para que los que sí habían asistido no se perdieran ninguna actividad. En todas las asignaturas los profesores nos dieron hora libre. Libre para escribir. Libre para leer. Libre para pensar.

Por primera vez, pensé en mi propio funeral. Cada vez más reflexionaba en mi propia muerte en términos generales. Solo en el hecho de morir. Pero aquel día, como la mayoría de ustedes se había ido a un funeral, comencé a pensar en el mío.

Llego al letrero de *Pare*. Extiendo la mano y toco el poste frío de metal con las puntas de los dedos.

Podía imaginarme la vida –el colegio y todo lo demás– continuando sin mí. Pero no podía imaginar mi funeral. Para nada. Sobre todo, porque no podía imaginar quién iría a él ni qué dirían en él.

No tenía... no tengo... idea de lo que piensan ustedes de mí.

Yo tampoco sé lo que la gente piensa de ti, Hannah. Cuando nos enteramos, y como tus padres no hicieron el funeral en esta ciudad, nadie habló casi nada del tema.

Me refiero a que el tema estaba presente. Lo percibíamos. Tu escritorio, vacío. El hecho de que no regresarías. Pero nadie sabía dónde comenzar. Nadie sabía cómo iniciar esa conversación.

Ya han pasado un par de semanas desde la fiesta. Hasta ahora, Jenny, te esforzaste de un modo estupendo por esconderte de mí. Supongo que es comprensible. Te gustaría olvidar lo que hicimos —lo que sucedió con tu coche y el letrero de *Pare*—. Las repercusiones.

Pero no lo harás jamás.

Tal vez no sabías lo que la gente pensaba de ti, porque ellos mismos tampoco lo sabían. Tal vez no nos diste lo bastante para conocerte, Hannah.

Si no hubiera sido por aquella fiesta, jamás habría conocido a la verdadera Hannah. Pero por algún motivo, me diste aquella oportunidad; y estoy muy agradecido por ello. Por más breve que haya sido, me diste una oportunidad. Y me gustó la Hannah que conocí aquella noche. Tal vez, incluso, podría haber llegado a amarla.

Pero decidiste no dejar que eso ocurriera, Hannah. Fuiste tú quien lo decidió.

En cambio, yo solo tendré que pensar en ello un día más.

Me aparto del letrero de *Pare* y me alejo.

Si hubiera sabido que dos coches iban a chocar en aquella esquina, habría regresado corriendo a la fiesta y llamado a la policía de inmediato. Pero jamás imaginé que ocurriría una cosa así. Jamás.

Así que, en cambio, caminé. Pero no de regreso a la fiesta. Mi mente era un torbellino. No me podía concentrar. No podía caminar en línea recta.

Quiero voltear la mirada hacia atrás. Mirar por encima del hombro y ver la señal de *Pare* con enormes letras reflectivas, suplicándole a Hannah. ¡Para!

Pero sigo mirando hacia delante. Me niego a verlo como algo más de lo que es: una señal. Una señal de *Pare* en una esquina. Nada más.

Doblé una esquina tras otra sin tener idea de a dónde iba.

Caminamos aquellas calles juntos, Hannah. Diferentes itinerarios, pero al mismo tiempo. La misma noche. Caminamos esas calles para alejarnos. Yo, de ti. Y tú, de la fiesta. Pero no solo de la fiesta. De ti misma.

Y luego oí el chirrido de las ruedas y me volteé, y vi dos coches colisionando.

Al fin conseguí llegar a una gasolinera. C-7 en sus mapas. Y usé un teléfono público para llamar a la policía. Mientras sonaba, me encontré abrazando el auricular. Una parte de mí deseaba que nadie atendiera.

Quería esperar. Quería que el teléfono siguiera sonando. Quería que la vida se detuviera en ese instante... en pausa.

Ya no puedo seguir su mapa. No iré a la gasolinera.

Cuando alguien finalmente sí respondió, aspiré
las lágrimas que me humedecían los labios y
dije que en la esquina de Tanglewood y South...
Pero quien me había atendido me interrumpió.
Me dijo que me calmara. Y entonces, me di
cuenta de lo fuerte que había estado llorando.
Del esfuerzo que estaba haciendo para recuperar el aliento.

Cruzo la calle y me alejo aún más de la casa de la fiesta.

Durante las últimas semanas, me he salido de mi camino
tantas veces para evitar aquella casa. Para evitar el recuerdo, el
dolor de mi única noche con Hannah Baker. No tengo ningún
deseo de ver esa casa dos veces en una noche.

Me dijo que ya habían llamado a la policía, y
que estaba en camino.

Con un amplio movimiento me coloco la mochila delante y
saco el mapa.

Quedé estupefacta. No podía creer que realmente hubieras llamado a la policía, Jenny.

Despliego el mapa para echarle una última mirada.

Pero no debí haber quedado estupefacta. Porque al final, no la llamaste.

Luego lo estrujo, aplastando el mapa hasta que queda hecho
un bollo del tamaño de mi puño.

Al día siguiente en el colegio, cuando todo el mundo reprodujo los sucesos de la noche anterior, me enteré de quién había llamado. Y de que no lo había hecho para informar de una señal caída.

Hundo el mapa dentro de un arbusto y me alejo.

Había llamado para informar de un accidente. Un accidente provocado por una señal caída. Un accidente del que yo nunca había sido consciente hasta... aquel momento.

Pero aquella noche, después de colgar el teléfono, deambulé un poco más por las calles. Porque tenía que dejar de llorar. Antes de llegar a casa, me tenía que calmar. Si mis padres me pescaban entrando a hurtadillas con lágrimas en los ojos, harían demasiadas preguntas. Preguntas que no podían ser respondidas.

Eso estoy haciendo ahora. No regresar a casa. No lloré la noche de la fiesta, pero ahora apenas puedo contener las lágrimas.

Y no puedo regresar a casa.

Así que caminé sin pensar en las calles que debía tomar. Y me sentí bien. El frío, la neblina. Para entonces, la lluvia se había transformado en eso. En una neblina ligera.

Y caminé durante horas, imaginando que la

neblina se volvía más espesa hasta tragarme
toda entera. La idea de desaparecer así –con
tanta facilidad– me hacía tan feliz.
Pero aquello, como ya saben, jamás sucedió.

Abro la ventanilla del Walkman para voltear la cinta. Ya he llegado casi al final.

Cielos. Exhalo un suspiro tembloroso y cierro los ojos.

El final.

C▶SETE 6   LAD■ B

Solo dos cintas más para terminar. No se den por vencidos ahora. Lo siento. Supongo que es extraño decir algo así. Porque, ¿no es lo que estoy haciendo yo misma? ¿Dándome por vencida?

Sí, me estoy dando por vencida. Y a eso, se reduce todo esto. Que yo... renuncie... a mí misma. Sin importar lo que haya dicho hasta ahora, sin importar de quién haya hablado, todo vuelve a mí y todo termina conmigo.

Su voz suena calma, satisfecha con lo que dice.

Antes de aquella fiesta, había pensado en darme por vencida tantas veces. No sé, tal vez algunas personas estén más condicionadas a pensar en ello que otras. Porque cada vez que pasaba algo malo, pensaba en eso.

¿Eso? Lo diré. Pensaba en el suicidio.

La furia, la culpa, ya no hay nada. La decisión está tomada. Ya no opone resistencia a la palabra.

Después de todas las cosas de las que hablé en estas cintas, después de todo lo que ocurrió, pensé en el suicidio. Por lo general, era solo un pensamiento pasajero.

Quisiera morirme.

He pensado en esas palabras muchas veces. Pero es algo difícil de decir en voz alta. Es aún más atemorizante sentir que podrías decirlo en serio.

Pero algunas veces llevaba las cosas más allá y me preguntaba cómo lo haría. Me metía en la cama y me preguntaba si había algo en la casa que podría usar.

¿Un arma? No. Jamás tuvimos una. Y no sabría cómo conseguirla.

¿Y colgarme? Pero ¿con qué? ¿Y dónde? E incluso si supiera con qué y dónde, no lograba

sobreponerme a la idea de que alguien me encontrara balanceándome a centímetros del suelo.

No podía hacerles algo así a mamá y papá.

Entonces, ¿cómo te encontraron? He escuchado tantos rumores.

Se transformó en una especie de juego perverso, imaginando modos de matarme. Y hay algunos bastante extraños y creativos.

Tomaste pastillas. Eso lo sabemos todos. Algunos dicen que te desmayaste y te ahogaste en una tina llena de agua.

Todo se reducía a dos maneras de encarar el asunto. Si quería que la gente pensara que había sido un accidente, conduciría mi coche fuera de la carretera en algún lugar donde no hubiera chance de sobrevivir. Y hay tantos lugares para hacerlo en las afueras de la ciudad. Seguramente, he pasado al lado de cada uno una decena de veces en las últimas semanas.

Otros dicen que llenaste la tina, pero mientras se llenaba, te quedaste dormida en la cama. Tus padres llegaron a tu casa, encontraron el baño inundado y te llamaron. Pero no hubo respuesta.

Luego está el asunto de estas cintas.

¿Puedo confiar en ustedes doce para guardar un secreto? ¿Para no dejar que mis padres se

enteren de lo que realmente sucedió? ¿Dejarán
que crean que fue un accidente si esos son los
rumores que circulan?

Hace una pausa.

No lo sé. No estoy segura.

Cree que podríamos hablar. Cree que acudiremos a nuestros
amigos y les diremos: "¿Quieren enterarse de un secreto horrible?".

Así que he decidido hacerlo de la manera menos dolorosa posible.

Pastillas.

El estómago se me contrae, quiero eliminarlo todo de mi
cuerpo: la comida, los pensamientos, las emociones.

Pero ¿qué tipo de pastillas? ¿Y cuántas? No estoy
segura. Y no tengo mucho tiempo para anali-
zarlo porque mañana... es el día que lo haré.

Guau.

Me siento en el borde de la acera, en una intersección oscura
y silenciosa.

Mañana... ya no estaré por aquí.

La mayoría de las casas que se encuentran en las cuatro siguientes cuadras ofrecen escasos indicios de que haya alguien
despierto adentro. En algunas ventanas se vislumbra el parpadeo
de la tenue luz azulada de los televisores con los programas de la
medianoche. Alrededor de un tercio tiene encendidas las luces del

porche. En cuanto al resto, salvo el césped cortado en una o un coche estacionado en otra, es difícil saber si alguien vive allí o no.

Mañana me levantaré, me vestiré e iré caminando a la oficina de correos. Allí le enviaré un montón de cintas a Justin Foley. Y después, no hay vuelta atrás. Iré al colegio, demasiado tarde para la primera hora, y compartiremos un último día juntos. La única diferencia será que yo sabré que es el último día.

Ustedes no.

¿Puedo recordarlo? ¿Puedo verla en los corredores aquel último día? Quiero recordar la última vez que la vi.

Y me tratarán como siempre me han tratado.

¿Recuerdan lo último que me dijeron?

Yo no.

¿Lo último que me hicieron?

Me sonrío. No tengo dudas. Después de aquella fiesta, cada vez que te veía te sonreía, pero tú nunca levantabas la mirada. Porque ya habías tomado la decisión.

Si se te presentaba la oportunidad, sabías que también sonreirías, pero no podías hacerlo. No si querías cumplir con lo que te habías propuesto.

¿Y qué fue lo último que les dije? Porque, créanme, cuando lo dije sabía que era lo último que diría jamás.

Nada. Me dijiste que me fuera de la habitación, y eso fue todo. Después de eso encontraste el modo de ignorarme cada vez que nos veíamos.

Lo cual nos trae a uno de mis últimos fines de semana. El posterior al accidente. El fin de semana de otra fiesta. Una fiesta a la que no fui.

Sí, seguía castigada. Pero no era ese el motivo por el que no fui. De hecho, si hubiese querido ir, habría sido mucho más fácil que la vez anterior, porque ese fin de semana estaba a cargo de una casa. Un amigo de mi papá se había ido de viaje y le estaba cuidando la casa, dándole de comer al perro y vigilando un poco todo, porque se suponía que habría un fiestón a solo unas pocas casas de allí.

Y lo hubo. Tal vez no tan grande como la última fiesta, pero definitivamente no era una para principiantes.

Incluso si hubiera creído que estarías allí, me habría quedado en casa.

Por el modo como me ignorabas en el colegio, supuse que también me ignorarías allí. Y era una teoría demasiado dolorosa para probar.

He oído a quienes dicen que, después de una experiencia particularmente mala con el tequila, el solo olerlo puede hacerlos vomitar. Y si bien esta fiesta no me causó eso, el solo estar cerca –el solo oírla– me revolvía el estómago.

Una semana no era ni por asomo tiempo suficiente para recuperarse de aquella última fiesta. El perro se estaba volviendo loco. Ladraba histérico cada vez que alguien pasaba junto a la ventana. Yo me inclinaba y le gritaba que se alejara de allí; tenía demasiado miedo de levantarlo –demasiado miedo de que alguien me viera y me llamara por mi nombre–.

Así que puse al perro en el garaje, donde podía ladrar todo lo que quisiera.

Espera. Ahora lo recuerdo. La última vez que te vi.

El ruido que retumbaba al final de la cuadra era imposible de silenciar. Pero lo intenté. Corrí por la casa, cerrando las cortinas y girando la manivela de todas las cortinas metálicas con las que me topaba, para oscurecer el ambiente.

Recuerdo las últimas palabras que nos dijimos.

Luego me oculté en el dormitorio con la TV a todo volumen. Y aunque no lo oía, podía sentir el ruido latiéndome por dentro.

Cerré los ojos con fuerza. Ya no estaba mirando la TV. Ya no estaba en esa habitación. Solo

podía pensar en el armario, oculta dentro,
rodeada por una pila de chaquetas. Y una vez
más, comencé a balancearme hacia delante y
hacia atrás, hacia delante y hacia atrás. Y una
vez más, no había nadie para oírme llorar.

En la clase de Inglés del señor Porter, advertí que tu escritorio
estaba vacío. Pero cuando sonó el timbre y entré en el corredor,
ahí estabas.

Finalmente, la fiesta se acabó. Y luego de que
todo el mundo volvió a pasar caminando junto
a la ventana, y el perro dejó de ladrar, recorrí la
casa reabriendo las cortinas.

Casi nos chocamos. Pero estabas mirando hacia abajo, así
que no supiste que era yo. Y lo dijimos juntos: "Lo siento".

Después de estar encerrada tanto tiempo, decidí
tomar un poco de aire fresco. Y tal vez, también
jugar el papel de heroína.

Luego levantaste la vista. Me viste. Y allí, en tus ojos, ¿qué vi?
¿Tristeza? ¿Dolor? Me rodeaste e intentaste apartarte el cabello
de la cara. Tenías las uñas pintadas de azul oscuro. Te observé
caminar por el largo tramo del corredor mientras la gente se
chocaba conmigo. Pero no me importó.

Me quedé allí de pie y te observé desapareciendo. Para siempre.

Una vez más, todo el mundo: D-4. La casa de
Courtney Crimsen. El sitio de esta fiesta.

No, esta cinta no es sobre Courtney, aunque
también desempeñe un cierto papel. Pero
Courtney no tiene ni idea de lo que estoy a
punto de decir porque se fue justo cuando comenzaba la acción.

Doy media vuelta y camino en dirección opuesta a la casa de
Courtney.

Mi plan era solo pasar caminando por el lugar.
Tal vez habría encontrado a alguien intentando
meter una llave en la puerta de su coche y yo
los llevaría a su casa.

No iré a casa de Courtney. Iré al parque Eisenhower, la escena del primer beso de Hannah.

Pero la calle estaba vacía. Todo el mundo se
había ido.

O al menos, eso parecía.

Y luego, alguien me llamó por mi nombre.

Una cabeza se asomó por encima de la cerca de madera alta al costado de su casa. ¿Y
de quién resultó ser aquella cabeza? De Bryce
Walker.

Oh, no. Esto solo puede terminar de una manera. Si hay
alguien que puede palear aún más mierda sobre la vida de
Hannah, ese es Bryce.

"¿Adónde vas?", preguntó.

¿Cuántas veces lo había visto, con cualquiera de sus amigas, tomándoles las muñecas y retorciéndolas? Tratándolas como un trozo de carne.

Y eso era en público.

> Mi cuerpo, mis hombros, todo estaba dispuesto a pasar caminando por la casa. Y debí seguir caminando. Pero mi rostro se volteó hacia él. De su lado de la cerca, se levantaba una nube de vapor. "Ven con nosotros", dijo. "Estamos recuperándonos de la resaca".

> ¿Y de quién era la cabeza que apareció inesperadamente justo al lado de la suya? De la señorita Courtney Crimsen.

> Vaya coincidencia. Ella me había usado como chofer para ir a una fiesta. Y ahí estaba yo, entrometiéndome en su *after-party*.

> Ella me había dejado colgada sin nadie con quien hablar. Y ahí estaba yo, en su casa, donde no tenía dónde esconderse.

No lo hiciste por eso, Hannah. No te uniste a ellos por esa razón. Sabías que era la peor de las opciones. Lo sabías.

> Pero ¿quién era yo para guardarle rencor?

Por eso lo hiciste. Querías que tu mundo colapsara a tu alrededor. Querías que todo se volviera lo más oscuro posible. Y sabías que Bryce te podía ayudar a conseguirlo.

Él dijo que ustedes tan solo estaban relajándose un poco. Luego tú, Courtney, te ofreciste a llevarme a casa cuando termináramos, sin saber que mi "casa" quedaba a solo dos casas de allí. Y parecías tan sincera que me sorprendió.

Incluso me hizo sentir un poco culpable.

Estaba dispuesta a perdonarte, Courtney. Y de veras que te perdono. De hecho, los perdono a casi todos ustedes. Pero aun así, necesitan escucharme. Aun así, necesitan saber.

Crucé el césped húmedo y jalé el cerrojo de la cerca. La puerta se abrió unos pocos centímetros. Y detrás de ella apareció la fuente del vapor: un jacuzzi de madera de secuoya.

Los chorros no estaban encendidos, así que el único sonido era el del chapoteo del agua contra los costados. Contra ustedes dos.

Tenían las cabezas echadas hacia atrás, descansando sobre el borde del jacuzzi. Los ojos, cerrados. Y las sonrisitas de sus rostros hacían que el agua y el vapor lucieran tan tentadores.

Courtney giró la cabeza en dirección a mí, pero mantuvo los ojos cerrados.

—Estamos en ropa interior —dijo.

Esperé un segundo. ¿Debo hacerlo?

No... pero lo haré.

Sabías en lo que te estabas metiendo, Hannah.

Me quité la blusa, me saqué los zapatos, me quité los pantalones y me trepé a los escalones de madera. ¿Y luego? Me sumergí dentro del agua.

Se sentía tan relajante. Tan reconfortante.

Ahuequé las manos para llenarlas de agua caliente y dejé que me chorreara sobre la cara. La empujé hacia atrás a través del cabello. Me obligué a cerrar los ojos, a deslizar el cuerpo hacia abajo, y a apoyar la cabeza contra el borde.

Pero con la calma del agua, también llegó el terror. No debía estar allí. No confiaba en Courtney. No confiaba en Bryce. Cualesquiera fueran sus intenciones originales, los conocía lo suficiente para no confiar demasiado en ellos.

Y tenía razón en desconfiar de ellos... pero ya estaba harta. Estaba cansada de pelear. Abrí los ojos y elevé la mirada al cielo nocturno. A través del vapor, todo el mundo parecía un sueño.

Mientras camino entorno los ojos, queriendo cerrarlos por completo.

En poco tiempo, el agua se volvió desagradable. Demasiado caliente.

Cuando abro los ojos, quiero estar de pie delante del parque. Ya no quiero ver más las calles que caminé, ni tampoco las que caminó Hannah la noche de la fiesta.

Pero cuando empujé mi espalda contra la tina y me incorporé, para refrescar la parte superior del cuerpo, podía verme los pechos a través del sujetador mojado.

Así que me volví a hundir en el agua.

Y Bryce se deslizó hacia mí... lentamente... cruzando la banca debajo del agua. Y su hombro se apoyó contra el mío.

Courtney abrió los ojos, nos miró y los volvió a cerrar.

Doy un puñetazo al costado y sacudo una valla oxidada de tela metálica. Cierro los ojos y arrastro los dedos sobre el metal.

Las palabras de Bryce eran suaves, un intento evidente de seducción. "Hannah Baker", dijo.

Todo el mundo sabe quién eres, Bryce. Todo el mundo sabe lo que haces. Pero que conste que no hice nada para detenerte.

Me preguntaste si me había divertido en la fiesta. Courtney susurró que yo no había estado en ella, pero no pareció importarte. En cambio, las puntas de tus dedos tocaron la parte exterior de mi muslo.

Abro los ojos y vuelvo a golpear la valla metálica con fuerza.

Apreté la mandíbula, y tus dedos se apartaron.

"Terminó bastante rápido", dijiste. Y con la misma rapidez, volviste a ponerme las puntas de los dedos encima.

Me sujeto con fuerza a la valla y sigo caminando hacia delante. Cuando arranco del metal los dedos, se me desgarra la piel.

Ahora tenía encima toda tu mano. Y cuando no hice nada para impedírtelo, deslizaste la mano sobre mi barriga. Tu pulgar tocó la parte inferior de mi sujetador, y el dedo meñique rozó la parte superior de mis interiores.

Volteé la cabeza de costado, alejándola de ti. Y sé que no sonreí. Juntaste los dedos y frotaste círculos pequeños y lentos alrededor de mi barriga. "Se siente bien", dijiste.

Sentí que el agua se desplazaba y abrí los ojos por un instante.

Courtney se estaba alejando.

¿Necesitas más motivos para que todo el mundo te odie, Courtney?

"¿Recuerdas cuando eras una estudiante del primer curso?", preguntaste.

Tus dedos se abrieron paso debajo de mi sujetador. Pero no me apresaste. Supongo que

estabas midiendo los límites. Deslizaste el pulgar sobre la parte inferior de mis pechos.

"¿Acaso no estabas en aquella lista?", preguntaste. "¿El mejor trasero del primer curso?".

Bryce, debiste ver cómo contraía la mandíbula. Debiste ver mis lágrimas. ¿Acaso te excita esa clase de mierda?

¿A Bryce? Sí. Lo excita.

"Es cierto", dijiste.

Y luego, así, sin más, dejé de resistir. Los hombros se me aflojaron. Las piernas se me pusieron fláccidas. Sabía exactamente lo que estaba haciendo.

Ni una sola vez había sucumbido a la reputación que todos ustedes me habían adjudicado. Ni una sola. Aunque a veces había sido duro. Aunque a veces me sentía atraída por alguien que solo quería estar conmigo por lo que había escuchado. Pero siempre les decía que no a esas personas. ¡Siempre!

Hasta Bryce.

Así que felicitaciones, Bryce. Tú fuiste el elegido. Le hice honor a mi reputación, dejé que ella se adueñara de mí, contigo. ¿Cómo se siente?

Espera, no respondas a eso. Déjame decir

primero esto: no me sentía atraída por ti, Bryce.
Jamás. De hecho, me dabas asco.

Y te voy a patear el trasero. Lo juro.

Me estabas tocando... pero yo te estaba usando. Te necesitaba para poder abandonarme a
mí misma por completo.

Para todos los que estén escuchando, permítanme ser clara. No lo rechacé ni le aparté la
mano. Lo único que hice fue voltear la cabeza,
apretar los dientes y contener las lágrimas. Y él
lo vio. Incluso me dijo que me relajara.

"Solo relájate", dijo. "Todo estará bien". Como si
dejar que me manoseara fuera a resolver todos
mis problemas.

Pero al final, nunca te dije que te alejaras... y no
lo hiciste.

Dejaste de frotar círculos sobre mi barriga. En
cambio, me frotaste la cintura hacia delante
y hacia atrás con suavidad. Tu dedo meñique
avanzó bajo la parte superior de mis interiores,
y fue de aquí para allá, de una cadera a la otra.
Luego otro dedo inició su descenso, y empujaste tu dedo meñique aún más abajo, rozándome
el vello.

Y eso fue todo lo que necesitaste, Bryce.

Comenzaste a besarme el hombro, el cuello, deslizando el dedo hacia dentro y hacia fuera. Y luego seguiste avanzando. No te detuviste allí.

Lo siento. ¿Me estoy poniendo demasiado gráfica para algunos? Mala suerte.

Cuando terminaste, Bryce, salí del jacuzzi y caminé dos casas más allá. La noche había terminado.

Yo había terminado.

Aprieto el puño y lo levanto delante de la cara. A través de mis ojos llorosos, observo la sangre escurriéndose entre mis dedos. En algunos lugares, tengo cortes profundos en la piel desgarrada por la valla oxidada.

No importa adónde quiere Hannah que vaya ahora, sé dónde pasaré el resto de mi noche. Pero antes, necesito limpiarme la mano. Siento un escozor en los cortes, pero más que nada, me marea ver mi propia sangre.

Me dirijo a la gasolinera más cercana. Está a un par de calles, por lo que no me desvío demasiado. Sacudo la mano un par de veces, goteando manchas oscuras de sangre sobre la acera.

Cuando llego a la gasolinera, me meto la mano herida en el bolsillo y abro de un tirón la puerta del autoservicio. Encuentro un recipiente transparente de alcohol desinfectante y una cajita de banditas adhesivas. Dejo unos pocos billetes sobre el mostrador y pido la llave del baño.

—Los baños están al fondo —dice la mujer detrás del mostrador.

Volteo la llave en la cerradura y empujo con el hombro la puerta del baño, para abrirla. Luego me enjuago la mano bajo el agua fría y observo los remolinos de sangre escapándose por el desagüe. Rompo el precinto del recipiente de alcohol y, en un solo movimiento —porque si lo pienso no lo haré—, me vacío el contenido de todo el envase sobre la mano.

El cuerpo entero se me tensa y maldigo lo más fuerte y violentamente que puedo. Siento como si la piel se me estuviera desprendiendo del músculo.

Después de lo que parece haber sido casi una hora, finalmente logro flexionar los dedos y doblarlos otra vez. Usando la mano libre y los dientes, me coloco unas banditas adhesivas sobre la mano cortada.

Devuelvo la llave, y la mujer solo dice: "Que tengas buenas noches".

Cuando llego a la acera, comienzo a trotar otra vez. Solo queda una cinta. Un número trece azul pintado en el extremo.

C▶SETE 7 LAD■ A

El parque Eisenhower está vacío. Me quedo de pie en silencio, en la entrada, abarcándolo todo. Aquí pasaré la noche, donde escucharé las últimas palabras que Hannah Baker quiera decir antes de que yo mismo me permita dormir.

En diferentes áreas de juego hay faroles, pero la mayoría de las bombillas están quemadas o rotas. La mitad inferior del tobogán cohete está oculta en las penumbras. Pero cerca de la parte superior, donde el cohete se eleva por encima de los columpios y los árboles, la luz de la luna cae sobre los barrotes metálicos hasta llegar a la cima.

Doy un paso para quedar dentro del recinto de arena que rodea el cohete. Me inclino bajo la plataforma inferior, levantada del suelo por tres grandes aletas de metal. Encima de mi cabeza, hay un círculo del tamaño de una persona, abierto en el nivel más bajo. Una escalera metálica desciende hasta la arena.

Cuando me pongo de pie, mis hombros se asoman a través del agujero. Con la mano sana, me aferro del borde del círculo y trepo hasta la primera plataforma.

Meto la mano en el bolsillo de mi chaqueta y presiono *Play*.

Un... último... intento.

Está susurrando. La grabadora está cerca de su boca y, con cada pausa entre sus palabras, la oigo respirar.

Le estoy dando una oportunidad más a la vida.

Y esta vez, buscaré ayuda. Voy a pedirla porque no puedo hacer esto sola. Ya lo he intentado.

No lo hiciste, Hannah. Yo estaba allí para ti, y me dijiste que me fuera.

Por supuesto, si estás escuchando esto, he fallado.

O él ha fallado. Y si él falla, el trato está sellado.

Se me cierra la garganta, y comienzo a trepar la siguiente escalera.

Solo hay una persona que se interpone entre

ustedes y esta colección de cintas de audio: el
señor Porter.

¡No! No puede enterarse de esto.

Hannah y yo tenemos al señor Porter en la primera hora de
Inglés. Lo veo todos los días. No quiero que sepa de esto. Que
no sepa de mí. Ni de nadie. Meter a un adulto en esto, a alguien
del colegio, va más allá de lo que pude haber imaginado.

Señor Porter, veamos cómo le va.

El sonido del velcro que se despega. Luego el movimiento de
algo que se guarda. A las apuradas, está metiendo la grabadora
dentro de algo. ¿Una mochila? ¿Su chaqueta?

Toca a la puerta.

Vuelve a tocar.

—Hannah, me alegra que hayas venido.

La voz se oye apagada, pero es él. Profunda voz, pero amable.

—Entra. Siéntate aquí.

—Gracias.

Nuestro profesor de Inglés, pero también el orientador para
los estudiantes cuyos apellidos se encuentran entre la A y la G.
El orientador de Hannah Baker.

—¿Estás cómoda? ¿Quieres un poco de agua?

—Estoy bien. Gracias.

—Entonces, Hannah, ¿en qué puedo ayudarte?
¿De qué te gustaría hablar?

—Pues no lo sé. Supongo que acerca de todo.

—Eso podría llevar un rato largo.

Una pausa larga. Demasiado larga.

—Hannah, está bien. Tengo todo el tiempo del mundo. Cuando estés lista.

—Son solo... algunos asuntos. Todo es tan difícil en este momento.

La voz le tiembla.

—No sé por dónde comenzar. Me refiero a que un poco sí. Pero es tanto, y no sé cómo resumirlo todo —agrega.

—No necesitas resumirlo todo. ¿Por qué no comenzamos por cómo te sientes hoy?

—¿Ahora mismo?

—Ahora mismo.

—Ahora mismo me siento perdida. Como vacía.

—¿Vacía en qué sentido?

—Simplemente, vacía. Como si no hubiera nada por dentro. Ya no me importa nada.

—¿Acerca de qué?

Haga que le cuente. Siga haciendo preguntas.

—Acerca de nada. Ni del colegio. Ni de mí misma. Ni de las personas de mi colegio.

—¿Y tus amigos?

—Tendrá que definir qué son "amigos" si quiere una respuesta a esa pregunta.

—No me digas que no tienes amigos, Hannah. Te veo por los corredores.

—En serio. Necesito una definición. ¿Cómo se sabe lo que es un amigo?

—Alguien a quien puedes acudir cuando...

—Entonces, no tengo amigos. Por eso estoy aquí, ¿no? Estoy acudiendo a usted.

—Sí, así es. Y me alegro de que estés aquí, Hannah.

Cruzo la segunda plataforma a gatas y me arrodillo al lado de un hueco entre los barrotes. Un hueco lo bastante grande para que pase la gente y llegue al tobogán.

—No sabe lo difícil que ha resultado arreglar esta reunión.

—Mi agenda ha estado relativamente libre esta semana.

—No difícil de concertarla, sino difícil de venir para mí hasta aquí.

La luz de la luna relumbra sobre el suave metal del tobogán. Puedo imaginar a Hannah aquí, hace unos dos años, dándose impulso y deslizándose por él.

Escabulléndose.

—Te repito, me alegra que estés aquí, Hannah. Así que cuéntame, cuando salgas de esta oficina, ¿cómo quieres que las cosas cambien para ti?

—¿Se refiere a cómo me puede ayudar usted?

—Sí.

—Supongo que... no lo sé. No estoy segura de lo que estoy esperando.

—Bueno, ¿qué necesitas ahora mismo que no estés consiguiendo? Comencemos por ahí.

—Necesito que se detenga.

—Necesitas que se detenga, ¿qué?

—Necesito que todo se detenga. La gente. La vida.

Me alejo del tobogán.

—Hannah, ¿sabes lo que acabas de decir?

Sabe lo que dijo, señor Porter. Quiere que usted se dé cuenta de lo que ha dicho y la ayude.

—Dijiste que querías que la vida se detuviera, Hannah. ¿Tu vida?

No hay respuesta.

—¿Fue lo que quisiste decir, Hannah? Son palabras muy serias, ¿sabes?

Conoce cada palabra que sale de su boca, señor Porter. Sabe que son palabras serias. ¡Haga algo!

—Lo sé. Sé que lo son. Lo siento.

No le pidas disculpas. ¡Cuéntale!

—No quiero que mi vida se acabe. Por eso estoy aquí.

—Entonces, ¿qué pasó, Hannah? ¿Cómo hemos llegado hasta este punto?

–¿Nosotros? ¿O cómo he llegado yo?

–Tú, Hannah. ¿Cómo has llegado tú hasta este punto? Sé que no puedes resumirlo todo. Es el efecto bola de nieve, ¿verdad?

Sí. El *efecto bola de nieve*. Así es como lo ha estado llamando ella.

–Ha sido una cosa sobre otra. Es demasiado, ¿verdad? –añade.

–Es demasiado duro.

–¿La vida?

Otra pausa.

Me aferro a los barrotes exteriores del cohete y me impulso hacia arriba. La mano vendada me duele. Cuando le pongo el peso encima, me arde, pero no me importa.

–Ten. Toma esto. Una caja entera de pañuelos solo para ti. No se la ha usado jamás.

Una carcajada. ¡Consiguió que se riera!

–Gracias.

–Hablemos sobre el colegio, Hannah. Así me puedo hacer una idea de cómo llegamos –disculpa–, llegaste hasta este punto.

–Está bien.

Comienzo a trepar hasta el nivel superior.

–Cuando piensas en el colegio, ¿qué es lo primero que te viene a la mente?

–Supongo que aprender.

–Bien, es bueno escuchar eso.

–Estaba bromeando.

Ahora el que se ríe es el señor Porter.

–No es que no aprenda aquí, pero eso no representa el colegio para mí.

–Entonces, ¿qué representa?

–Un lugar. Un lugar lleno de gente con la que se me obliga a estar.

Me siento en la plataforma más elevada.

–Y eso, ¿te resulta difícil?

–Por momentos.

–¿Con algunas personas o con la gente en general?

–Con algunas personas, pero también, con todo el mundo.

–¿Puedes ser más específica?

Me deslizo hacia atrás, zanjando la plataforma, y me apoyo contra el volante metálico. Por encima de la línea de árboles, el brillo de la media luna es casi demasiado intenso para mirarla de frente.

–Es difícil porque no sé quién será el próximo en... ya sabe... tomarme de punto. O cómo lo hará.

–¿A qué te refieres con "tomarte de punto"?

–No como una conspiración ni nada. Pero es como si nunca supiera quién aparecerá de golpe.

–¿Para tomarte de punto?

–Lo sé. Parece tonto.

–Entonces, explícalo.

–Es difícil explicarlo, salvo que usted haya escuchado algunos de los rumores que circulan sobre mí.

–No los he escuchado. Los profesores, especialmente un profesor que hace las veces de orientador, tienden a quedar fuera del chismorreo estudiantil. No es que no tengamos nuestros propios chismes.

–¿Sobre ustedes?

Se ríe.

–Depende. ¿Qué has oído, Hannah?

–Nada. Estoy bromeando.

–Pero me contarás si te enteras de algo.

–Lo prometo –respondo.

No bromee, señor Porter. Ayúdela. Vuelva a poner el foco en Hannah. Por favor.

–¿Cuándo fue la última vez que surgió un rumor?

–¿Ve? Ese es el problema. No todos son rumores.

–Está bien.

-No, escuche...

Por favor, escuche.

-Hace unos años, me votaron... ya sabe, en una
de esas encuestas. Bueno, no fue exactamente
una encuesta, sino la idea estúpida que se le
ocurrió a alguien de hacer una lista. De esas en
las que se vota lo mejor y lo peor de algo.

No responde. ¿La habrá visto? ¿Sabrá de lo que ella habla?

-Y desde entonces, la gente ha estado reaccio-
nando a esa lista.

-¿Cuándo fue la última vez?

Oigo que saca un pañuelo de la caja.

-Hace poco. En una fiesta. Le juro, una de las
peores noches de mi vida.

-¿Por un rumor?

-Por mucho más que un rumor. Pero en parte, sí.

-¿Puedo preguntarte qué pasó en aquella fiesta?

-En realidad, no fue durante la fiesta. Fue después.

-Está bien, Hannah. ¿Podemos jugar a las Veinte
preguntas?

-¿Qué?

-A veces, a las personas les cuesta abrirse, incluso ante un orientador con quien todo es es-
trictamente confidencial.

—Claro.

—Así que, ¿podemos jugar a las Veinte preguntas?

—Sí.

—En esta fiesta que mencionaste, ¿estamos hablando de un chico?

—Sí, pero le repito, no fue durante la fiesta.

—Lo entiendo. Pero tenemos que comenzar en algún lugar.

—Claro.

El señor Porter exhala profundamente.

—No voy a juzgarte, Hannah, pero ¿sucedió algo aquella noche de lo cual te arrepientas?

—Sí.

Me pongo de pie y camino hasta los barrotes exteriores del cohete. Rodeo dos de estos con las manos, y apoyo la cara en el hueco que hay entre ambos.

—¿Ocurrió algo con ese chico —y puedes ser totalmente sincera conmigo, Hannah—, ocurrió alguna cosa que podría considerarse ilegal?

—¿Se refiere a una violación? No. No lo creo.

—¿Por qué no lo crees?

—Porque se dieron una serie de circunstancias.

—¿Alcohol?

—Tal vez, pero no conmigo.

—¿Drogas?

–No, simplemente más circunstancias.

–¿Estás pensando en denunciarlo?

–No... Yo... no.

Exhalo una larga bocanada de aire.

–Entonces, ¿cuáles son tus opciones?

–No lo sé.

Dígale, señor Porter. Dígale cuáles son sus opciones.

–¿Qué podemos hacer para resolver este problema, Hannah? Juntos.

–Nada. Ya pasó.

–Algo se tiene que poder hacer, Hannah. Algo tiene que cambiar para ti.

–Lo sé. Pero ¿cuáles son mis opciones? Necesito que usted me lo diga.

–Pues, si no lo vas a denunciar, si no estás segura de ello, entonces tienes dos opciones.

–¿Cuáles? ¿Cuáles son?

Suena ilusionada. Está poniendo demasiadas esperanzas en sus respuestas.

–En primer lugar, puedes enfrentarlo. Podemos llamarlo para que venga aquí y hable sobre lo que sucedió en esa fiesta. Puedo retirar a ambos de...

–Usted dijo que había dos opciones.

–En segundo lugar, y no quiero ser insensible con

esto, Hannah, pero puedes seguir adelante con
tu vida.

    –¿Se refiere a no hacer nada?

Aprieto con fuerza las manos alrededor de los barrotes y cierro
los ojos.

    –Es una opción, y solo estamos hablando de
ello. Escucha, Hannah, algo pasó. Te creo. Pero
si no quieres hacer una denuncia ni tampoco
enfrentarlo, tienes que considerar la posibilidad
de seguir adelante con tu vida.

  ¿Y si no existe esa posibilidad? ¿Entonces, qué? Porque, ¿adi-
vine qué, señor Porter? Ella no lo hará.

    –¿Superar esto?

    –¿Está en tu clase, Hannah?

    –Es un estudiante del último curso.

    –Así que el año que viene no estará.

    –Usted quiere que lo supere.

No es una pregunta, señor Porter. No lo tome como si lo
fuera. Está pensando en voz alta. No es una opción, porque no
puede hacerlo. Dígale que la ayudará.

Se oye un crujido.

    –Gracias, señor Porter.

¡No!

    –Hannah, espera. No hace falta que te marches.

Grito a través de los barrotes. Por encima de los árboles: "¡No!".

—Creo que ya he acabado aquí, señor Porter.

No deje que se marche.

—Conseguí lo que vine a buscar.

—Creo que hay más temas de los que podemos hablar, Hannah.

—No, creo que ya lo hemos resuelto. Tengo que dar vuelta la página y superarlo.

—No superarlo, Hannah. Pero a veces no hay más remedio que seguir adelante.

—Tiene razón. Lo sé.

—Hannah, no entiendo por qué estás tan apurada por marcharte.

—Porque necesito seguir adelante con mi vida, señor Porter. Si no cambiará nada, entonces será mejor que siga adelante, ¿verdad?

—Hannah, ¿de qué estás hablando?

—Estoy hablando de mi vida, señor Porter.

Se oye el clic de una puerta.

—Hannah, espera.

Otro clic. Ahora el velcro, despegándose.

Pisadas. Se aceleran.

Estoy caminando por el corredor.

Su voz se escucha con claridad. Más fuerte.

Su puerta se ha cerrado detrás de mí. Continúa cerrada.

Una pausa.

No viene.

Presiono con fuerza la cara contra los barrotes. Cuanto más empujo, más los siento como un torno que me va apretando el cráneo.

Está dejando que me vaya.

El punto detrás de mi ceja me late con mucha fuerza, pero no lo toco. No lo froto. Lo dejo latir.

Creo que me he expresado muy claramente, pero nadie está dando un paso adelante para detenerme.

¿A quién más te refieres, Hannah? ¿A tus padres? ¿A mí? No fuiste lo bastante clara conmigo.

Muchos de ustedes se preocuparon, solo que no lo suficiente. Y eso... era lo que tenía que averiguar.

Pero yo no sabía por lo que estabas pasando, Hannah.

Y conseguí averiguarlo.

Los pasos continúan. Más rápidos.

Y lo siento.

La grabadora se apaga con un clic.

Con la cara presionada contra los barrotes, me echo a llorar. Si hay alguien que está cruzando el parque, sé que puede oírme. Pero no me importa, porque no puedo creer que he acabado de escuchar las últimas palabras de Hannah Baker, que jamás volveré a escuchar.

"Lo siento".

Una vez más, aquellas fueron las palabras. Y ahora, cada vez que alguien diga *lo siento*, voy a pensar en ella.

Pero algunos de nosotros no tendremos ganas de responderle con esas palabras. Algunos de nosotros estaremos demasiado enojados con Hannah, por haberse matado y haber culpado a todos los demás.

Yo la habría ayudado si solo me hubiera dejado hacerlo. La habría ayudado porque quiero que esté viva.

La cinta vibra en el Walkman al llegar al final de la bobina.

La cinta se voltea con un clic y continúa reproduciéndose.

Sin su voz, el zumbido suave de la estática que se oía constantemente como trasfondo de sus palabras suena más alto. A lo largo de siete cintas y trece historias, su voz se mantuvo a cierta distancia debido a este continuo zumbido de fondo.

Dejo que este sonido me invada mientras me aferro de los barrotes y cierro los ojos. La luna brillante se esfuma. Las copas de los árboles que se balancean desaparecen. La brisa contra la piel, el dolor de mis dedos que va desapareciendo, el sonido de esta cinta que se rebobina me recuerda todo lo que he oído durante este último día. Comienzo a respirar más tranquilo. La tensión de los músculos empieza a relajarse.

Después se oye un clic en los auriculares. Una lenta exhalación de aire.

Abro los ojos para encontrarme con la intensa luz de la luna.

Y Hannah, con calidez.

Gracias.

Me resisto contra todos los músculos de mi cuerpo, que me suplican que caiga desplomado. Que me suplican que no vaya al colegio. Que vaya a cualquier otra parte y me esconda hasta mañana. Pero no importa cuándo regrese: la realidad sigue siendo que, al final, tendré que enfrentar al resto de las personas que aparecen en las cintas.

Me acerco a la entrada del estacionamiento, una parcela de hiedra con una gran losa de piedra grabada que nos da la bienvenida al colegio secundario. CORTESÍA DE LA PROMOCIÓN DEL 93. A lo largo de los últimos tres años, he pasado caminando junto a esta losa muchas veces, pero ni una vez con el estacionamiento tan lleno. Ni una, porque jamás he llegado tan tarde.

Hasta hoy.

Por dos razones.

Una: Esperé fuera de las puertas de la oficina de correos. Esperé a que abrieran, para poder enviar una caja de zapatos llena de cintas de audio. Utilicé una bolsa de papel color café y un rollo de cinta de embalar para volver a empacarla, olvidando oportunamente añadir la dirección del remitente. Luego le envié el paquete a Jenny Kurtz, y cambié su forma de ver la vida, su forma de ver el mundo para siempre.

Y dos: El señor Porter. Si me siento allí en la primera hora mientras él escribe en la pizarra o mientras se detiene detrás del estrado, el único lugar al que me puedo imaginar mirando es al centro del aula, un escritorio a la izquierda.

Al escritorio vacío de Hannah Baker.

La gente se queda mirando su escritorio todos los días. Pero hoy, para mí, resulta completamente diferente de ayer. Así que me tomaré mi tiempo en el locker. Y en el baño. O caminando por los corredores.

Sigo una acera que traza el borde externo del estacionamiento del colegio. La sigo para cruzar el jardín delantero y atravesar las puertas dobles de vidrio del edificio principal. Y me resulta extraño, casi triste, caminar por los corredores vacíos. Cada paso que doy suena tan solitario.

Detrás de los trofeos exhibidos, hay cinco grupos de lockers independientes, con oficinas y baños a ambos lados. Veo a algunos estudiantes más que han llegado tarde a clase, buscando sus libros.

Llego a mi locker, inclino la cabeza hacia delante y la apoyo sobre la fría puerta metálica. Me concentro en los hombros y en el cuello, relajando los músculos. Me concentro en mi respiración, para aquietarla. Después giro el dial de la combinación hasta el cinco. Luego a la izquierda, hasta el cuatro, luego a la derecha, hasta el veintitrés.

¿Cuántas veces me paré aquí, pensando en que jamás tendría una oportunidad con Hannah Baker?

No tenía ni idea de lo que ella sentía por mí. Ni idea de quién era ella de verdad. En cambio, creía lo que los demás decían de ella. Y tenía miedo de lo que podrían decir de mí si se enteraban de que me gustaba.

Giro el dial y borro la combinación.

Cinco.

Cuatro.

Veintitrés.

¿Cuántas veces después de la fiesta me detuve aquí mismo cuando Hannah seguía viva, pensando en que ya no tenía oportunidad con ella? ¿Pensando en que yo había dicho algo malo o hecho algo mal? Demasiado atemorizado de volver a hablar con ella. Demasiado atemorizado de intentarlo.

Y luego, cuando murió, la oportunidad desapareció para siempre.

Todo comenzó unas semanas atrás, cuando un mapa se deslizó a través de la rejilla de ventilación de mi locker.

Me pregunto qué habrá en este momento en el locker de Hannah. ¿Estará vacío? El conserje, ¿habrá metido todo el contenido en una caja y lo habrá guardado en un depósito a la espera de que regresen sus padres? ¿O permanece intacto, tal como ella lo dejó?

Con la frente aún presionada contra el metal, volteo la cabeza lo suficiente para echar un vistazo al corredor más próximo, hacia la puerta siempre abierta de la primera hora. El aula del señor Porter.

Justo ahí, en su puerta, vi a Hannah Baker con vida por última vez.

Cierro los ojos.

¿A quién veré hoy? Aparte de mí, hay ocho personas en este colegio que ya han escuchado las cintas. Ocho personas que hoy están esperando para ver cómo me han afectado a mí. Y a lo largo de la siguiente semana o dos, mientras las cintas continúen pasándose, yo haré lo mismo con el resto de ellos.

A la distancia, amortiguada por la pared del aula, llega una voz conocida. Abro lentamente los ojos. Pero la voz jamás volverá a sonar amigable.

—Necesito que alguien me lleve esto a la oficina principal.

La voz del señor Porter se desliza por el corredor directo hacia mí. Siento los músculos de los hombros tensos, pesados, y golpeo el puño contra el locker.

Una silla cruje, seguida por unos pasos que salen de su aula. Mis rodillas están a punto de derrumbarse esperando a que el estudiante me vea y pregunte por qué no estoy en clase.

De una hilera de lockers que está más adelante, alguien cierra uno con un clic.

Al salir del aula del señor Porter, Steve Oliver me hace un gesto con la cabeza y sonríe. La estudiante del otro locker gira en la esquina para entrar en el corredor y casi choca con Steve.

Susurra: "Lo siento", y luego lo esquiva para seguir adelante.

Steve le dirige la mirada, pero no le responde. Simplemente sigue caminando al mismo paso, acercándose más a mí.

—¡Qué bien, Clay! —dice. Luego se ríe—. Alguien llegó tarde a clase, ¿no es cierto?

Detrás de él, en el corredor, la chica se da vuelta. Es Skye.

La nuca me comienza a sudar. Me mira, y sostengo su mirada unos pasos. Después se vuelve para seguir caminando.

Steve se acerca, pero no lo miro. Le hago un gesto para que se mueva.

—Hablamos más tarde —le digo.

Anoche, en el autobús, me fui sin hablar con Skye. Quería conversar con ella, lo intenté, pero dejé que se escabullera. A lo largo de los años, ha aprendido a evitar a la gente. A todo el mundo.

Me aparto del locker y la observo seguir su camino por el corredor.

Quiero decir algo, llamarla por su nombre, pero se me cierra la garganta. Una parte de mí quiere ignorarlo. Quiere darse vuelta y seguir ocupado, sin hacer nada, hasta que llegue la segunda hora.

Pero Skye está caminando por ese mismo tramo del corredor por el que había visto desaparecer a Hannah hace dos semanas. Aquel día Hannah se perdió entre un tumulto de estudiantes, dejó que las cintas se despidieran por ella. Pero aún puedo oír las pisadas de Skye Miller, que suenan más y más débiles a medida que se aleja.

Y comienzo a caminar hacia ella.

Paso delante de la puerta abierta del aula del señor Porter y, con un rápido vistazo, alcanzo a ver más de lo que esperaba. El escritorio vacío cerca del centro del aula. Vacío por dos semanas, y por el resto del año. Otro escritorio, el mío, vacío por un día. Decenas de rostros se voltean hacia mí. Me reconocen, pero no lo ven todo. Y allí está el señor Porter, de espaldas a mí, pero comenzando a volverse.

Un torrente de emociones me inunda. Dolor y furia. Tristeza y pena. Pero la más sorprendente de todas, esperanza.

Sigo caminando. Las pisadas de Skye se vuelven más fuertes ahora. Y cuanto más me acerco a ella, más rápido camino y más ligero me siento. La garganta se comienza a relajar. Cuando estoy a solo dos pasos de ella, pronuncio su nombre.

—Skye

JAY ASHER

Jay Asher tuvo la idea de escribir *Por trece razones* en un museo. Mientras realizaba una visita guiada con una audioguía, le llamó la atención lo inquietante que resultaba la voz en su oído: una mujer que no estaba allí, pero que describía exactamente lo que él estaba mirando. Jay vive sobre la costa central de California. *Por trece razones* es su primer libro. Si quieres saber más acerca de él, visita www.jayasher.blogspot.com.

REALi

Con una protagonista ROTA

Sobre el miedo de enfrentar la verdad

CARTAS DE AMOR A LOS MUERTOS - *Ava Dellaira*

POINTE - *Brandy Colbert*

POR 13 RAZONES - *Jay Asher*

Sobre el poder de la palabra

PAPERWEIGHT - *Meg Haston*

QUÉ NOS HACE HUMANOS - *Jeff Garvin*

BELZHAR - *Meg Walitzer*

smo...

En donde las cosas no son como parecen

TODO PUEDE SUCEDER - *Will Walton*

Sobre las dimensiones del amor

DOS CHICOS BESÁNDOSE - *David Levithan*

Sobre la importancia de encontrar tu lugar en el mundo

CRENSHAW - *Katherine Applegate*

FUERA DE MÍ - *Sharon M. Draper*

QUE YO SEA YO ES EXACTAMENTE TAN LOCO COMO QUE TÚ SEAS TÚ - *Todd Hasak-Lowy*

¡QUEREMOS SABER QUÉ TE PARECIÓ LA NOVELA!

Nos puedes escribir a **vrya@vreditoras.com**
con el título de esta novela en el asunto.

Encuéntranos en

 facebook.com/VRYA México

twitter.com/vreditorasya

 instagram.com/vreditorasya

COMPARTE
tu experiencia con
este libro con el hashtag
#portrecerazones